CW01214324

ET ELLES DANSERONT LES PETITES MARIONNETTES

...

© Niamor Itrebla, 2023
Édition : BoD – Books on Demand, info@bod.fr
Impression : BoD – Books on Demand, In de Tarpen 42, Norderstedt (Allemagne)
Impression à la demande
ISBN : 978-2-3225-0575-3
Dépôt légal : Novembre 2023

Prologue

Le métro parisien, aux heures de pointes, rassemble en son cœur un vivier de marasmes humains. Les portes du convoi s'ouvrent sur un amoncellement de chairs dégoulinantes de sueurs. Un concentré d'effluves nauséabonds se délite dans l'air, des vapeurs musquées aux extraits d'urines, de transpirations et d'alcools. Une prolifération indigente d'inconnus sans visage, masques sans âme, s'emparent des cabines. La cohue ! Ils jouent des épaules, se bousculent, se tamponnent, s'écrasent les pieds dans l'optique d'une pathétique victoire : s'agglutiner dans un wagon bondé, cintrés et compressés. Les malfrats faufilent au passage leurs doigts à l'intérieur des sacs et des poches, fouillent leur existence, violent leur intimité pour quelques billets. Engoncés comme sardines en conserve, tassés les uns sur les autres, les passagers concèdent en silence leur espace vital. Derniers remparts de leurs rêves et de leurs espoirs, les yeux impassibles s'évanouissent dans le vague lointain ou les mocassins. Un croisement de regards consentirait à laisser pénétrer leur esprit. Mais savent-ils seulement qu'ils agissent ainsi par instinct de préservation, courber l'échine, ne pas défier, s'incliner volontairement… Et cela Elise ne le supportait plus, sans parler des mains baladeuses et de ces membres qui se durcissaient au contact de sa jupe.

C'est pourquoi du haut de ses vingt-cinq ans elle n'a pas chigné sur les horaires qui lui ont été assignés il y a un mois, de 22h00 à 5h00. Originaire de Metz, elle a abandonné sa ville natale, famille et amis pour les atouts de la capitale au profit de ses ambitions professionnelles. D'abord aux abois dans les catacombes, sa vigilance s'est estompée aux rythmes de ses voyages nocturnes. Elle se balade aujourd'hui sans la moindre appréhension dans les souterrains ferroviaires. La plupart des sièges inoccupés, un sourire entendu avec les quelques usagers qu'elle retrouve à ces heures bien matinales, elle relâche la pression de sa nuit de labeur. Juste avant le départ du train, un homme s'assoit à ses côtés.

Elle ne saurait dire pourquoi mais quelque chose la dérange chez cet étranger. Ce n'est pas son physique, un beau brun ténébreux vêtu d'un jean surmonté d'un sweet. Est-ce son expression dure, la mâchoire crispée entre ses dents serrées, ou sa façon de la contempler en silence ? En tout cas quelque-chose la dérange…

Et ses craintes sont justifiées. La main dans la poche, il lui fait entrevoir l'éclat d'une lame aiguisée et lui susurre à l'oreille :

> « Laisse-toi faire. Tu cries ou tu gigotes, j'te plante. T'as bien compris ? »

Pour les personnes particulièrement sensibles aux scènes de viols, je vous invite à reprendre votre lecture à la mention indiquée plus bas

Elise acquiesce de la tête, et commence alors l'enfer. Il lui fourre sa main dans le pantalon, et force le passage de sa féminité, d'abord d'un doigt puis de deux. Impuissante, des larmes de douleur et de honte coulent le long de ses joues, et exacerbent le plaisir de puissance du bourreau qui, enivré, accélère la cadence de ses va et viens. Elise apeurée fixe un à un les autres voyageurs, en vain. Son violeur n'en est pas à son coup d'essai. Personne ne lèvera le petit doigt.

« Oh ! S'exhiber ainsi, quelle honte ! », « Elle n'a pas l'air bien, pourtant elle ne bouge pas », « Dois-je intervenir ? Ils ont l'air de se connaitre », « Si elle était si mal que ça, elle se débattrait », « un violeur ne commet pas ses crimes en pleine lumière devant tout le monde », « je ne suis pas tout seul, si elle était vraiment en danger quelqu'un d'autre serait déjà intervenu »… Autant d'interrogations inconscientes, de doutes implicites dont se servent tous les types de son genre pour perpétrer leurs méfaits en toute quiétude. Le doute, excuse récurrente pour se soustraire à ses devoirs, légitimité satisfaisante pour ignorer ses faiblesses couardise en tête. Avec quelle facilité dédouanons-nous ainsi notre lâche démission ou notre incapacité d'agir, choqués par l'immédiateté de l'agression ! Combien de récits de viols en public nous ont déjà été relatés dans les journaux et faits divers !

En professant son crime au grand jour, il les soumet tous à sa volonté. Il les tient à sa merci. Il les possède, il nous possède. Elise suffoque, déchirée, meurtrie sous les assauts répétés. Il lui empoigne les cheveux. Tandis qu'il enfonce sa langue dans sa bouche, elle manque de s'évanouir. Ce goût rance et amer, elle ne s'en débarrassera jamais.

Vous pouvez reprendre votre lecture ici

Son salut *(celui d'Elise)* se pointe enfin sous les traits d'un quadragénaire crâne rasé, les sourcils froncés à l'abri d'une paire de petites lunettes rondes. De sa place il avait pu à loisirs se délecter du spectacle. Il se tient devant eux, l'air grave et assuré, la poche de son blouson déformée par un objet qu'il serre fermement :

- Il me semble nécessaire de vous préciser que le canon de mon arme vous tient pour cible. Je vous saurai donc gré de retirer vos sales pattes de la jeune demoiselle.

Il a prononcé cette invective sans une once d'émotion dans la voix. Que ne fut le soulagement d'Elise de ne plus sentir la pression de la paume entre ses cuisses. Les doigts du pervers tremblent. Elise tente de se relever mais ses jambes refusent de la porter. L'œil malicieux, son sauveur lui intime par un geste de la main de rester avant de reprendre de son ton monocorde :

- Je ne peux décemment tolérer votre conduite !

Elise souhaite voir sa cervelle gicler, qu'il l'anéantisse. Elle veut l'entendre supplier, souffrir avant d'expier son dernier souffle. Son chevalier blanc a d'autres projets en tête :

- Vous avez osé la salir devant moi, à votre tour donc. Ejaculez !

Intimidé, le pervers obéit. Il attrape son membre et le coulisse frénétiquement. Ce branle infernal explose dans une brève convulsion. Recroquevillé, les genoux relevés, le pervers se plie en deux. La mine basse, il cache misérablement l'auteur de ses pulsions. Comme un enfant prit sur le fait, il espère la compassion paternelle. En un instant il est passé de rôle dominant à celui d'esclave, d'objet. Lorsque deux bêtes féroces se rencontrent, le plus dangereux marque son territoire et chasse définitivement son rival. Ce dernier, humilié dans sa nature profonde, court se terrer à l'abri des regards de la face du monde.

L'esprit d'Elise se perd dans le brouillard, tourmenté par le déshonneur, la torsion de ses entrailles, le sentiment de vulnérabilité, l'assassinat de son innocence, le piétinement de ses sentiments, la fin de sa vie. Il la réveille :

- Vous pourriez me remercier.

- Ah… Oui, merci.

- Je peux vous assurer qu'il ne posera plus jamais un seul de ses orteils ici.

Bafoué dans sa dignité de mâle, le pervers préfèrera à son retour sur les lieux de sa déchéance sociale l'immolation. Le risque de se mesurer à nouveau avec le type qu'il considère à présent comme chef de meute, un chef qui l'a dénigré au point de l'éjecter de sa tribu, le pétrifie. Et cette interruption engendre chez lui une plus grande frustration encore et lui fera franchir un seuil supplémentaire sur l'échelle de la perversion. Un seuil qui le mènera à des comportements et des exactions plus horribles encore… Le sauveur se garde de dévoiler ce détail à Elise. Il empoigne toujours l'objet métallique camouflé dans son blouson. Il le débusque lentement devant les yeux écarquillés de la jeune femme : un téléphone portable. Il a fait déguerpir son agresseur avec un Smartphone. Avant de la quitter en proie à ses nouveaux démons, rictus aux lèvres, il mime un texto et enregistre la photo d'Elise. Elle balbutie :

- Votre nom… Votre nom s'il vous plait ?

- John, John Harper.

Il tourne les talons. Sans le savoir encore il l'a choisie, pas pour lui, pour un autre. Mais pas pour tout de suite. Non, pour plus tard, bien plus tard. Peut-être est-ce à ce moment précis qu'ont germé ses plans machiavéliques, maintenir sous son contrôle la situation et les protagonistes : le pouvoir ultime !...

Première partie

Aux USA

1

Un courrier présidentiel frappé du tampon « confidentiel » a traversé les Etats-Unis depuis Washington. Expédié par voie express, il arrive à destination en moins de deux heures. La climatisation du bureau fédéral de la Louisiane est en panne. La chaleur et l'humidité ambiantes alourdissent le fonctionnement du service. La température atteint les trente huit degrés. Des gouttes perlent sur le front des bureaucrates assis derrière leurs écrans et, happées par la pesanteur, s'écrasent inlassablement sur les claviers. Les doigts enfoncent péniblement les touches. La nonchalance cadence, ou plutôt "décadence" cette journée. Les mouvements sont minimisés à leur stricte nécessité, singes paresseux accrochés aux accoudoirs de leurs sièges. Tous se sont acoquinés de vêtements plus adaptés, légers et confortables que le costume de rigueur. Al, lui, n'a jamais porté la tenue réglementaire. Ce n'est pas à quarante-cinq piges qu'il va déroger à ses habitudes, la chemise noire semi-cintrée enfilée par-dessus un vieux "Levi's" usé souligne son ossature.

Il décachette l'enveloppe et découvre le laissez-passer signé par le plus haut chef de l'Etat. Il lui ouvre l'accès à toutes les informations et les ressources humaines nécessaires à l'aboutissement de son enquête. Il est temps de réunir son équipe. Il rompt le silence ambiant et incite ses collègues, occupés à détailler les nouveaux éléments qu'il leur a transmis par mail, à le suivre. Dans la salle de conférence, ses sbires s'installent autour de la table. Al encore debout passe sa main dans ses cheveux courts grisonnants avant d'attaquer :

- Comme vous avez pu le constater, il semblerait que notre homme ait réitéré. Que pouvez-vous me dire que je ne sache déjà ?

Bill surnommé « Le Rouquin », un visage de poupon sur une carrure de rugbyman en short et chemise hawaïenne, se lance. Le dragon tatoué sur la longueur de son bras droit danse au gré de son discours :

- Patron, le mode opératoire de l'enlèvement correspond effectivement à notre tueur. Il a étudié les lieux, les trajets des victimes, déterminé l'endroit le moins exposé. Nous ne possédons encore aucun signe distinctif. Grâce aux rares témoins, nous savons seulement qu'il utilise artifices et déguisements. Tout correspond mais Washington ? C'est tellement loin de son territoire habituel. J'ai mis des gars sur le coup pour éplucher les listes des aéroports au cas où… Tu ne nous as dévoilé aucun renseignement sur les dernières supposées victimes, ni leur nom, ni leur adresse. (Il pointe son doigt inquisiteur vers son patron). Comment veux-tu que nous établissions un lien quelconque ?

Une voix douce, fragile s'élève du fond de la salle :

- Il augmente depuis plusieurs mois le champ de ses crimes. Il ne frappait que dans le sud-ouest de la Louisiane lorsque nous l'avons repéré. Puis il s'est excentré sur toute la région pour finalement s'exporter vers le Texas, l'Arkansas et le Mississipi. Alors pourquoi pas Washington, bien qu'il fasse là une surprenante extension ? A moins qu'il ait une autre idée derrière la tête.

Tous se tournent vers une jolie brunette, les yeux amandes sous la frange de sa coupe au carré. Le contraste sur sa nuque blanche ombrage la naissance de son épaule. Sa robe blanche à fleurs couvre avec soin la finesse de ses courbes. Al glisse la bretelle le long de son bras, la dénude en pensée et devine ses deux poires dardées sous la soie.

- Bonne analyse, Amy. - Répondent en chœur deux gringalets assis l'un en face de l'autre.

Ces trois mots sortent Al de ses impures pensées :

- Les jumeaux, quelles données avez-vous pu extraire du message prélevé sur les lieux ?

Ils ne sont jumeaux que de surnom tant ils se ressemblent. L'un blond, l'autre châtain foncé mais ces deux petites gueules de fouine derrière les montures colorées peuvent en tromper plus d'un. L'épaisseur de leurs verres défie les rayons du soleil. Ce look est savamment calculé. Leurs morphologies ne leur permettent pas de s'afficher dans un débardeur sans déclencher un flot de moqueries. Alors autant vêtir sans complexe la peau de geek, et de l'assumer jusqu'au bout des ongles. A leur décharge, ils ne sortent guère de leur tanière, plus à l'aise derrière un ordinateur. Lewis, le blond, enchaîne le premier :

- Rien de neuf côté procédé. Le même type de papier standard 80g vendu un peu partout dans le monde. Il découpe les lettres dans plusieurs « canards » avant de les coller.

- Ce qui ressort du texte, renchérit Arnold, l'exubérance de sa mégalomanie. Il fait référence à John Wilkes Booth et Abraham Lincoln. Il désire prendre possession des Etats-Unis et écrire son nom dans l'Histoire. Je le cite : Booth espérait créer le chaos. Je réussirai là où il a échoué. Je ferai trembler le monde. Mon nom résonnera dans chaque livre de classe !

- Bon Dieu, Al ! Qui sont les victimes ?

- J'avais besoin de vous entendre sur cette affaire, sans pression, tout du moins sur les premiers résultats. Il s'agit de la famille du Président des Etats-Unis !

Retour à la case départ, direction la Louisiane. L'équipe atterrit en hélicoptère, encore atterrée par le culot du ravisseur. Depuis Washington, il a traversé les frontières de chaque état avec ses trois otages recherchés non seulement par tous les patriotes par amour pour leur drapeau mais aussi par tous les autres, si peu nombreux dans ce pays, aussitôt convaincus de l'intérêt national par la rançon promise pour chaque renseignement avéré. Rien ne rend un capitaliste plus patriotique que l'odeur d'un billet vert saupoudré d'une justification acceptable. Le silence dans le cockpit en dit long sur la probabilité de récupérer les séquestrés vivants… Secondé par Amy et Bill, Al la tête baissée sous les pales, court vers deux officiers. Ils l'accompagnent jusqu'au responsable du SQUAT, groupe d'intervention de la police américaine, avec qui il va organiser l'assaut. A l'arrière de la fourgonnette d'où sont dirigées les manœuvres, Al partage ses informations sur la psychologie du forcené avec l'homme d'action, oreillette et micro pendus à son cou. Ce dernier déplie le plan des lieux sur une table fixée au sol. La cage thoracique épaissie par son gilet pare-balles, il détaille à Al toutes les étapes de l'opération. Des moniteurs récoltent les données audio, l'antenne orientée sur le bâtiment, et d'autres enregistrent les images infrarouges transmises par satellites.

Le hangar crâne avec sa gravure du drapeau confédéré tatouée au dessus de la grande porte. Deux bons gros "rednecks" (paysans du sud des Etats-Unis) y retapaient de monstrueux trucks, isolés au milieu des champs boueux de la région. Mais leur petite affaire n'a pas survécu au nouveau capitalisme. L'esclavage moderne a détrôné celui des sudistes soucieux du déclin de la suprématie blanche. Les riches propriétaires des champs de coton garants d'une économie de libre échange, et donc par là même déjà mondialistes, se sont vus dépouillés de leurs statuts par les intérêts des patrons industrialistes. Les nouvelles machines ont considérablement augmenté la production et leur profit, le bien-être des ouvriers relayé au dernier rang de leur préoccupation. Aujourd'hui le monde appartient aux financiers aussi peu scrupuleux et aussi enclins à sauvegarder le modèle ultra-capitaliste. Et demain, de la cyber-technologie émergera de nouveaux puissants partisans eux aussi du libre-échange par l'asservissement consenti des peuples.

Un petit nombre d'occidentaux s'enrichit sur la maltraitance d'une grande majorité d'innocentes victimes. Combien de morts pour extraire l'huile de palme ? Combien de guerre pour l'appropriation du gaz et du pétrole ? Combien de maladies, de cancer, de drogues et de saloperies avalons-nous ? Combien de délocalisation pour une fabrication à moindre coûts ?

Nous courbons l'échine, dociles. Résignés ? Pas complètement, mais tenus en laisse par la potentialité d'une ascension sociale. Nos maîtres, par l'exemple de quelques-uns, nous donne l'espoir de parvenir à leurs rangs au moyen d'études, d'un billet de loterie, d'une idée originale…

Un système approuvé au fil de l'Histoire. En de rares occasions un esclave, érigé en exemple par les riches propriétaires pour sa loyauté et son obéissance, se voyait récompensé de sa liberté. Dans la même verve, quelques-uns gravissent les échelons jusqu'au sommet. Une chimère, ils ne sont pas plus leurs égaux que les affranchis l'étaient des "missiés" blancs. Nos nouveaux seigneurs les traiteront avec la même condescendance qu'un "missié" à l'égard de l'esclave à qui il remettait le manche du fouet pour battre en son nom frères et sœurs de couleur, avec la même condescendance que M Mittal à l'égard des dirigeants syndicalistes…

Finalement ce modèle, fils du taylorisme, petit-fils du colonialisme, et arrière-petit-fils de l'esclavagisme, constitue-t-il le meilleur choix qui s'offre à nous ? Ne serait-il pas nécessaire de fonder de nouvelles règles ? Puisqu'ils se remplissent les poches avec l'abolition des frontières dans le monde des affaires, pourquoi ne pas jouir nous aussi de la mondialisation en leur imposant un salaire décent commun à tous les pays, les mêmes taxes… ? Pourquoi la mondialisation ne servirait-elle pas la majorité des citoyens ? Serait-il si difficile de faire respecter les valeurs des droits humains ? Tous cantonnent en chœur l'infaisabilité avant même d'essayer, au lieu d'efforcer petit à petit la levée des barrières.

Aucun danger de dommages collatéraux dans cette friche. Le tueur est cloîtré à l'intérieur. Peu d'espoir de survie des victimes, aucune connaissance sur la force de frappe du meurtrier. La meilleure offensive consiste en une intrusion simultanée par toutes les issues. La première équipe escalade déjà, à l'aide d'échelles, le bâtiment jusqu'aux étroites fenêtres. La seconde, sur les dents, protections et armes aux poings, se tient en alerte devant la porte d'entrée. Le coup d'envoi est lancé. Les fumigènes brisent les vitres, suivies des lanceurs. Aussi agiles que les araignées, ils descendent bien agrippées sur leur filin de sécurité. La porte éclate sous les coups répétés du bélier. Ils se déploient et prennent possession des lieux. En une fraction de secondes, le périmètre est sécurisé.

Il patiente, assis sur un touret, un verre de champagne à la main. Il verse avec distinction les bulles sur sa langue, la flûte entre le pouce et l'index, le petit doigt en l'air. Il déglutit une dernière gorgée. Il pose le contenant vide sur le sol devant lui et lève les mains, ouvertes bien en évidence au dessus de sa tête. Il s'amuse des précautions employées par les envahisseurs. Ils s'approchent lentement de lui, fléchis derrière boucliers et gilets par balles, à l'affut du moindre mouvement. Et lui qui attend de se faire cueillir. Décidément, ils ne sont pas si pressés de le menotter. Appréhenderaient-ils la dissimulation d'une arme, ou pire encore, d'un détonateur ? Réalisent-ils que les boucliers ne les protégeraient d'une explosion ? Boom ! Cette pensée retrousse les babines du criminel. Ses dents blanches éclatent au grand jour. Les képis n'en reviennent pas, il rit ! Un casse-cou raccourci la relative distance qui les sépare. Les autres maintiennent John en joue, sur le qui vive, prêt à le cribler de trous. Une invective :

- Ne fais pas le con, Ne bouge pas !

L'évocation d'une réponse lui brûle les lèvres, le schtroumpf téméraire le plaque au sol. Il le cajole de toute sa masse, les autres lui passent les fers aux poignets. Le câlin se transforme en palpations. Les mains se baladent jusqu'à l'entrejambe. Le suspect se laisse tripoter non sans quelques pensées inappropriées :

- Il faut être vicieux pour s'engager dans les forces de l'ordre. Quand il aura fini de s'exciter sur mes parties, il pourrait peut-être me sucer ce con.

La fin de l'intervention est annoncée par radio. Al, suivi d'Amy et Bill gagnent le terrain. Leurs chaussures pataugent dans un liquide poisseux. Cela n'augure rien de bon. Le goût ferreux et âpre du sang leur saisit les papilles, les écœure. Puis l'effroyable, ce qu'ils découvrent dépasse l'entendement !

La mère face contre terre, présente son dos meurtri d'innombrables blessures. Des piques la traversent de part en part, les tendons et ligaments sectionnés à coups de scalpels, l'anus exploré, les ongles et les cheveux arrachés, une corde solidement attachée à la taille.

- Ne la retournez pas, attendons le médecin légiste.

Une première remontée acide saisit la gorge de Bill. Une de ses remontées qui vous brûlent la gorge au passage et redescendent aussi sec avant d'avoir put atteindre votre luette. S'ensuit une deuxième, puis une troisième. Bill court à l'extérieur soulager ses haut-le-cœur. Même les plus rompus aux visions de l'horreur succombent devant la preuve de la monstruosité humaine lorsqu'elle évoque l'innommable. Un éclat métallique enroulé autour des doigts de la victime, Amy suit les fils de pêche. A leurs extrémités des hameçons au moins aussi gros que son pouce, des morceaux de chair humaine, de globes oculaires, de doigts, de muscles en guise d'asticots. Bizarrement les défenseurs des droits animaliers se taisent sur les effroyables conditions des vers, se tortillant de douleurs, transpercés de part en part. Amy accompagne le rouquin dans le deuil de son dernier repas.

Al, les tripes bien accrochées, suit la corde jusqu'aux deux petits êtres en suspension. Elle entoure leurs trachées, une mort lente et suffocante. Il est si proche maintenant qu'il peut les toucher. Il se fige. Les joues et les oreilles arrachées, énucléés, les membres et les troncs exposent de nombreuses cavités, leurs intimités sectionnés, la verge et les testicules du petit garçon, le clitoris et les parois vaginales de l'adolescente.

Al assemble les pièces du puzzle. La délicate harmonie familiale, tous sur la pointe des pieds. La mère soutient ses enfants, la corde autour de leur cou. La moindre faiblesse de sa part soulève ses petits de la terre ferme. Les bras en l'air, chaque mouvement leur arrache un bout de lambeau. Après plusieurs heures, sous les agressions incessantes du bourreau, la première dame des Etats-Unis tombe épuisée…

En proie à de multiples ascensions gastriques, Al se contient, pour son image. Le tueur plonge son regard dans le sien avec un sourire narquois :

- Que de monde pour moi, heureusement que je vous ai téléphoné. Un concentré de fieffés benêts. Vous ne me méritez pas !

Il n'en faut pas plus à Al. Il le cogne à la mâchoire, l'attrape par le colbac :

- Ton nom, salaud !

- John Harper, pour vous servir. Répond-il avec cet insupportable rictus.

Al se mortifie sur place. Ce nom, se peut-il que ce soit lui ? Non ce n'est pas possible. Ce tueur après qui son équipe court depuis plusieurs années ne serait autre que… ? Reprendre ses esprits. Plusieurs flashes, les images des crimes lui électrifient l'échine.
Al secoue John :

- Pourquoi, pourquoi ?

- Trois raisons : en premier lieu la jouissance, inutile de vous expliquer n'est ce pas ? Ensuite le prestige et l'immortalité, mon nom à jamais associé à notre cher Président. Et enfin la science : sincèrement la gent masculine fut bien décevante. Les mères regorgent de ressources insoupçonnables pour protéger leurs rejetons. L'instinct maternel, la nature leur a

20

conféré une capacité accrue pour endurer les accouchements…

Al décoche chaque syllabe dans l'oreille droite de son interlocuteur :

- Tu me dégoûtes. Va pourrir en tôle !

Le souffle du monstre glace le sang du policier :

- La prison ne me sied guère. Je sortirai plus rapidement que vous ne m'y ferez mettre les pieds.

- Vas crever en enfer !

- Je vous laisse m'emboiter le pas, Al.

- Embarquez-le !

Il est scié, John vient de le nommer. Plus de doute, ce ne peut-être que lui. Il aurait préféré ne jamais se retrouver face à ce pervers. S'il s'agit du fruit du hasard, dame fortune se joue de lui, une fois de plus…

3

Dans une spacieuse maison de la capitale des Etats-Unis, Georges soigne son apparence dans la salle de bain de sa chambre. Dernier coup de rasoir sous le menton, il parle à travers la cloison. Sa femme ne s'est pas encore levée du lit:

- C'est aujourd'hui que nous votons cette stupide loi.

- Laquelle ? Il y en a tellement…

- Franck Manson souhaite faire comparaitre les tueurs en série par les citoyens de notre pays via une émission télévisée.

- Ce n'est peut-être pas une si mauvaise idée. Ce sont quand même eux les premières victimes.

- Cela va à l'encontre des principes de la justice et de la démocratie. Ce serait trop dangereux !

Elle hausse les épaules. Il tamponne la serviette humide sur le visage et s'asperge d'après-rasage.

- Si tu le dis.

- Tu ne crois tout de même pas…

Helen se lève. Elle ajuste sa cravate, embrasse sa nuque, respire le parfum de son eau de Cologne :

- J'aime te voir t'enflammer pour tes convictions. Ne rentre pas trop tard ce soir… »

Le son de sa voix emprunt de mystère dévoile quelques intentions charnelles. Ce qui n'est pas pour lui déplaire, déjà excité par cette implicite promesse. Il descend les escaliers qui le conduisent à la cuisine. Il embrasse le front de ses enfants attablés autour du petit-déjeuner, il englouti au passage une tranche de pancake nappée de beurre de cacao et jette un œil par la fenêtre. Le chauffeur patiente devant la limousine, parapluie ouvert. Les nuages pleurent sur la ville. Une journée sombre s'annonce pour l'humanité.

Georges se sent comme chez lui dans les coursives du Congrès. Ses confrères s'éparpillent en petits groupes. Ces petits écoliers bien propres sur eux cartables en mains se congratulent, s'esclaffent de quelques blagues souvent graveleuses, s'échangent les devoirs ou les derniers potins. Les pipelettes s'attardent avant la sonnerie de rentrée des classes. Lorsque la cloche retentira, elles se sépareront en deux camps opposés. Derrière leurs pupitres, elles se siffleront, s'enverront des noms d'oiseau, se conduiront comme des pestes. Plus rien ne comptera, ni l'intelligence des propos tenus ni l'intérêt même de la nouvelle proposition pour le bien commun, à part le groupe d'appartenance du plaidoyer. Mais aujourd'hui tout est différent. Aujourd'hui le monde qu'elles connaissent va s'écrouler. L'arrivée inopinée de centaines de coursiers brise l'ambiance. Les papotages s'interrompent. Une enveloppe papier kraft est tendue à Georges. Il vérifie, elle lui est bien adressée. Il l'ouvre. Blême, la terreur se lit sur les traits de son visage. Hagard, il balaye l'horizon. La torpeur qu'il peut déchiffrer dans les yeux de ses collègues, les incessantes allées et venues des messagers, oiseaux de malheur, c'est sérieux.

*****

Après avoir contourné le billard et le babyfoot dans "la salle de décompression", une pièce mise à la disposition des brigades pour se détendre et se défouler, bifurqué devant le sac de frappe suspendue au fond de la pièce et s'être enfilés dans un renfoncement, Toute l'équipe suit avec Al les informations vautrés dans le canapé face télévision. Vampirisés par le petit écran, aucun d'eux ne jouera ce soir le record sous les clacs caractéristiques du flipper. Ils boivent les paroles du président Carrington, accaparé par les journalistes et leurs questions :

- Je suis confiant. Je prie seulement pour que chaque député prenne conscience de leur responsabilité au-delà de leur courant politique. Il est important pour notre constitution que cette proposition soit réfutée.

- Qu'adviendrait-il si ce n'était pas le cas ?

- Nous serions face à un précédent dangereux pour notre société. La justice est confiée à des professionnels en pleine connaissance des lois, loin de toutes considérations sentimentales. Il serait néfaste de la laisser se corrompre par la vengeance, la rage et la colère aussi compréhensibles soient-elles.

- Monsieur le Président, votre famille a été décimée par un tueur. Ne criez-vous pas vengeance ?

- Je vous remercie de souligner sans délicatesse l'accablement qui plombe chaque jour que Dieu m'accorde. Pour répondre à votre question, si ce monstre se trouvait à ma merci, je ne donnerais pas cher de sa peau. Mais pour notre pays, je ne peux sombrer dans la haine. La justice existe et, comme chacun d'entre vous, je me dois de lui accorder toute ma confiance.

- N'oublions pas également qu'un article de cette loi permettrait une libération conditionnelle. Le coupable bénéficierait alors d'une immunité totale pour ses crimes passés. La seule condition résiderait dans le port obligatoire d'une puce électronique, et d'être accompagné dans tous ses déplacements par un agent.

- Cet article ne m'avait pas été rapporté, cela conforte mon opposition.

- D'après nos informations, il s'agirait d'un article ajouté au dernier moment.

- Sans commentaire.

Le présentateur reprend la main, et s'ensuit de débats de spécialistes sur le discours du président, les risques et les dérives des shows omnipotents jusqu'aux portes des tribunaux. Le résultat tombe sous le choc des nombreux spectateurs, en particulier Al et son équipe : la loi nommée "Justice démocratique" est votée à la grande majorité. Comme si « populaire » et « démocratique » étaient équivalence. L'un propose la justice par les individus tandis que l'autre la propose par l'ensemble que composent les individus. L'identité, les valeurs d'une société ne sont pas la somme des valeurs individuelles mais leur résultante, ce que l'on a tendance à oublier.

4

Le président du tribunal joue de son marteau pour obtenir le silence de sa salle. Sans avocat, John assure lui-même sa défense et quémande à la cour l'accès à la "justice démocratique". En vertu de son dernier crime, Il considère la punition ou l'amnistie de ses pairs en deuil plus juste. "L'Histoire avec un grand H est en marche", la cour n'a d'autre choix que d'y adhérer.

L'audimat de l'émission dépasse l'entendement. Le voyeurisme des spectateurs, abruti d'images de téléréalités ou de journaux télévisés, atteint son paroxysme. John, à son aise, use de ses charmes, amuse la galerie, tape dans le dos du présentateur. Il nage dans ce bocal comme un poisson dans l'eau. Il bombe le torse devant les millions de gens. Il jubile, son quart d'heure de gloire. Le petit écran vomit l'abject, et nous spectateurs l'avalons sans modération. En bon boulimiques, nous avalons sans dissociation des saveurs. Nous avalons sans combler notre faim. Et plus les chaînes nous gavent de leur merde pâteuse, et plus nous avalons. Les annonceurs introduisent alors à l'intérieur de ces défécations quotidiennes les promotions de leurs produits de consommation, de la malbouffe addictive aux additifs sucrés. Ils nous engraissent le cerveau pour nous engraisser le corps. Sans discernement, "zombifiés" la bave aux lèvres, nous digérons le tout confiant. Qui n'a jamais répété une information tronquée en jurant sa véracité d'un "c'est passé à la télé ou sur les réseaux", les mains grasses de chips arrosés au soda?
Après les rêves vendus par les magazines et les régimes des diététiciens de tous poils, notre métabolisme sur le point de craquer, les industries pharmaceutiques à bout de leurs miraculeux médicaments, les chirurgiens prélèvent nos organes malades. Ils bichonnent leurs poules aux œufs d'or, leurs oies aux foies gras.

Arrive enfin le moment des "témoignages poignants". John sera-t-il accablé ou acclamé par le public américain ? Il continue à fanfaronner. Le présentateur revient sur son passé, celui d'un enfant meurtri. Pure fiction ou non, l'importance est dans l'émotion. En bon comédien John attendri le cœur des spectateurs. Le moment fatidique, sera-t-il sauvé du purgatoire ? Le compte à rebours est lancé. Tout est magnifiquement organisé pour le grand spectacle. Les jauges "libre" et "mort" se remplissent lentement. Une musique angoissante accompagne le suspense. Le couperet tombe. Il est gracié à 68% des voix. John lève les bras au ciel, en vainqueur. Il remercie son public qui a cru en lui, en sa rédemption.

Il s'installe sur une table d'opération, sur le plateau. Un chirurgien lui insère la puce de géo-localisation dans la nuque. Les caméras tournent en gros plan pour capturer l'instant. On s'assure du fonctionnement. Une mise en scène, de belles images ! Le présentateur réquisitionne le héros sur ses premières impressions d'homme libre, vibre la corde sensible de la fameuse ménagère avant le générique de fin. John descend du plateau, Al lui bloque le coude :

- Tu ne vas pas t'échapper aussi facilement.

- Au contraire mon ami.

- A moins que tu ne récidives, et là c'est la potence !

- Aucune chance.

- Tes pulsions ressurgiront un jour ou l'autre, et je te coincerai.

- Au revoir.

- Eclaire ma lanterne, comment as-tu réussi ton tour?

- Première règle : tous les hommes, quoiqu'ils en pensent, sont susceptibles de trahir jusqu'à leurs propres principes. Il suffit d'activer les bons leviers.
Deuxième règle : tous les hommes recueillent dans leurs âmes des vices, souvenirs de leurs bas instincts sauvages agrémentés d'une pointe de névroses émergées de leur enfance. Des boites de pandore que l'on ouvre en catimini, sous sa cape, à l'abri de l'ordre social.

D'un mouvement sec, John libère son bras et se dirige vers les deux gabarits qui lui servent de baby-sitters. Sa jeune fille d'à peine vingt-cinq ans s'empresse vers lui et l'enlace. Lorsque l'on évoque l'amour inconditionnel, nous le faisons souvent sans en peser chaque terme. Ce simple mot "inconditionnel" prend ici tout son sens. Ce petit bout de femme lui est entièrement dévoué même s'il devait se révéler le diable en personne. Après sa longue odyssée il repère enfin dans les yeux de celle qui l'avait rejeté à travers la paroi vitrée de la prison la tendresse qu'elle lui déployait autrefois. La Pénélope reconnaît son Ulysse sous son déguisement de tolard. Le couple s'embrasse dans le cou comme deux amants s'enlacent après une longue séparation, comme si le destin lui-même réprouvait leur union, comme si un être comme lui ne méritait pas le bonheur. Les deux sbires intiment John à les suivre, il s'incline une bille salée retenue sous la paupière. Al n'a pas perdu une miette de la tragédie grecque. La jeune rousse, Katia, se dirige vers lui :

- Vous ne comprenez pas, n'est-ce pas ? Vous ne comprenez pas ce qui anime la femme que je suis à adorer cet abominable être. Mais je ne peux le dépeindre ainsi. Il est mon papa, c'est tout.

Al est persuadé qu'il la contrôle depuis sa plus petite enfance, mais pour elle il n'en est rien. Sur la partition de ses souvenirs se dessinent les notes d'un conte de fée. Elle y joue la princesse que son père gâte de milliers d'attentions. Il n'a jamais manqué une seule représentation, s'émerveille de fierté à chaque fois qu'elle voltige ses doigts sur les noires et les blanches du piano. Elle avait quoi ? Quatre ou cinq ans? Lorsqu'il l'a emmenée la première fois dans les manèges du parc. Et depuis, chaque année, ils finissent leur escapade par le stand de tir. Il canarde de plombs trois petits ballons virevoltant dans une petite cage. La peluche gagnée complète la collection sur son couvre-lit, et s'ajoute aux autres merveilleux souvenirs : il retenait la selle de sa bicyclette pour l'aider à dompter ce tas de ferrailles sur roues, lui faisait réviser ses devoirs scolaires, l'emmenait dans les restaurants chics, les pièces de théâtre… Mais la mémoire a cette douce capacité de dérouler le film de son passé avec un filtre de nostalgie. Elle a oublié l'exigence de son paternel. Il lui avait imposé le piano, contre sa volonté. Tous ces pleurs à répéter sens cesse le même morceau, pour gagner son amour. Il l'embarquait dans les pires manèges, sous ses cris de peurs et de vertiges, et l'encourageait à se maitriser. Lorsqu'elle y parvenait il la récompensait d'un nounours. Campée sur son vélo, il ne l'assurait pas, il la poussait fort. Elle chutait, inlassablement. Il l'obligeait à remonter jusqu'à ce que le sang de ses genoux écorchés coule sur ses chevilles. Il la façonnait lentement, à chaque jour sa leçon de vie. Il l'aime à sa manière. Il la protégeait de tous ces prétendants qui espéraient la lui voler. Il l'a construite jusque dans sa sexualité, une sexualité sans attachement, une solitude assumée.

Comment deviner, sous le masque sans faille de ce tortionnaire, le visage d'un homme sentimental ? Il a un cœur, il ne vibre que pour ceux qui se sont donnés les efforts de le mériter, comme elle. Et tant qu'ils ne le trahissent pas, il est prêt à tout pour eux, pour elle. D'ailleurs, alors que les fondements de sa personnalité reposent sur les principes de ne rien devoir et de ne transpirer d'aucune faiblesse, n'a-t-il pas demandé à Al son ennemi juré de tenir sa langue ? La seule fois qu'il sollicite un service, c'est pour sa fille. En tout cas se le persuade-t-il, l'erreur ne fait pas partie de sa vie. Chaque action qu'il mène n'est jamais éloigné de son narcissisme, chaque action qu'il mène n'est jamais par bonté d'âme, chaque action qu'il mène n'est jamais dénué de son propre intérêt. Ce silence promis par peur de la perdre pour toujours, cette jeune femme qu'il a mit tant de temps à protéger, à modeler, à aimer. Il souffrirait tant de devoir s'en séparer.

5

Trois mois se sont écoulés depuis la libération de "John, le meurtrier présidentiel", titre autoproclamé sur la couverture de son autobiographie. Chris attend dans la file qui semble interminable, avec l'impatience de sa jeunesse. L'adolescent boutonneux, le livre à la main, tente désespérément d'apercevoir son idole en se dandinant de gauche à droite, en sautillant au dessus de la foule. L'amas sombre et dense se déplace par vagues dans un inaudible murmure. Les ombres se suivent lentement, dans une marche funèbre vers l'élu providentiel. La mère de Chris l'attrape par le poignet : « Arrête donc de gesticuler. »

Il est tout excité. Lui, d'un tempérament calme et froid, se surprend d'éprouver cette incontrôlable vivacité. John, son idole, a le don de faire naître en lui d'étranges sensations. La lecture de son bouquin l'a profondément chamboulé. La description morbide du massacre de la famille du président, des tortures et des sévices, des moyens utilisés pour faire durer leur plaisir, ont sa préférence.

Bien que John ne soit plus en mesure d'user son art diabolique, son passage au tribunal télévisuel l'a rendu publique. Doté de son exceptionnel intellect, il a rapidement exploité sa nouvelle condition. Invité dans de nombreuses émissions comptant sur le caractère voyeur du public, ses atouts charmeurs et provocateurs ont largement contribué à son succès. Il a enfoncé le clou avec l'édition de ses mémoires. Son égo ainsi flatté, ses bas instincts comblés par la répétition et la mise en scène de ses méfaits, ses fans ont contribué quelque temps à son épanouissement. Mais le manque est bien là, tapi au fond de son être. Il a fallu trouver un autre substitut, et la rencontre de futurs meurtriers en puissance en était un. Savoir qu'il suscite chez des jeunes et des moins jeunes de nouvelles convictions revêt une douce consolation, mais pour combien de temps ?

Un universitaire, une vingtaine d'années, se présente devant la star. « Bonjour monsieur», adresse t'il timidement, la tête plongée dans ses chaussures, camouflée sous la capuche de son polo. Il tend une photo. John le sonde rapidement. « C'est une marmite en ébullition », pense t'il. « Un jour il défrayera la chronique en explosant tous ses camarades d'école ». Mal dans sa peau, si transparent aux yeux des autres que son seul moyen d'exister réside dans sa propension à annihiler la substance des autres, avec mépris. Ce même mépris, à moindre mesure, qu'adoptent certains de notre entourage pour rabaisser et dénigrer améliorant au passage l'estime d'eux-mêmes. Processus similaire, à chaque corps tombé il se sentira plus fort, plus présent. Une forme de vase communiquant. Il se nourrit de ses concitoyens. Une façon aussi de leur montrer à tous sa puissance, sa détermination, ses "corones". Son suicide en apothéose, moins par conscience de ses actes ou par volonté d'échapper à ses responsabilités que comme l'aboutissement de ce qu'il a commencé. On ne peut supprimer ce qui n'est en vie. Se cramer la cervelle, l'ultime solution donc pour résoudre son absence identitaire. Le genre de type qu'exècre John, juste une folie pure sans envergure, sans préparation, sans vision artistique. John se figure plus proche de l'esprit créateur et innovateur de Dali ou de Léonard De Vinci que d'un gamin attardé pataugeant innocemment dans les pots de peinture.
Au suivant :

- Bonjour, à quel nom dois-je vous dédicacer cet ouvrage ?

- Chris. Je suis votre plus grand admirateur.

Ses pupilles brillent. Emerveillé, il ose toutefois engager la conversation :

- Je vous remercie. Grâce à vous j'assume aujourd'hui mes pulsions. A votre image, j'aspire à les apprivoiser pour en exulter selon mes désirs.

- En voilà un bien joli vocabulaire pour des lèvres si juvéniles. Combien de fois avez-vous répété votre phrase dans votre petite caboche ?

- Autant de fois qu'il vous faut vous souvenir de vos exploits pour ne pas sombrer dans la dépression.

Cette dure vérité provoque une irrésistible envie de serrer ses mains autour de son cou.

- Qui te permet…

- Pardon, pardon, pardon. Je ne voulais pas vous fâcher. Je me disais simplement que ce ne devait pas être évident tous les jours de renoncer à…votre art, vos besoins…

- La rançon de la gloire, petit.

- Et si je vous permettais de recouvrer la liberté qui vous manque.

- Tu te fous de moi ?

- Faites de moi votre étudiant. Enseignez-moi tout ce que vous savez pour un jour devenir votre successeur.

- Pour quelle raison me plierais-je à cet exercice ?

- Vous tirerez les ficelles. Je ne serai que votre bras. C'est vous qui détiendrez tout le contrôle comme… un marionnettiste, un Dieu.

John esquisse un furtif sourire, bien trop rapide pour être observé à l'œil nu, mais bien présent un bref instant.

- Tu viens de susciter ma curiosité. Je n'ai pas dit « oui ». Il y a encore du monde derrière toi. Retrouve-moi au café d'en face en fin de journée.

- A tout à l'heure.

Chris tourne les talons et se retire vers les jupons de sa mère restée en retrait, laissant sa place aux yeux bleus d'un homme en fauteuil. Elle est ravie de le voir enjoué, c'est si rare. Elle l'embrasse, lui n'apprécie guère ce genre d'effusions. Cette fois il accepte ces bras qui l'enlacent de son amour. Il lui sourit, esquisse une timide tendresse envers sa génitrice. Il la dupe encore, c'est si facile.

- Maman, puis-je rester ? John m'a donné rendez-vous tout à l'heure. S'il te plait.

- D'accord, tu m'appelles dès que c'est fini et tu rentres.

- Merci maman.

Comment pouvait-elle répondre non ? Naturellement elle le préfèrerait fan d'une idole moins dangereuse, comme un chanteur ou un joueur de baseball. En vieillissant il changera. Et puis il l'a appelé "maman", lui si avare de mots affectueux. Elle accepterait tout pour l'entendre de sa bouche, et il le sait. Il en abuse. Il pousse le vice jusqu'à lui coller un baiser sur le front avant de s'éloigner.

6

Chris remue sa petite cuillère dans la tasse de chocolat chaud, au "Angel's coffee". L'établissement, un cliché des séries américaines : des canapés rouges encadrent les tables alignées, une vieille bouilloire sur le comptoir. La serveuse, une fausse blonde d'une soixantaine d'années maquillée à la truelle, affuble les clients d'un « mon chou ». Elle beugle les commandes au cuistot par le biais du passe-plat. En marcel, il brûle ses fameux œufs brouillés dans l'arrière boutique. Le mouvement de la porte actionne le battant de la clochette. A chaque tintement, Chris épie la personne franchissant le seuil. Il divague, son esprit déforme la réalité. Une quinquagénaire alourdie d'une charge pondérale apparait. Il ne s'attarde pas sur les détails de sa bonne bouille bien joufflue. Il la contemple ficelée comme un gigot, embrochée par un crochet de cuisine, suspendue au dessus d'un bûcher. Se balançant de gauche à droite, la laie se vide de sa graisse. Elle suinte la couenne perforée à de nombreuses reprises.

Elle est suivie par un prêtre dans sa soutane noire. Le crucifix à son cou l'intrigue, l'hypnotise. Les bougies de l'autel illuminent le religieux cloué sur le mur d'une chapelle tête en bas, les bras en croix. La rugosité des briques lui refroidit le ventre. Les meurtrissures du fouet lui brûlent le dos. Il prie la fin de son supplice un chapelet au fond de la gorge, le pendentif dressé fièrement dans l'anus.

Les fantasmes de Chris se poursuivent. Un affairiste d'une quarantaine d'année à genoux, les mains liées dans le dos. Grand et mince, les avant-bras dépecés, les articulations broyées à la masse, il est sur le point de s'évanouir. Un briquet dans la main droite, l'arrière de la tonsure de la victime dans la main gauche. Il hume l'odeur de l'essence avant l'embrasement final.

- Chris, c'est bien ça ?

- Hein… Euh… Oui.

John s'assoit en face de lui :

- Je connais cette expression.

- Quoi ?

- Pas de mensonge, pas à moi. Tu bandes encore, n'est-ce pas ?

La mine défaite, comme un petit garçon pris en flagrant délit, Chris s'incline.

- Première leçon : camoufle tes intentions, fond toi dans le paysage. Fais rapidement un tour d'horizon. Ne fixe pas tes éventuelles proies. Mémorise et imagine les tes yeux rivés sur un support, un journal par exemple.
- Vous acceptez alors ?

- Tu m'as convaincu, renchérit John. Tu suivras mes instructions à la lettre.

- Oui.

- Bien. As-tu déjà succombé à tes pulsions ? Non, ne répond pas. Ma question est idiote. A quel âge as-tu commis ton premier méfait ?

- Je n'ai encore jamais…

- Pas même un petit animal ?

- Il y a bien ce chiot. Je l'ai serré très fort dans les bras.

- Et tu as senti cette onde de puissance t'envahir. Tu l'avais entre tes mains, ce pouvoir de vie et de mort. C'était bon n'est-ce pas ?

- Oui.

- Deuxième leçon, beaucoup l'ont oublié de par leur éducation, leur petite vie rangée, bien tranquille. Les enfants, en temps de paix, sont reconditionnés dès leurs plus jeunes âges pour répondre à une vie sociale sur des concepts de bien et de mal. Mais les hommes se révèlent avant tout des prédateurs, des mammifères bâtis pour chasser, des félins les griffes dans la croupe de leur proie. Les enfants n'ont rien à envier aux chatons, souris sous leurs crocs acérés. Les jeux, le sport leur permet d'acquérir les muscles, les réflexes et les aptitudes nécessaires à la survie de l'espèce. Et nous, nous existons pour le leur rappeler. Ce n'est pas nous l'erreur mais eux. Nous ne sommes que le reflet de l'homme tel qu'il a été conçu, tel que la nature l'a créé. Nous ne faisons que nous harmoniser avec nos instincts primaires, intrinsèques.

- Pourquoi m'expliquer tout cela ?

- Je vais y venir. Ou en étais-je ? Nos instincts. Lorsque l'un de ces êtres dits « civilisés » se retrouve acculé, son naturel reprend le dessus, capable des pires atrocités selon leur propre valeur. Pour exemple il suffit de souligner les actes de barbarie en temps de guerre. Ils ne sont guère différents de nous. Ils ont simplement oublié qui ils sont. Tu ne dois donc jamais ressentir la moindre culpabilité.

- Ne jamais ressentir de culpabilité.

- C'était la dernière leçon de la journée. Retrouve-moi dans ma cave tous les week-ends. Officiellement je te paie pour des travaux de rénovation. Dans la cour, tu découvriras une trappe sous le récupérateur d'eau. Il est bouché et vide, donc facile à déplacer. Vas t'en maintenant.

John balaye l'air de la main. Chris fait virevolter la clochette au dessus du portillon. Il jette un dernier regard dans l'assemblée. Chacun d'eux tiendrait un joli rôle dans son spectacle "Tim-Burtonesque" mais il attribuerait sans conteste celui de l'actrice principale à la serveuse. Cette caricature de la blondasse sans cervelle juste bonne à servir le café, ancienne pompom girl à ses heures de gloire juste bonne à palper les footballeurs dans les vestiaires de la troisième mi-temps, poupée de cire endimanchée dans son ancien blaser liftée miraculeusement par des dizaines de morceaux de fils de pêches, les hameçons dispersés sur le contour du visage. Sourire figé par un coup de lame aux coins des lèvres, pendue par les seins défiant ainsi les lois de la gravité, et le ventre compressé dans un étau. Ne faut-il pas souffrir pour récupérer la forme de ses vingt ans ? Oui elle serait le joyau de son film, il en ferait une star ! Sa star !

Elise, Metz

7

La belle au bois dormant se repose paisiblement. Des coussins gonflés de plumes synthétiques lui offrent un nid bien douillet. Ils réchauffent son cœur gelé depuis plusieurs années dans la solitude et l'amertume, les paupières fermées sur son joli visage d'ange. Le cocon la berce dans un profond sommeil et la protège du monde extérieur, comme le ventre arrondi d'une future mère pour son petit être si fragile. Une faible lueur pénètre la bulle, éclaire d'un halot sa peau laineuse recouverte d'une soie blanche. Les faisceaux lumineux se glissent à travers le tissu de sa robe et caressent le dos de la belle. Visiblement troublée par la brûlante ardeur de ces doigts, elle ouvre un œil. Elle change difficilement de position, se tourne et tend ses bras vers la source. Son nouvel amant lui indique la sortie.

Soudain, un regard insistant, inquiétant et réprobateur la foudroie. Celui peut-être d'un Dieu punissant ses ouailles de sa colère et de sa fureur, ou plutôt celui de Satan lui-même… Le couvercle claque sur ses phalanges qu'elle rétracte, par réflexe. Une voix grave, métallique, mystique retient son attention et son souffle :

« Je voulais m'assurer de ton réveil. Ce cercueil sera désormais ta chambre, jusqu'à nouvel ordre. »

La voilà à nouveau dans la froideur des ténèbres. Elle reste prostrée sans prendre pleinement conscience de sa situation. Cela lui parait si invraisemblable. Comment s'est-elle coincée dans cette boite ? Son dernier souvenir, elle fumait une cigarette sur le talus. Quelle est la motivation de son ravisseur ? Une rançon, une vengeance ? Vit-elle le dernier couplet de son existence ? Non, l'hypothèse d'un cauchemar lui convient mieux. Son esprit déambule dans les chemins tortueux de ses méninges, s'engouffre dans chaque scénario imaginé par son subconscient. Le réveil, son unique échappatoire à cette terrible illusion ! Elle rassemblerait alors ses idées, transpirante et haletante, assise sur le lit de son deux-pièces parisien. Malgré tous ses efforts, elle ne parvient à se soustraire de ses divagations.

Si ça se trouve une forme de coma la cloisonne hors de la réalité. A moins que son repos n'ait pas atteint son terme. En attendant, rien ne l'empêche de modifier les évènements, de se téléporter dans un endroit plus serein. Son cerveau lui joue peut-être des tours mais elle n'en reste pas moins la propriétaire, et par là même la commanditaire. A elle donc de reprendre les manettes, visualiser un endroit agréable. Elle parcourt les pages de son existence, chronologiquement. La netteté de ses photos mentales s'améliore au fil des chapitres abordés.
Le souvenir de sa communion l'apaise, elle décide de s'y attarder. D'abord l'aspect religieux. Elle domine sur l'autel, la bougie à la main. Son tonton Bruno, un homme pour qui elle avoue avoir eu un pincement brûle la mèche, éclaire le chemin de sa foi. En fait, Bruno n'est pas vraiment le frère de l'un de ses parents mais un ami fidèle du couple. Il s'est occupé d'elle comme l'aurait fait un tonton, il lui changeait ses couches, la balançait, l'embarquait à la piscine, au parc, au cinéma... Alors quoi de plus normal de l'avoir choisi comme parrain de cœur. Le curé lui présente l'Ostie, elle tire la langue. L'homme de Dieu la lui dépose sur le muscle humide et tiède qu'aucun baiser n'a encore souillé. Si l'homme à la soutane avait su à l'époque qu'elle l'emploierait à d'autres fins que de chastes baisers, il ne l'aurait pas adoubé. Quoique, en se référant aux colportages des médias sur les affres des missionnaires du Seigneur, peut-être lui aurait-il demandé

de goûter à son fruit défendu lui aussi? Et d'ailleurs ne subirait-elle pas actuellement une punition de l'Eternel pour ses multiples facéties sexuelles, son incapacité à réprouver sa libido, la bête s'emparant de son organisme et la tourmentant, l'obligeant à sortir frotter sa jupe sur les cierges maudits d'éventuels pêcheurs ? Combien de fois à l'apogée d'une faim si violente s'est elle cambrée dans d'effroyables convulsions sataniques? Non ! Dieu est miséricordieux avec ses enfants confesseurs. Elle s'est toujours repentie dans la pénombre du confessionnal, une étrange dissonance avec la lumière divine et la flamme qui éclaire le chemin de la foi. Le pardon est la base de sa religion, elle n'est passible d'aucun châtiment.

La divine messe ! Elle boit à présent le sang du christ, la première lampée alcoolisée d'une longue série. Mais encore une fois, la prière et la confession règlent tout. Sortie de l'Eglise, les cloches sonnent, les flashs des appareils fusent. Du haut des marches, elle pose sous les projecteurs, elle aime se sentir convoitée, l'orgueil !

En effet elle est moins propre sur elle qu'il n'y parait. Elle croque la vie à pleines dents. Viendra bien assez tôt le moment de se caser, de fonder un foyer avec l'amour de sa vie. Car elle y croit ! Sous son tempérament de feu se camoufle l'âme de cette petite fille préadolescente élevée aux contes de fée, une romantique des mille et une nuits cherchant désespérément dans le monde moderne son prince charmant. L'incandescence de l'innocence se consume rarement là où nous le pensons, et celle-ci n'attend qu'à s'embraser pour peu qu'on l'attise. Toute sa famille célèbre leur petite princesse dans un festin de roi. Bénie par les saints, par les siens. Elle resplendit dans son aube touchée par la grâce. Elle se persuade qu'en gardant cette image en tête, il lui suffira de pousser la porte du cercueil pour l'ouvrir sur "La Cène" de son sacre. Quelle déception !

8

Deux policiers se tapent la bavette sur le perron d'une maison, dans la périphérie de Metz. La baraque est bien retapée mais Léonard, lui, reluque les rides sous les couches de cache-misère. Elle empeste le neuf, la peinture et l'aseptisation. Pourtant en grattant un peu, les épices d'une histoire de plus de deux siècles nous chatouillent le museau. La bâtisse a abrité toute une dynastie. Une longue lignée de cols blancs assurait leurs descendances d'un joli magot. Pourtant le grand aïeul, celui par qui tout avait commencé, ne roulait pas sur l'or. Il s'escrimait à retourner la terre, encore et encore. Lorsqu'il rentrait à la tombée de la nuit les mains esquintées, c'était pour se requinquer avec la soupe de sa Cunégonde et une bonne nuit de sommeil. Et le lendemain il repartait à sa terre, fier comme le coq du voisin qui s'égosille chaque matin à son passage les pattes dans le fumier. Passer le plus clair de son temps seul avec la nature lui remuait les méninges. C'est que ça cogitait dur dans sa caboche. Il rêvait d'une vie meilleure. Et lorsqu'il fit rouler pour la première fois entre ses gros boudins noueux les morceaux de charbon, lorsqu' il fit briller leur noirceur au soleil comme si il détenait une relique, un objet magique, une pierre précieuse, il sut alors que ses espoirs étaient sur le point d'être exaucés. Des mines d'exploitation poussèrent dans son champ faisant de leur propriétaire un fermier blindé de tunes. Ridicule dans son accoutrement de nouveau riche, sa dégaine, sa démarche, sa corpulence, ses gestes trahissaient irrémédiablement l'aspect rustique qu'il s'escrimait à vouloir gommer. Un paysan dans un costard reste avant tout un paysan. Peu importe, il avait amassé un joli magot. Une histoire qui ne doit surtout pas transpirer hors de la famille. Chaque membre se préoccupe plus des apparences que de la vérité, que de la mémoire de leur ancêtre. Une tache indélébile dans leur arbre généalogique d'y voir figurer un cul terreux.

- Qu'est ce que t'en dis Léo ? J't'invite bouffer samedi soir. Ma régulière nous explosera la panse d'un bon repas.

- Désolé, ce week-end je vais me farcir une ou deux petites poulettes façon crème anglaise.

- Il serait peut-être temps que tu te cases, non ?

- Lâche-moi les burnes Gabriel ! Ce n'est pas parce que tes grosses miches de négro s'enfilent un seul calecif que tout le monde doit suivre ton exemple.

- T'es vraiment trop con.

La porte s'ouvre coupant la parole aux deux amis. Léonard et Gabriel sont invités par la maîtresse des lieux. Elle les conduit dans le vestibule et s'empresse auprès de son mari. Elle lui serre la main le cœur battant, suspendue aux lèvres des agents. Elle cocotte à plein nez. Sa fille s'est beau volatilisée dans la nature depuis plus de quarante huit heures, aucun stigmate ne défigure le visage imperturbable de Mme De Lavigne. Ce nom à particule lui a été transmis lors de son mariage, vieux procédé pour gagner un titre de noblesse. Elle reste digne dans la douleur, droite et impassible. Son mari plus accablé, avachi, des poches sous les yeux, vacille sur ses cannes fragiles. Gabriel annonce la mauvaise nouvelle, la pire dans cette situation.

- Madame, Monsieur, nos premières recherches n'ont rien révélé. Nous avons fait le tour des hôpitaux, des morgues, suivi son dernier trajet connu sans succès. Aucune hypothèse ne peut être omise : la fugue, l'enlèvement ou… (Le fait de ne pas terminer sa phrase en dit bien plus que de prononcer le mot lui-même, celui qu'aucun parent ne devrait entendre à propos de l'un de ses enfants). Pour l'enquête, il nous faut en savoir le plus possible concernant votre fille.

- Venez donc vous asseoir sur le sofa, nous serons plus à notre aise.

- Bien Madame.

- Puis-je visiter sa chambre ? Demande Léo.

- Soit mais ne dérangez rien, qu'elle la récupère telle qu'elle l'a laissée. Montez au premier étage, longez le couloir quatrième porte à droite.

Léo découvre la piaule d'une petite fille gâtée: les murs roses pâles, les peluches sur le lit à baldaquin, la maison de poupée bien en évidence sur la commode, le bureau, sans oublier le dressing. Ses yeux se payent une bonne tranche sur les photos épinglés au dessus de son pupitre, des autoportraits des plus anciens aux plus récents. Ils s'attardent sur l'un d'eux. Mise en boite en vue plongée, la jeune blonde expose ses deux nibards dans un profond décolleté. Mais pour une fois, le regard de Léo sue en premier sur deux joyaux, deux pupilles taillées dans un saphir. La profondeur de ces lagons bleus le transperce : « La bombe ! Bon allez te disperse pas, il y a encore du taf ». Habitué aux cachettes sans ingéniosité, Léo glisse son bras sous le sommier. Il en extirpe une boite. Son contenu lui décoche une risette :

« Eh bien, c'est qu'elle aime se tamponner le coquillard la petite. A la taille des engins elle n'y va pas avec le dos de la cuillère ! Et franchement c'n'est pas pour me déplaire ! »

En relevant les yeux, il prend vraiment conscience du décalage entre ces objets et les lieux. Il se remémore alors toutes ces pétasses qu'il a copieusement arrosé, elles aussi certainement bercées par leur daron d'histoires bien sages de princesses. L'innocence et la pureté tombées dans les oubliettes au profit de jouissances répétées sous ses coups de butoirs. Pour autant elles se soucient de préserver les oreilles chastes de leur paternel, ne rien leur dévoiler de leur extraversion sexuelle, demeurer leur blondinette à couettes suçotant un bâtonnet glacé sans aucune arrière pensée.

Soudain la porte vole en éclat. Léo camoufle aussitôt le précieux trésor. Un mioche d'une dizaine d'années s'emballe les bras ouverts vers le policier « tu es rentrééééé !!!!! » puis s'arrête net :

- Eh ! Z'êtes pas ma sœur! Elle est où ?

- T'es perspicace toi. J'suis là pour la retrouver. Tu veux bien causer un peu avec moi ?

- mouais...

- Moi c'est Léonard et toi ?

- Louis.

Il pose sa main sur le bras du gamin et crée par ce simple geste un rapport de confiance. Il amplifie cette symbiose en diminuant le volume de sa voix, et la pose sur une tonalité grave.

- Bien Louis, qu'est ce que tu peux me baver sur elle ?

- Elle est génial ! Depuis qu'elle est sur Paris, elle ne nous rend pas souvent visite. A chaque fois elle m'offre des cadeaux, elle joue au foot avec moi, et des fois on regarde des films d'horreur ensemble mais il n'faut rien dire c'est un secret.

- Vous partagiez d'autres secrets?

- Non.

- Elle fréquentait un petit copain ces derniers temps ?

- Elle n'm'en a pas parlé. Pourquoi vous fouillez ?

- Pour la retrouver le plus rapidement possible, je dois en savoir le plus possible sur elle. Donc si elle s'est confiée à toi…

- Sa tablette.

- Quoi ?

- Elle m'a prêté sa tablette tactile. Je vais vous la chercher. »

*****

Léonard au volant de la voiture partage ses impressions avec Gabriel.

- Alors Gaby ?

- D'après les parents, Elise est une jeune gazelle sans blème. Elle a reléché quelques keums mais rien de sérieux. Elle loue un appart à Paris et a débuté une carrière de fouille merde. Elle a profité de son mois de perm avec sa tribu pour retrouver ses anciens potes de classe lors d'une fiesta. Elle n'est jamais réapparue.

- Les parents les connaissaient ?

- Pour la plupart, des gamins sans histoire. Peut-être un ou deux légèrement fondus du ciboulot mais pas assez pour les inquiéter.

- A vérifier. Vu tous les clichés de sa bouille dans ses affaires, elle tape dans le narcissisme la môme. Sinon, physiquement tu la trouves comment toi ?

- Ben… pas de quoi casser trois pattes à un canard.

- Quoi ? Tu te fous de ma pomme là… ?

- Bon d'accord, elle est pas mal, un peu trop angélique à mon goût.

- Ce n'est pas vrai, ton mariage t'a engourdi les testostérones ! C'est un vrai canon c'te fille et crois moi, sous ses airs de saintes n'y touche, elle doit envoyer sévère. A l'étendue de la panoplie sous son lit, elle a le diable au corps. Et avec ses courbes de rêve, elle hisserait sans effort la soutane d'un moine.

- Refroidis ton machin, Léo. Remplis ton caleçon de glaçons et passe à la suite.

- Tu sauras qu'il m'en faut un peu plus pour réveiller la bête. Tiens regarde sur le siège arrière, j'ai embarqué sa tablette.

Gabriel déboucle sa ceinture de sécurité, se penche en arrière et attrape l'appareil numérique. Il l'allume.

- Fais chier, il me demande un code de déverrouillage. J'essaie son prénom… Il refuse l'accès. Il va falloir attendre l'informaticien du bureau.

- On ne devrait pas à avoir à trop se presser le citron pour le deviner. On sait qu'elle est égocentrique. Ses parents l'adulent. Essaie sa date de naissance.

- Non.

- J'ai vu un p'tit mot sur son bureau adressée à « ma choupinette ». T'as qu'à essayer ça.

- C'est bon. Il y a plusieurs fichiers professionnels

- Tu y vois un doss qui pourrait nous intéresser ?

- Non, rien de probant… J'ouvre son historique internet. Putain !!!

- Quoi ? Quoi ?

- Elle est sur un site de rencontres pour adultes en topless dans une position plus que suggestive.

- Montre-moi !

Léo se penche vers Gaby. La voiture fait une embardée à droite. Léo redresse aussitôt la situation.

- T'as failli nous exploser la carlingue. Gare-toi je prends le volant.

- Tu rigoles. Quant tu conduis, même les escargots nous honorent de leur majeur.

- Tire le frein à main ! Maintenant !

- C'que tu peux être chiant.

Les deux policiers changent de place. Léo s'épanche à nouveau sur la nudité de la disparue :

- J'te l'avais bien dit, elle a un corps à mettre tout le monde d'accord, non ?

- Alzheimer te guette mon vieux, tu radotes.

- Elle a aussi un compte facebook. Je vais le lorgner. Il y a des vidéos de sa dernière soirée. Intéressant, elle s'accole souvent à un jeune mec. Ramène nos gros culs au poste. Dès demain matin, on réquisitionne les invités de cette teuf à déballer leur matricule.

Léonard louche en boucle sur Elise virevoltant dans sa robe, légère et frivole.

Plus d'une heure qu'Elise s'acharne. Elle griffe, tambourine les parois du cercueil jusqu'au sang. Hystérique, les larmes de colère se joignent aux cris, aux insultes et aux implorations. Rien n'y fait. Elle craque puis s'écroule. Les bleus, les plaies, les escarres sur ses doigts, ses mains, ses coudes, ses avant-bras provoquent de lancinantes douleurs.

Elle donnerait cher pour revenir en arrière, échapper à son funeste destin, à ce monstre qui la retient prisonnière. Elle pactise avec le ciel et les enfers. « Notre Père, Seigneur, aidez moi à retrouver ma famille saine et sauve, je vous promets de vous servir, de m'engager dans les ordres et de prêcher la bonne parole jusqu'à la fin de ma misérable existence… Oh Prince des ténèbres, Lucifer, je suis prête à me damner. Libérez-moi je vous en supplie ! »

Soudain, les feux des rampes l'éblouissent. Elle se redresse. Ses prières ont-elles finalement été exaucées. Le froid la saisit. Une ombre, terrifiante, se dessine dans le paysage. Un museau proéminent projette une épaisse fumée sous deux énormes pupilles opaques. Sa fourrure nocturne se prolonge sur près de deux mètre de haut, de la crinière jusqu'au sol. Le dragon s'approche de son pas lourd. Elle estime alors sa méprise. Son agresseur, un homme affublé d'un long manteau d'hiver, d'une cagoule et d'un masque à gaz la contemple :

- Il n'y a pas de chauffage ici. Tu t'es calmé, c'est bien. Si tu restes bien sage, je t'ouvrirai toutes les vingt-quatre heures. Tu en profiteras pour déguster le plat chaud que je t'aurai préparé et faire tes besoins.

En prononçant ces quelques mots, il lui agrippe le poignet. Un cliquetis et la voilà enchaînée à un poteau par le biais d'un bracelet métallique. Elle s'extirpe maladroitement de la boite et se dirige vers une petite table. Elle n'a jusqu'alors prêté aucune attention à ce qui l'entoure. Elle aurait sans nul doute préféré préserver son ignorance. Elle se tient au beau milieu d'un entrepôt de cercueils. Et tous ces cercueils, autant de potentielles victimes. Chaque fois qu'elle détourne son regard, elle en découvre d'autres…L'horreur ! Combien de ces planches renferment des âmes apeurées ? Cette idée lui noue l'estomac. Une autre idée, celle qui en découle directement, lui soulève le cœur. Elle ravale le goût acide dans sa bouche. Combien de ces planches renferment des cadavres en décomposition ?

« Mange ! » ordonne le dragon. Elle enfourne sa tambouille, une inqualifiable ratatouille, jusqu'à la dernière bouchée. Sûrement un plat sous vide réchauffé au micro-onde. Surtout ne pas provoquer son courroux. Il shoote alors dans un seau. Ce dernier roule jusqu'à ses pieds. « Soulage-toi dedans ! » Dépitée elle glisse sa culotte sur les chevilles et s'accroupit au dessus du récipient. Elle utilise le bas de sa robe comme paravent. Elle baisse la tête, et se concentre sur sa vessie. Soudain, la délivrance. Le liquide chaud coule au fond du contenant, quelques éclaboussures à l'intérieur des cuisses. Gênée du reflet peu flatteur de son image, Elise rougit. Elle lève ses sourcils inquiets vers le voyeur. Cette indélicate position offre la braguette du geôlier, gonflée par le désir, directement dans sa ligne de mire. L'humiliation d'Elise exaspérée par sa honte et sa peur, son état d'animal blessé et docile, la suggestion de son pubis sous l'étoffe excitent le cerveau reptilien du mâle. Souhaitant alors profiter de la faiblesse de son bourreau, éprise d'un incroyable aplomb, Elle allonge sa main vers le jean tendu :

- Je suis prête à vous satisfaire. Mais je vous en conjure, relâchez-moi. Caché sous votre masque, je ne peux vous identifier. Dites-moi de quelle façon vous voulez que je m'y prenne mais je vous en supplie ne me faites pas de mal.

- Si tu ne retournes pas t'allonger par toi-même, c'est moi qui vais t'y coller. Dépêche-toi !

- Non, non, non !... S'il vous plait !...

Il lui empoigne les cheveux, la traîne le cul à l'air et la bascule. Au moment de refermer le couvercle elle se débat tant et si bien qu'il lui arrache le haut de sa robe, dévoilant ses petits melons bien ronds. Las de ses gesticulations il lui écrase le visage d'une baffe magistrale.

- Bouge encore et crois-moi, Elise, tu vas comprendre ta douleur ! C'est clair ?

- Oui.

Ses mains s'égarent un instant sur ses seins, ses hanches et son ventre plat le souffle court et rauque. Elise coopère déconfite les bras le long du corps. Alors qu'elle le devinait descendre sur son intimité il abandonne ses parties charnues, détache son poignet et la plonge à nouveau dans les ténèbres. « Le noir est propice à la réflexion ! »

Elle assimile seulement son message. Il n'a pas besoin de son accord, que ce soit pour la tripoter, la besogner ou combien d'autres saloperies qui lui passeront dans la tête. Elle n'est plus qu'un simple outil qu'il peut disposer au gré de ses envies. Il l'usera comme bon lui semble. Les variantes se bousculent au portillon : le dos comme table basse pour ses pieds, la langue comme nettoyeuse à chaussures, la paume comme cendrier, le vagin comme masturbateur. Elle évapore rapidement les potentiels supplices pour se fixer sur ce qu'elle serait prête à endurer.

10

Les blancs-becs de la soirée ont vidé leur besace sans demander leur reste. Pourtant aucune piste à sa carrer sous la dent, nada. Léonard triture un énergumène cheveux mi longs, une boucle dans le pif une dans le lobe reliées par une chaînette. La dégaine d'un rockeur antisocial avec son futal déchiré et son marcel filet de pêche, le bracelet de force finissant de travestir le bonhomme. Face au barbouze, il ne moufte rien les bras croisés, insoumis.

- Toi, tu m'remontes sévère les glaouis. Cherche-moi, puceau, et j't'enferme avec le Grizzli. Les minots dans ton genre, il les cuisine façon choux-farcis sans crème. On en est au troisième esquinté cette semaine. Alors t'ouvres toujours pas ta petite gueule ?

- Mort aux cognes !

Il sort le piercing planté dans la langue et signe les cornes de Satan. La provoc' de trop. Léo calme ses nerfs dehors, tire plusieurs lattes. Rien n'y fait. Il revient soulever l'anarchiste par le colbac. Il le trimballe jusqu'aux cages du poste. Un monstre, la moitié du visage cramée au troisième degré une entaille de la commissure jusqu'à l'oreille, s'excite après les barreaux de son nouveau territoire.
Pendant que Léo chausse son arme de service et ordonne au surnommé Grizzli de reculer, de s'allonger face contre terre les mains dans le dos, le gardien prévient le garçon :

- T'as remarqué sa gueule petit ?

- Oui.

- Un jeu stupide qui a mal tourné. Deux motards flanqués de leur poupée respective dans un bistrot. Une pierre brûlante, celui qui garde le plus longtemps les poils de son bras dessus gagne le respect de son adversaire et sa pouliche. Ce jour là, le Grizzli perd la partie. Son adversaire se fout de sa tronche. De rage, Le Grizzli sert la pierre incandescente entre ses doigts en hurlant, se brûle la barbe et la joue. Il fonce vers le gars, lui défonce la boite crânienne avant de déshonorer sa bimbo sur le comptoir. Alors un conseil, ne l'fâche pas !

Il ouvre la demeure du fauve, Léo pousse la bidoche fraiche à l'intérieur. Les barreaux se referment sur le gosse apeuré. Grizzli se relève la braguette ouverte :

- J' vais m'occuper de ton cas. Tu vas me supplier !

- Non ! Laissez-moi partir ! Pardon ! Je vous en prie !

Il pleure, se pisse dessus. Leo ramène le marmot à son bureau.

- Tu t'mets à table ?

Il acquiesce.

- Nom, prénom, adresse.

- Deville, Julien, 6 Faubourg des capucines.

- T'étais à la sauterie avec Elise le soir de sa disparition. Tu l'avais dans le collimateur n'est-ce pas ? Tu ne supportais pas votre séparation. Tu t'es vengé ? Par jalousie ?

Il renifle.

- N'importe quoi. Elise et moi on flirtait à l'époque où elle créchait encore sur Metz. On était l'un pour l'autre un PQR.

- Un plan cul régulier, rien de plus ? Vous m'avez l'air beaucoup plus proche sur les vidéos.

- On est avant tout des amis. Je lui ai proposé de la faire piailler comme une chiennasse en mémoire de la belle époque. Elle active son boule comme aucune autre. Mais elle a refusé sous prétexte qu'elle avait changé, qu'elle n'était plus la même. Avant qu'elle n'enfourche son vieux scooter, pour me rappeler à son bon souvenir, je lui ai caressé les amygdales avec la langue.

- Un fils à papa... T'es bien un fils à papa ?!

- C'est dégueulasse de...

- Papa te paye tes études, oui ou non ?

- Oui mais...

- Papa te file la bagnole, la tune, le logement, tout ce dont t'as besoin, oui ou non ?

- oui mais…

- Alors sous ton déguisement de pacotille, tu n'es pas moins qu'un fils à papa. Et comme tous les fils à papa tu ne supportes pas qu'on te résiste, surtout de la part d'une pute que t'as déjà baisé.

- Sale con, c'n'est pas une pute. Traite la de pute encore une fois et je te fais cracher tes dents !

- Allons mon garçon, conseil d'un vieux brisquard : Assure-toi d'avoir les épaules aussi larges que tes burnes. Dégage.

En sortant, Julien croise le Grizzli en uniforme, médusé. Ce dernier mime un coup de tête dans la direction du gamin « Bouh ! » qui remonte instinctivement les bras et tourne le dos sous les moqueries de Léonard : « assure-toi d'avoir les épaules aussi larges que tes burnes ! ». Pure bonheur d'humilier un trou d'balle, surtout lorsque ce trou d'balle a eu le loisir de culbuter la belle Elise. Comment a-t'il pu la berner à ce point ? Un trou d'balle pareil avec une fille comme elle ? Franchement !

Le Grizzli avait bravé la fournaise pour extraire une fillette d'un HLM en feu dans la zone de Brabois à Nancy. Il l'avait entendu crier à travers une fenêtre du premier étage. Mais pour les pompiers l'intervention était trop périlleuse. Le commandant à juste titre ne souhaitait pas prendre de risques inconsidérés pour la vie de ses soldats. La petite, âgée d'une dizaine d'années, était inconsciente. Le Grizzli la ramasse et court vers l'air libre, un retour de flammes dans les gencives. D'où les affreuses marques rouges mais il l'a maintenue dans ses bras jusqu'à bon port. Les sapeurs les ont immédiatement pris en charge. La gamine a maintenant trente ans et se porte à merveilles. Elle a exploité la seconde chance qu'il lui a offerte pour gravir les échelons des études, établir un foyer loin de la misère sociale, et faire prospérer ce qu'elle considère comme sa plus grande réussite, sa société d'architecture. Elle fait bénéficier les plus modestes de son savoir faire et propose aux directeurs des logements sociaux des projets audacieux pour augmenter en même temps la qualité de vie et la sécurité des locataires.

11

Elise pleure. La peur, la faim, la nuit constante, le confinement ont raison de ses nerfs. « Pour combien de temps ? » se demande-t-elle. « Combien de temps avant de sombrer dans l'aliénation ? Et s'il ne revenait pas ? Combien de temps avant de mourir de faim et de soif ? Combien de temps avant que le dragon ne décide d'en finir ? D'ailleurs que réclamera-t-il d'elle ? Des faveurs sexuelles, en faire sa prostituée, la vendre aux plus offrants, une rançon ? Et pourquoi elle ? L'a t-il choisi ou n'est-ce que le fruit du hasard ? Qu'a t-elle donc fait pour mériter cela ? Pourquoi, pourquoi Dieu l'a-t-elle abandonnée ? Pourquoi ? ». Tant de questions se bousculent, elle cherche des réponses logiques à l'intangible. Le cerveau humain ne se représente que le rationnel. L'infini, l'invisible, la passion, la folie meurtrière : des concepts au-delà de nos compétences. Pour cette seule raison la société n'est donc pas et ne sera jamais en mesure de s'en prémunir, totalement désarmée face à ces dangers. Elise sanglote.

Des pas résonnent dans la pièce. Bien qu'elle ait cru capter à plusieurs reprises des sons incongrus ou des murmures, cette fois les vibrations ne sont pas des mirages. A la fois effrayée et rassurée, elle renifle, essuie la morve sur son nez et sèche ses yeux. « Ne pas lui dévoiler ses faiblesses », elle s'accroche à cette idée. « Ne pas lui dévoiler ses faiblesses ». Son esprit alterne entre le soulagement de ne pas avoir été abandonnée et la terreur qu'il lui inspire. « Ne pas lui dévoiler ses faiblesses ».

Le cercueil s'ouvre enfin, le bracelet lui serre le poignet : « dehors ! ». Elise s'exécute une main posée sur la table pour soutenir ses jambes endolories. Le regard baissé sur le seau sous la semelle du dragon, la vessie sur le point d'éclater.

- Et bien quoi ? Tu le veux ce seau ?

- Oui… Balbutie-t-elle.

- Alors demande le moi poliment.

- Pouvez-vous m'envoyer le seau s'il vous plait ?

- S'il vous plait qui ?

- S'il vous plait Monsieur.

- Dans quel but ?

- Celui de me soulager, Monsieur.

Il projette d'un coup de pied le récipient vers elle dans un rire tonitruant. Elise gênée, décolle les paumes de ses seins dénudés. Les tétons se durcissent sous l'air glacial. Derrière le voile de sa tenue, Elise se déculotte et arrose abondamment le fond de la cuvette. Le dragon n'en perd pas une miette, enorgueilli de cette prosternation. Il pointe de l'index la lingerie encore sur ses chevilles :

« Retire-là ! Tu n'en auras plus besoin ici ! »

Elise ne se fait pas prier et lui remet le sous-vêtement. Il pose une assiette de nourriture au sol, lui commande de bouffer par terre comme une chienne. Elle s'agenouille, pellette le ragoût avec ses doigts serrés en cuillère. Le kidnappeur la pousse du pied dans son dos, sa figure finit dans la tambouille :

« Comme une chienne, je t'ai dit ! »

Elle se rassasie donc à quatre pattes, lape la bouffe la gueule dans la gamelle à deux centimètres de la chaussure noire du Dragon. Il tire sur son masque, glisse la dentelle à son nez et respire profondément le parfum diffusé par la fleur d'Elise. De la pointe de la chaussure il fait remonter le bas de sa robe sur son dos. Elle ne sourcille pas et continue à béqueter le cul à l'air, rectum bien en évidence. Elle n'est plus à un déshonneur près.

La gamelle vidée, elle s'agenouille. Elle s'aperçoit immédiatement de l'effet de son orifice sur son maître. Tant qu'il ne la touche pas… Même si elle ne sait pas comment l'interpréter. Finalement est-ce mieux pour elle qu'il ne la touche pas encore ? Elle ne sollicite pas le viol, loin de là. Mais s'il ne la pas encore coincé, peut-être projette t-il de lui faire subir bien pire !
Elle tente de se redresser, il la repousse en arrière. Elle tombe sur ses fesses, son regard se projette furtivement sur son vagin.

« Comme une chienne ! »

Et c'est donc encore à quatre pattes qu'elle réintègre sa couche. Elle saute dans sa niche morbide. Il lui caresse ses cheveux d'une main, tandis que de l'autre il lui pelote les globes mammaires :

- Ton comportement s'est amélioré depuis notre dernier rendez-vous. J'en suis ravi. Pour te le prouver, je vais te récompenser !

Il lui jette deux livres, trois magazines et une lampe de poche.

- La lampe s'active avec la manivelle.

Et les accompagne de trois litres d'eau.

- Il ne faudrait pas que tu te déshydrates ! »

Décidément le dragon ne manque pas d'humour : « Le Horla » et « Le Comte De Monte Cristo ».

12

Elise manque toujours à l'appel, aucune demande de rançon. Léonard pronostique sa rencontre avec un prédateur de la région de plus en plus vraisemblable. Tous les efforts convergent en ce sens. Des flashs infos « Alerte enlèvement » inondent les ondes, en vain. Leo sabots de la disparue au pied, retrace tous ses déplacements. Il fouille et farfouille bosquets, bars et restaurants, parlotte avec les tenanciers, les habitués, tous ceux susceptibles de l'avoir croisée. Elle est le genre de nana que l'on ne rejette pas facilement, même de sa mémoire. L'agenda reconstitué grâce à ses parents, le prochain rendez-vous : l'église du village.

Le physique de l'Abbé Ciollino avec sa face de pitbull septuagénaire mâchoire inférieure en avant, coincée entre les épaules le dos vouté, un physique écrasé par la frustration d'une libido inassouvie, a d'abord repoussé ses brebis adeptes de journaux télévisés avant son admission dans la communauté. La caricature d'une tronche de pédophile qui ne demanderait qu'à éclater au grand jour. Une caricature trompeuse, le vioque occupe avec patience et sans occulte contemplation les mouflets qui lui sont confiés les jours de vacances scolaires. Le gay en soutane prépare l'office du lendemain. La robe lui a évité une jeunesse à se carapater sous les insultes ou à se faire écorcher la gueule par des ânes ivres de méchanceté. Rappelons que l'homosexualité était considérée maladie mentale jusque début des années quatre-vingt.
Heureusement, leur présence aujourd'hui n'est plus remise en cause, que ce soit sur la place publique, à la télévision, parmi nos présentateurs, nos chanteurs, nos responsables politiques… Et plus encourageant encore, les européens ont déjà voté une femme à barbe

gagnante de leur célèbre concourt de chant : Conchita Wurst... Quel bond en quelques décennies !

Pour autant, l'Abbé ne raccroche pas son déguisement. Au long des années, il a épousé son métier. L'écho de la voix de Léonard flotte dans la sainte bâtisse. Les deux hommes se toisent dans le confessionnal. L'ecclésiaste confesse à l'agent :

- Tous les petits méritent de voyager à la mer ou à la montagne. Mais il faut en avoir les moyens et certains en manquent cruellement. Je leur propose donc de les prendre à ma charge pour leur faire passer une semaine de centre aéré.

- Et Elise dans tout cela ?

- Elle m'aidait. Elle emmenait son petit frère et en profitait pour jouer avec les enfants, une bonne catholique.

S'il savait à quoi vibraient ses soirées de solitude.

- Ces derniers temps, avez-vous remarqué chez elle un comportement inhabituel ?

- Non. Mais je me souviens d'un cycliste. Il restait au loin les yeux rivé sur notre belle jeunesse. J'ai d'abord pensé qu'il s'agissait d'un père soucieux. Je me suis approché de lui, il s'est aussitôt remis à pédaler. Nous ne l'avons plu revu depuis.

- Une description, un détail ?

- Il était trop loin… On a enregistré une vidéo de cette journée. Possible qu'il y figure.

- Je peux la visualiser ?

- Suivez-moi dans ma loge.

L'abbé invite ainsi Léonard dans son logis, situé dans l'arrière cour de l'Eglise. Dans la pénombre, la lumière du Seigneur peine à se frayer un chemin à travers les minuscules fenêtres, Le policier distingue une petite table et deux chaises. Pour seul confort un canapé usé, certainement récupéré dans une association humanitaire pour quelques sous. La sombre demeure du prophète, l'Etablissement catholique se fout pas mal de la gueule de ses serviteurs. Le vœu de pauvreté, une foutue invention pour les payer à coups de triques et les parquer dans une taule d'à peine vingt mètres carrés en tout et pour tout. Par contre il y en a là haut qui se gavent bien. La hiérarchie, chef de meute et loups en queue de peloton, fonctionne partout : actionnaires PDG et ouvriers, gouvernement et France d'en bas, riches et pauvres… De manière plus générale l'humanité ne s'est pas élevé depuis qu'il s'est arrêté de se lécher le trouffion : les guerres d'occupation du territoire, l'exclusion des peuples, la préservation des frontières… Le cerveau a grossi, pourtant nos instincts de primates emportent haut la patte le morceau.

L'Abbé Ciollino met en branle l'antiquité qui lui sert d'ordinateur. Il insère une clé USB et clique sur le fichier désiré. Le film se déroule. Elise entraine les enfants dans une ronde. Elle s'en donne à cœur joie, si jolie dans son froufrou à fleurs. Elle voltige sous les éclats de rire des enfants. Léonard en a le souffle coupé.
Soudain, l'ecclésiaste s'étripe les cordes vocales :

- Là en arrière plan ! Regardez !

- Je réquisitionne votre clé. Je vais demander à mon coéquipier de le repasser en gros plan et essayer d'en tirer quelque chose. Bonne journée l'Abbé.

Cette casquette, où l'a t-il déjà aperçu ?

Le dragon entrave le poignet d'Elise. Tous les jours le même scénario, invariable. Il l'attache, elle pisse et mange, à quatre pattes défroquée dans ses guenilles. Seule la verve de son kidnappeur amplifie l'oppression de son enfermement. Elle ne s'en offusque plus, attend que sa fièvre s'estompe. Parfois elle essaie vainement de l'amadouer, de deux ou trois mots. Aujourd'hui ses jambes engourdies lui réclament étirements.

- S'il vous plait, monsieur, ne m'attachez pas. J'ai besoin de me dégourdir les jambes.

- Non.

La tonalité de sa voix, basse et suave, suggère un refus non définitif. En fait il adorerait l'entendre supplier…

- Ne suis-je pas sage ? Et puis, ou voulez-vous que je m'enfuis ?

- En effet, je suis le seul à posséder les clés.

L'information n'est pas tombée dans l'oreille d'une sourde. Si l'opportunité de se barrer se présente, lui voler le trousseau ou trouver un autre accès que la porte d'entrée.

- Vous ne risquez rien à me détacher. Je vous en serai reconnaissante.

- Non.

- Je vous implore… Par pitié… S'il vous plait…

- Reste tranquille.

Elle s'en remet à lui comme on s'en remet à Dieu. Entre désœuvrement et capitulation, excitantes supplications. Ses prières elle les livre directement, sans interférence. Elise se dirige vers le seau. Le dragon dans son dos la retient par les seins, la libère de ses liens et lui glisse à l'oreille « Ils sont bien fermes ». Elle sent sa ferveur se coller sur le bas de ses reins.

- Si tu as besoin, demande le moi.

- Puis-je me soulager Monsieur ?

La pression de son membre gonflé sur ses fesses s'intensifie. Il se retient de la soumettre, de la briser… Il relâche son étreinte.

- Vas-y mais cette fois relève ta robe !

Elle se positionne. Le dragon s'amuse à la martyriser. La poitrine à l'air, l'étoffe remontée jusqu'au nombril, Elise offre à son bourreau ce qui nous est le plus intime. Le spectacle de la vulve projetant l'urine entre les jambes fléchies de la demoiselle rouge et honteuse l'électrise. L'avilissement seul suffit à le satisfaire. Les deux joueurs ont terriblement conscience de la précarité de son état, à deux doigts de s'emballer. Elise rabat rapidement ses effets avant de s'asseoir à la table pour dévorer son plat de flageolets. Comment soupçonner que le dragon s'amuse encore à ses dépends en contraignant ses sphincters à expulser d'incongrus gaz pour la dégrader d'avantage. Un moyen aussi pour momentanément la désaimer et retarder l'échéance.

- Puis-je marcher un peu, Monsieur ?

- Soit mais remonte ta jupe, que je puisse te reluquer à ma guise.

Elle déambule donc le cul à l'air entre les cercueils, à l'écoute du moindre indice prouvant leurs occupations. Elle prend ses jambes à son cou, immédiatement poursuivie par son geôlier. Une petite lucarne en haut du mur du fond a capté son attention. Etroite, elle peut néanmoins y infiltrer sa taille de guêpe. Sa seule chance !
Elle saute, s'agrippe sur la paroi et tente de se hisser. Le dragon lui saisit les chevilles et l'arrache de son perchoir. Elle s'écrase violemment. La furie de la bête s'abat sur elle : baffes, coups de poings, coups de pieds. Elle sent son heure venue. Elle défèque. La déferlante de coups s'interrompt, l'accalmie. Elle est tirée du sol par les cheveux. Il la monte sur son épaule comme un sac de viande et la renverse dans sa prison de bois. Cette fois c'est différent : des coups de marteau. Saisie d'effroi, la jeune femme devine les clous sceller définitivement sa destinée. A chaque semonce elle sursaute. Soudainement balancée de droite à gauche elle se cogne à plusieurs reprises la tête avant de pouvoir la protéger de ses bras déjà bien abîmés. Puis elle entend la pluie s'abattre sur les planches. Non, ce n'est pas de l'eau. De la terre, il l'enterre vivante !

Elle crie, hurle, implore son pardon. La terre continue à pleuvoir. Elle étouffe dans ce vase clos. Sa première crise de claustrophobie : ses bronches refusent de s'ouvrir, sa température grimpe. Elle étouffe. La mort abat sa faucille sur son cou. Elle est trop jeune pour mourir. Elle voulait gagner ses galons dans le journalisme. En grande reporter de guerre, elle aurait parcouru le monde. Elle aurait rapporté un cadeau typique de chaque voyage à son petit frère. Ah oui son petit frère ! Comment va-t-il grandir sans elle pour le conseiller? Elle ne sera pas là pour l'aider à draguer la fille qu'il convoitera. Elle ne sera pas là pour le consoler de son premier chagrin d'amour. Elle ne sera pas là pour fêter son brevet, son baccalauréat. Elle ne le verra pas devenir médecin, avocat ou pourquoi pas journaliste comme elle. Elle ne pourra pas le féliciter le jour de son mariage ou pour la naissance de ses enfants. Et elle-même n'aura pas eu le temps de rencontrer le grand amour. Elle aurait adoré se marier dans une belle robe blanche à l'Eglise. Elle aurait tournoyé toute la soirée dans sa parure. Elle aurait écrit un joli texte pour remercier ses parents et rassurer son père, il restera le premier homme de sa vie. Elle aurait adoré regarder dans le miroir son ventre s'arrondir au fil des mois, le sentir gesticuler, et allaiter enfin son bébé à la maternité. Son frère lui rendrait visite, avec ses parents. Ils les cajoleraient et les couvriraient de nounours plus mignons les uns que les autres. Sa mère se révèlerait peut-être plus affectueuse comme grand-mère ? Et son père, ému, bercerait les petits bouts de choux dans ses bras. Et d'ailleurs ses parents, ils seront trop rongés par sa disparition pour continuer à prendre soin de leur fils ! Ils se rejetteront la faute et divorceront. Non, ils sont trop unis pour cela. Elise s'effondre…

La pluie s'est arrêtée. On a l'adage de proclamer « Après l'orage vient le beau temps ». Pour Elise la fin de l'averse n'annonce rien de bon…

Une fois n'est pas coutume, Léonard a invité Gabriel et Azalie se taper une pizza dans son meublé moderne, noir et sobre. Un contraste avec le lino, les murs et le plafond blancs comme neige. Le monochrome, une valeur sûre pour qui manque d'élégance et d'esthétisme. Ses amis ont débarqué il y a près de vingt ans dans la métropole. Gabriel est né à la Réunion. A ses huit ans, il voua un amour secret à sa voisine et se jura de l'épouser un jour. Il n'osait lui déclamer sa flamme. Timide devant elle, il balbutiait à peine deux mots. En cachette il la guettait, subjugué par sa beauté. Il adorait son côté garçon manqué derrière les robes bleues qu'elle arborait fièrement. Le bleu a toujours eu sa préférence. D'ailleurs la couleur de son uniforme eut peut-être un lien avec l'envie d'Azalie de l'épouser. Il a attendu le dernier jour avant de partir s'installer à la faculté de droit pour lui jouer la sérénade, persuadé qu'il ne la croiserait pas de sitôt. Avec une licence il intègrerait ensuite l'école de police. Quelle surprise de la croiser dans les couloirs de l'université. Elle s'y était aussi inscrite. Il était tellement embarrassé que ses joues noires virèrent au rouge, ou presque. Elle l'a embrassé de son amitié, il l'a invité à boire un verre. Il a ramé près d'une année avant d'échanger leur premier baiser. Elle s'était déjà défilée de plusieurs petits copains, une succession d'échecs. Azalie a toujours usé la patience de ses prétendants. Gaby, lui, avait tenu bon et lorsqu'elle lui offrit sa première nuit, la révélation fut pour elle. A présent, elle se présageait disposée à tous les sacrifices pour son bellâtre, au détriment des principes qu'elle cultivait avec certaines féministes un brin trop extrémistes. L'amour redistribue les priorités selon ses propres lois, son égocentrisme se décentralise dans l'autre. Seuls quelques humanistes comme Mère Thérésa ou L'abbé Pierre connaissent la définition de la générosité. Gaby ne demandait pas autant de sa dulcinée, juste sa main avec l'assentiment de son futur beau-père. Ils se sont mariés l'année suivante. La future épouse noire dans sa belle meringue, croustillante, roule en fiacre tiré par quatre chevaux vers l'Eglise. Son père l'aide à descendre du carrosse et la conduit jusqu'à l'hôtel. Dés son entrée, son prince dans un costume nacré titube, proche de l'évanouissement. La réalité dépassait de loin ce moment longtemps rêvé. La salle émue écoutait avec attention le sermon du curé de leur village natal. Trois heures religieuses, la magie d'une connexion de bonheur intégral. Un lâché de colombes cueilli l'héroïne sous les projections de riz, son Gaby la comblait déjà de petites attentions. Ils étaient heureux. Les beaux jours sont généralement accompagnés de quelques mauvaises surprises : sorti de l'école de police Gabriel est affecté sur Metz. Il a échappé de peu aux quartiers difficiles de Paris, de Lyon ou de Marseille. Adoptés par la région en automne, ils se sont caillés les miches comme jamais auparavant. Azalie s'est acclimatée plus rapidement que son époux. C'est à cette période que le premier binôme de Léo a organisé son pot de retraite. Gabriel l'a remplacé. Les deux hommes se sont immédiatement entendus comme larrons en foire, un coup de foudre professionnel. On dit que les contraires s'attirent, pour ces deux amis rien n'est plus vrai. Azalie aurait pu s'inquiéter qu'Al entraîne son mari dans ses soirées arrosées. Elle connait sa vie dissolue. Bizarrement les deux potes déteignent l'un sur l'autre. Gabriel a apaisé les démons de Léo à l'époque vraiment borderline, et Léo a retiré une partie du manche du cul de Gabriel.

- Alors Léo, ça fait un baille que je n't'ai vu. Comment vas-tu ? Demande Azalie.

- Comme un cogne sous pression. La hiérarchie ne m' lâche pas.

- Vous queutez votre affaire de la p'tiote disparue ? Mon chou m'en a glissé deux dans l'oreille.

Il sourit, elle l'amuse à déblatérer un vocabulaire franchouillard sur son accent créole. Un drôle de mélange.

- J'espère la localiser avec notre dernière piste, notre ultime chance.

- On en saura plus en début d'après-m', intervient Gaby, les techniciens nous appellent dès qu'ils ont terminé d'extraire une photo fiable du mystérieux cycliste.

- En attendant reprenez des forces.

Azalie leur découpe une nouvelle part. Elle les materne, une vraie mère poule ! Parfois Léo la nargue mais ça compense son enfance solitaire à la DASS.

- Tu sais Azalie, ajoute le célibataire, c'est un sacré p'tit bout de femme comme on n'en fait plus. J'en ai fouraillé plus qu'il n'en faut pour savoir de quoi j'cause. Tu veux la zieuter, j'ai sa bouille dans mon portable.

- Tu m'blases, Léo. Ton disque est rayé, le Coupe Gabriel.

- Laisse-le extérioriser son amour, mon trésor.

- Oh la! S'insurge l'invité. Saliver sur un nectar n'empêche pas de tremper ses lèvres dans un bon cru.

- Tu peux lever la patte, et faire la cabriole, je suis d'accord avec ma chérie. Elle te chauffe la marmite, mon gars. Fais gaffe.

- Fais pas chier !

Vexé et pris en faute, le policier change de conversation. Il s'évertuera à leur prouver, à se prouver, tout au long du repas son indéniable génie à raccompagner toutes les pisseuses des comptoirs de la ville. Il se félicite donc de toutes les aventures mémorables sans lendemain, agrémentées de passages glauques, bizarres, ou improbables. Le téléphone de Gaby sonne la fin de ce déluge d'exploits sexuels. Ils se précipitent illico presto dans la voiture de Léo, au devant d'une effroyable déception. Impossible de dévisager l'homme à la casquette, la qualité du film n'a pas permis aux experts d'exploiter les images.

Où a-t-il donc déjà vu cette casquette ?

15

Elise s'enfonce dans la folie. Une hallucination sous les traits d'un monstre cracheur de feu. Il lui enfonce ses griffes dans le bas ventre et l'entaille de bas en haut, ses dents la broient. Engloutie, elle passe par l'œsophage dans une chute interminable. Elle rebondit sur les parois internes de l'animal. Elle glisse entre les rouleaux compresseurs, écrasée, étouffée dans les entrailles. Emprisonnée au sein même de l'appareil digestif, les vers et les asticots la mastiquent. Ils s'insinuent, grouillent sous la peau. Des larves noires dégoulinent de ses glandes lacrymales. Ses pieds fondent sous les acides gastriques, son visage se décolle sous ses ongles. Elle hurle de terreur.

Soudain une main la tire hors du danger. Un chevalier la console, lisse avec douceur ses cheveux. Elle recouvre peu à peu ses facultés. Quelle ne fut pas sa torpeur de découvrir le visage du chevalier, l'autre facette du dragon, sa part noble. Il la déshabille, la soulève délicatement de ses bras musclés. Le cul dans une bassine d'eau chaude, le niveau de l'eau atteint difficilement le nombril de la belle. Il lui dépose une éponge savonnée dans la paume. Fluette, fragile et gracieuse, elle se lave d'abord le cuir chevelu puis descend lentement des épaules jusqu'aux ongles. Elle se frotte le ventre, glisse sur ses cuisses. Ses fesses récupèrent leur couleur d'origine. Il verse une cruche d'eau chaude sur le front de la princesse. Il se tient debout, son sexe durcit dans le pantalon. Elle sort du bac, pure et blanche comme au premier jour, les mains sur sa féminité. Ses pupilles se reflètent dans le masque du dragon.

- Ecarte les bras que je t'admire !

Elle le laisse alors briser ses courbes. Le doigt du chevalier tournoie dans le vide, elle pivote aussitôt lui dévoilant sa nuque, sa cambrure, son derrière si appétissant. S'il s'écoutait, oh oui s'il s'écoutait…Avant de succomber à ses envies dévorantes, il la couvre d'un peignoir. Elle s'assied devant un bol de riz qu'elle engouffre à l'aide de ses doigts. « Les couverts se méritent ». Il se débarrasse des coussins. Ils empestent la pisse et la merde. « Ton dos s'habituera à l'inconfort des planches. » Elle acquiesce. Il lui tartine chaque meurtrissure d'un baume apaisant et cicatrisant.

- Merci.

- Merci qui ?

- Merci Maître Dragon.

Il ne s'y attendait pas. Elle le considérait à présent comme son maître. Elle lui appartient, son physique angélique lui appartient. Elle est son jouet. Par ce mot elle lui cède tous les droits même celui de la casser, de la prendre et de la casser… Son membre gonfle comme jamais auparavant. Il lui dépose une mixture à même le sol. Elle lèche aux pieds de son maître le repas, délicate attention. Elle a elle-même remonté sa robe, le bas des reins bien en évidence.

- Tu peux te promener.

- Vous ne m'attachez pas ?

- Tu ne comptes plus t'enfuir, n'est-ce pas ?

- Non, Maître Dragon, j'ai bien retenu la leçon.

Il la persuade d'un simple signe de tête. Elle virevolte entre les cercueils à présent ouverts et vides, comme un papillon après l'éclosion de son cocon. Deux sont restés clos, cela signifie t'il qu'elle n'est effectivement pas seule et il a décidé de le lui faire savoir ? Ou est-ce le moyen de lui faire comprendre qu'il s'est débarrassé de plusieurs captives suite à sa tentative d'évasion ? Peu importe. Réfléchir, calculer ne font plus partie de ses attributions. La lucarne est obstruée. Le monde extérieur n'existe plus. Elle n'existe plus ailleurs qu'à l'intérieur de ces murs. Son maître la siffle, elle s'agenouille à ses pieds. Il lui lève le menton, l'éclat des pupilles de sa princesse ne s'est pas affaibli. Mais combien de temps avant que leur azur ne se ternisse. Il a été si frustré. L'effervescence des petits boutons roses de la jeune fille par l'échancrure de ses haillons l'émoustille. Il triture les tétons entre le pouce et l'index gantés de cuir. La princesse déchue gesticule légèrement le bassin lorsqu'il les écrase un peu trop fort. Sinon, elle reste de marbre sous le contact froid de la peau de bête. Il s'acharne encore plus fort, au point de la faire grimacer. Lui faire mal l'électrise…

Le contact sur ses seins se fait plus pressant. Il la bascule en arrière. Elle se dit que cette fois, elle n'y coupera pas, elle va passer à la casserole. Le pied de son maître lui écrase l'entrecuisse. Elle gémit le clitoris humide piétiné. Elle cherche à s'extraire. Plus elle s'agite plus la semelle de son maître s'encastre dans son entrejambe. Il pèse de tout son poids, elle braille. Elle est sur le point de s'évanouir. Il relâche la pression. Elle se replie sur elle-même, il l'en dissuade de la pointe de la chaussure sur l'intérieur du genou droit. Elle souffle quelques secondes, paupières fermées. La sensation de déchirure redouble. Elle le supplie, il s'excite d'avantage sur son excroissance. Les vertiges avant le malaise. Une autre pause, un peu plus longue. Le calvaire reprend. Cette fois, il pousse moins fort ou alors son vagin s'endolorit. Elle se détend. Soudain des contractions aigues, la douleur. Mais dans le confinement de la douleur, une chaleur gronde et se diffuse lentement. Elle la reconnait… Son maître lui demande de se relever. A nouveau à genoux, elle appréhende la suite. Il pointe sa literie du doigt. Deux secondes de perplexité avant de percuter. Elle s'allonge dans sa boite, terriblement gênée les mains sur son sexe trempé, la mécanique du corps.

16

Les pieds en éventail sur son bureau, Léo en tenue de fonction reluque la belle Elise sur son portable. « Où est-elle ? Où j'l'ai déjà croisée, c'te casquette ? Allez souviens-toi, bon sang ! ». Sa concentration sans cesse éprouvée par quelques poses suggestives de la jeune femme bernée par la diabolique mécanique des réseaux sociaux. La structure de ces logiciels induit les utilisateurs dans l'erreur. Elle sous-entend dans son habile construction un caractère confidentiel aux publications par l'utilisation de termes comme "partager avec ses amis", "messages privés"... Cette "tromperie" est certes légale mais est-elle vraiment morale lorsque l'on sait par exemple qu'un post partagé avec "ses amis" peut tout de même être diffusé sur toute la toile, qu'aucune information n'est totalement protégée, que les données une fois tatouées sur les nuages informatiques ne s'effaceront jamais et vogueront indéfiniment au dessus des têtes comme des épées de Damoclès suspendues par les crins de notre égo. Alors oui les générations nées avec le téléphone à cadran rotatif, la télévision cathodique, la première console à cassettes et les cartes postales se connectent dans le virtuel avec lucidité. Moins évident pour leur progéniture, et encore moins pour les enfants de demain…

Gaby, également en uniforme, le fait sursauter :

- Ca vire à l'obsession !

- C'n'est pas ce que tu crois.

- Vas t'branler un bon coup qu'on puisse reprendre l'enquête !

- Un peu d'respect tu veux !

- Je n't'ai jamais vu comme ça. T'es en train de perdre les pédales mon vieux.

- Laisse-moi réfléchir.

- J' n'aurais jamais dû te refiler ses codes facebook. Ses parents ont rappelé, encore.

- Ses parents... mais oui c'est c'la ! Gaby, en route !

Le paysage défile. Léo écrase le champignon de la bagnole. Les pneus crissent à chaque virage. La sirène hurle l'imminence du danger. Ils doublent sur la ligne blanche, brûlent les feux rouges, glissent les stops. Gabriel se cramponne à la poignée. De son carreau, le paysage défile à grand train. Voie express, le pot d'échappement crache ses poumons. Le cœur du moteur s'emballe. Les pulsations crèvent le plafond : cent quatre-vingt, deux cents kilomètres heure. Voie de droite, voie de gauche, voie d'arrêt d'urgence. Les durites se dilatent, les articulations se désaxent. Sortie direction Maizières, Léo ne ralentit pas. Le bas de caisse tressaute sur le passage à niveau. Petite départementale, barrière ouverte, frein à main sur le gravier de la cour. Léo se projette hors du véhicule. Sans sommation, il force la clenche et s'engouffre dans la villa des De Lavigne. La tornade Léo arrache la porte, bouscule le proprio et fonce droit sur le porte-manteau. Il fait volte-face, sourcils froncés, front plissé et entreprend M De Lavigne sous le choc :

- Qu'avez-vous fait d'la casquette ?

- Quoi ?

Léo ne permet pas à M De Lavigne de rassembler ses idées.

- La casquette bleue avec le dessin d'une panthère rouge sur la visière !

- Dans le dressing de mon fils, c'est la sienne…

- Louis ? Il est dans sa chambre ?

- Oui mais...

Léo n'écoute plus. Il enjambe les escaliers quatre à quatre, franchit le couloir, saute à genoux auprès du mioche apeuré.

- Papa, papa, papa !!!

Il lui pose sa main sur le bras, un geste rassurant qui tempère aussitôt ses angoisses.

- Je ne te veux aucun mal. C'est important pour ta sœur. Qui t'a donné la casquette bleue ?

- Avec la panthère rouge ?

- Celle-là même.

- J'l'aime bien. C'est un m'sieur qui passe devant chez nous tous les matins vers huit heures. Un jour, j'me suis égratigné le genou sur l'bitume. Il m'a aidé à m'relever et m'l'a offert.

- Tu l'vois encore ?

- Oui, j'lui fais signe tous les jours.

- Merci bonhomme.

Il lui ébouriffe les cheveux en se relevant. Le père les observe, son coéquipier à ses côtés. Léo n'avait pas encore remarqué mais le père s'était emmitouflé dans sa robe de chambre. Ce devait être son jour de congé, il est quand même pas loin de midi. Lorsque ce lève-tard avait interrogé Gabriel sur le comportement électrique de son collègue, il lui était impossible de le renseigner. Gaby ne supporte pas quand Léo lui fait ça, quand son impulsivité le cantonne dans le flou et le place irrémédiablement dans une position embarrassante.

Léo se renseigne auprès de M De Lavigne :

- Vous l'connaissez ce mec?

- Non, je n'ai jamais prêté attention. Vous savez jusqu'à l'enlèvement d'Elise, j'étais persuadé que nous vivions en parfaite sécurité dans une petite bourgade sans histoire.

- Gaby, on s'le choppe à deux, dès demain !

17

Une nouvelle journée commence pour la captive. Grâce à sa docilité, le nombre d'heures à l'extérieur de sa boite s'accentue quotidiennement. Elle ne jouit pas de cette seule récompense : des livres, un i-pod, des coussins, des couvertures et une toilette régulière. Confort auquel il lui faudrait renoncer pour toute désobéissance, et garantit sa totale dévotion. Elle déploie toute son énergie à satisfaire son Maître au-delà même de ses espérances.

Accroupie, comme chaque matin, elle expulse les premières urées. Elle se livre à lui, lui se branlant frénétiquement devant ce corps "dénudé" de pudeur. Il ne l'a jamais pénétré. Il n'en a même jamais évoqué le souhait. Les seules relations sexuelles, dont la fréquence s'intensifie, se restreignent à des humiliations accompagnées d'actes masturbatoires. Parfois il lui impose de se caresser. Elle s'y absout sans aucune forme de protestation. Les premiers temps elle se livrait à une stimulation mécanique accompagnée d'une simulation orale et corporelle. Depuis, ses représentations onaniques chantent de voluptueuses envolées orgasmiques, grisée par son exhibition et la volonté d'assouvir les pulsions du Dragon. A part ces séances à l'huile de coude, il ne lui prête aucune forme d'attention. Elle n'est que l'objet de ses fantasmes, un vulgaire joujou. Nous n'existons que dans la considération des autres. Et pour elle les autres se résument en une seule et même personne, son référent. En la dénigrant, il la vide de son essence. Elle n'est plus que l'image d'elle-même, une actrice pornographique sur un écran plat, une coquille vide. Pour se sentir à nouveau pleine elle serait prête à tout, même au pire. La pénétration est devenue, au fil de sa nouvelle condition, une option. Elle sait plus que quiconque ce que cela représente. Et pourtant… Plutôt victime que le néant. Elle a besoin de respirer son regard sur elle, de figurer dans son monde.

La triste vérité, elle ne l'assume pas encore : ses sentiments pour le chevalier s'ensuivent de l'irrépressible envie d'être étreinte. Elle veut ses mains sur elle, sa nudité contre sa peau, son souffle contre son oreille, sa queue entre les jambes. La frustration, l'absence totale de contacts charnels, la fait douter de ses atouts, de ses charmes, de sa féminité, de son humanité. Elle aimerait tant qu'il lui appartienne, ne serait-ce qu'un peu.

Elle engrange la nourriture dans la position habituelle, celle d'un animal. Son maître en ramasse un peu dans sa main. Il la saisi par la gorge, lui soulève le buste, et lui colle la bouffe infâme dans la bouche. Elle s'est accoutumée à cet infecte met. Lorsque la faim vous tenaille la texture, l'odeur et le goût sont sans importance. On ingurgite, point barre. Il la soulève sur ses jambes, lui retire la toile qui couvre son dos. Les frôlements du gant de son maître entre les omoplates la font frémir. La voilà entièrement nue. Un claquement lui arrache un cri. Il la fouette. Les stries surgissent des épaules jusqu'aux fesses. Elle résiste, debout. A chaque coup, son estomac remonte, ses muscles se durcissent, ses cordes vocales se contractent, elle s'égosille. Entre chaque lacération elle glapit larmoyante. Electrisé, il s'acharne sur elle. Le rythme et la puissance des flagellations s'amplifient. Ses jambes fléchissent, elle s'écroule. Il la cingle encore, sur son sexe cette fois. Les morsures sont si intenses, si violentes. Sa vision se trouble, un filet de bave s'échappe de sa bouche entrouverte. Elle s'éteint.

Un réveil difficile, elle souffre terriblement. Quelques secondes se sont écoulées, pas plus. Elle cherche vainement la cause de son châtiment. Elle a commis une faute, mais laquelle ? Elle se penche vers son maître pour une explication. Il est au dessus d'elle le sexe entre les mains. Il ne s'agissait pas d'une punition mais la réalisation d'un désir pervers. Elle acceptera de s'y soumettre tant qu'il la désirera. Il l'allonge délicatement sur ses genoux et la tartine d'une crème apaisante. Cette douceur à son égard, le contact du jean sur sa poitrine et son ventre… Elle en tire son parti. Elle l'aime.

Elle retourne dans sa boite lire les premiers chapitres de Monte-Cristo. Elle ne discerne aucune similitude entre la détention d'Edmond Dantès et sa propre condition. Elle ne s'estime plus séquestrée. Ici, elle est un peu comme chez elle, mieux que la petite chambre de bonne qu'elle occupait à Paris. La liberté c'est quoi au juste ? Payer ses loyers et ses taxes en bossant dur pour des patrons qui n'hésitent plus à vous esquinter pour leurs dividendes, ou pour une chimère compétitivité. Oui une chimère, car la créativité et le savoir-faire se vendront toujours plus chers que des copies de supermarché low-cost. La liberté, une idée surfaite. Personne ne peut se glorifier d'une vie sans restriction. Au fond est-ce plus enviable de se lever tous les matins pour un travail déplaisant, d'endurer les lubies d'un chef méprisant, de se bousiller la santé, de s'ankyloser entre les quatre murs d'une dépression, entre les quatre planches d'un burn-out ? Alors l'enfermement physique, oui elle préfère. Oui pour celui qu'elle a choisi, celui qu'elle a accepté avec ses défauts mais qui contribue à ne pas la rendre malheureuse.
Elle a choisi sa libre insouciance, loin des contraintes d'une femme indépendante. Elle ne dépendra plus des mœurs sociales, du martèlement et des pressions publicitaires, de la morale des magazines féminins, relais d'un monde patriarcal. Une femme émancipée se doit de jouir en toutes circonstances, libertinage assumé, de combiner travail et allaitement, de soigner son apparence physique dans une concoction de nutrition diététique agrémenté de sport avec un soupçon de chirurgie esthétique. Le féminisme a été dévoyé de son objectif premier par leurs propres ennemis. Quitte à ne plus pouvoir imposer aux épouses de rester devant les gazinières et d'écarter les cuisses à la commande, autant les transformer en jouisseuse forcée enveloppée

dans une morphologie satisfaisante. Les féministes taisent ces pratiques persuadées de leur victoire, le droit à l'orgasme. Ce droit reste-t-il un droit quand il devient un devoir ?

18

Les deux condés sont sur les dents. Charognards sur le qui-vive dans un vieux tacot, le thermos de café les veille en état d'alerte. Azalie s'est levée tôt pour le leur préparer avec tendresse. Léo se moque souvent du caractère sacré de leur union, de leurs mimiques de vieux couples, de leur loyauté. Au fond, il les jalouse. Jamais il n'en a tronché une seule qui vaille le coup de s'investir. Mais celles qui méritent que l'on s'intéresse à elles ne se proposent jamais à un coureur de jupons comme lui, elles se crameraient les ailes. A son sens, Elise contient en elle l'ange à qui l'on se voue, et la diablesse qui se risquerait à lui. Une diablesse avec qui l'infidélité ne vous effleure pas. Il somnole, l'image de la disparue en plein écran.

Un soubresaut, Gabriel lui agite le bras. Léo se lustre les phares. Louis s'agite à l'arrière. Le gaillard approche. Le moment qu'il préfère de ce foutu métier. Passer du calme à l'action en une fraction de secondes, l'instant avant l'explosion. Le cœur s'accélère, les narines se dilatent, le champ visuel se rétrécit, l'adrénaline se propage, les testostérones gonflent les muscles, la soif de sang dans la bouche. Il arrive même de bander. Puissant, invulnérable !
L'inconnu roule, sans se douter. Il ralentit devant la maison d'Elise, puis reprend sa course. Il accélère la cadence, se place en danseuse. Son déhanché lui permet d'appuyer lourdement chaque pédale. Une cinquantaine de mètres. Léo déverrouille la gâche. Plus que quelques mètres. Il replie ses jambes. Le dernier mètre, Les pieds de Léo fracassent la portière. Elle percute le cycliste. Il s'écrase nez contre terre. Gabriel contourne la fourgonnette, et l'embarque menottes au poignet.

*****

Michel Félix tapote du pied, il gigote sur sa chaise comme un enfant. Les joues creuses, le menton angulaire, ses doigts trahissent sa nervosité. Son allure, son comportement, tout en lui confirme Léo qu'il ne s'est pas gouré. D'un mouvement bref, il vrille la chaise. Les pupilles plantées sur son suspect, Léo le jauge. Michel tourne la tête, fuit le regard inquisiteur :

- Connais-tu Elise De Lavigne ?

- Qui ?

- Ne Fais pas le mariolle avec moi. Elise De Lavigne, t'imprimes?

- Vaguement, pourquoi ?

- Vaguement…Répète le policier les yeux au ciel.

Il tempête les deux poings sur la table :

- Tu as été filmé en train de la mater près du diocèse, tu passes devant chez elle sur ton putain de vélo tous les matins, plusieurs de ses amis t'ont formellement identifié en train de fumer sur le trottoir alors qu'elle quittait la petite fête. Te fous pas de moi, te fous pas de moi !

Le suspect hausse les épaules.

- Je la connais pas plus que ça. Il m'est arrivé de la croiser à plusieurs reprises, c'n'est pas un crime.

- Mon collègue retourne ta baraque de fond en comble. On finira par trouver. Alors autant tout balancer maintenant !

- J'n'sais pas de quoi vous voulez parler.

Le portable de Léo vibre. Il écoute les informations délivrées par son collègue. Il raccroche, sourire aux lèvres.

- Fini de jouer ! On a trouvé ta planque mon gars.

Michel est aux abois. La planque… A quelle planque fait-il allusion ? Comment ont-ils pu la découvrir si vite ? La guigne. Là il en a pour au moins dix ans et il n's'est même pas enquillé la p'tite. C'est mieux ainsi, s'il avait suivi ses instincts, il prenait perpète. Et puis, qu'est ce qu'il croyait, qu'il allait la garder à vie. Non il aurait fini par la trucider, lui faire mal et la trucider.

- Alors tu ne vois toujours pas qui c'est. Et les photos dans le mur à coté de ton plumard… Ce n'est pas elle sur les photos ?

- J'aime prendre les belles choses en photo.

- Elle n'est donc qu'une chose pour toi.

- Vous déformez mes propos.

- Si tu n'avais rien à te reprocher, tu ne les aurais pas dissimulées.

- D'accord j'avoue. Je les ai mises là, proche de mon lit pour les regarder avant de m'endormir. C'est vrai j'ai le béguin pour cette fille.

- Tu les regardes la main dans le calbut.

- Oui c'est vrai mais c'est tout, je vous le jure !

Concéder une faute légère la queue basse pour dissimuler le pire, l'une des bases d'un bon mensonge. Faute avouée à moitié pardonnée, non ? Michel respire. C'était moins une. En fait ils ne détiennent rien de probant et ce n'est pas dans sa cahute qu'ils découvriront quoi que ce soit de signifiant.

Léo ne le sait que trop. C'est bien son homme en face de lui mais il ne le confondra pas, pas encore. Il sort, claque la porte et passe son tour au Grizzli. Il surveille l'entrevue grâce à la caméra de surveillance. La carrure du Grizzli réduit l'espace de la pièce. Ses bras musclés imposent d'elles même le respect, des bras aussi gros que les cuisses du kidnappeur. Lorsque quelqu'un de ce gabarit te demande de la boucler tu la boucles, sans sourciller. Une loi intrinsèque suivie scrupuleusement par tous raisonnables déterminés à se nourrir sans paille. La cicatrice sous son œil pousse également au respect. Elle lui confère une gueule patibulaire, une gueule de brute sanguinaire. Cette marque indélébile, il la doit à une sale pute camée jusqu'au trognon. Alors jeune trouffion, Micha faisait parti d'une descente dans la rue Jeanne d'Arc à Nancy. Leur mission : embarquer toutes les aguicheuses au bon plaisir de M Le Maire qui logeait le quartier investi par la petite vermine. Au moment de la monter dans le fourgon, elle a sorti un rasoir de son décolleté et lui a tranché la moitié de la mâchoire. Il lui mit alors une volée qui l'alita pendant plusieurs semaines. Son protecteur l'avait alors menacé. A l'époque les macs protégeaient leurs gagne-pains. La petite enflure eut pour guise de réponse de se faire traîner par les pieds sur toute la rue, en plein jour. Un bon moyen pour faire passer le message : on ne s'en prend pas au Grizzli en toute impunité. Et pour s'assurer que le message avait bien fait le tour de toutes les esgourdes notoires, les descentes de police s'accumulèrent tous les soirs pendant près d'un mois crevant les finances des malfrats. On ne s'en prend pas à l'un des leurs ! Et personne ne trouvait à redire, mais c'était avant que l'on nous répète sans cesse que même les êtres les plus immondes méritent égards et dignité. Et ça, ça le débecte. Il toise donc « la salope » en face de lui, sans broncher... Son silence en dit bien plus sur son aversion que toutes les expressions du monde. Michel, mal à l'aise s'enfonce dans sa chaise. A chaque seconde qui s'écoule, ce silence le pèse un peu plus. Son sang bouillonne. Un silence qui plombe la résonnance de chaque syllabe, de chaque voyelle. Comme si les mots s'étouffaient à l'instant même de la distorsion de ses cordes vocales. Ses murmures répètent ses tourments à l'infini. Acouphènes diaboliques, silence assourdissant... Il doit le briser, ce nœud sur l'estomac, indigeste et lourd. Plus lourd encore que la performance magistrale de Yann Moix. Ce désert verbal l'empêche de réfléchir, de prendre une décision. Il doit le briser. Le Grizzli l'en empêche et conserve son avantage : « A table, maintenant ! »

Le rugissement de l'animal l'a surpris. Il est terrorisé. Il s'encastre dans son siège, cherche à ne faire plus qu'un avec lui, se fondre dans la faune, échapper au fauve, s'évanouir dans la nature.

19

Une pensée de Michel s'évade de la salle d'interrogatoire. Elise, pour sûr, l'attend avec l'impatience de sa jeunesse. Il occulte totalement les quatre planches qui la cloisonnent. La malheureuse est mortifiée. L'a-t-il oubliée ? L'aurait-elle courroucé ? S'agirait-il d'une punition ? Mais pour quelle raison ? Elle ne se souvient de faute commise à son encontre. Le cas échéant pourquoi ne lui laisse t-il pas l'occasion de se racheter ? Elle serait prête à tous les sacrifices pour estomper sa fâcherie. Il est si charmant avec elle. Parfois il s'énerve mais toujours avec raisons. Si elle suit toutes ses règles à la lettre, il se conduit en parfait gentleman avec des goûts certes un peu douteux… Mais honnêtement qui affiche une sexualité vertueuse ? Elle se nourrit d'inavouables fantasmes, de secrètes perversions, de vices ; se délivre dans la moiteur des corps, dans la viscosité de fluides odorants ; et se conclut par raideur musculaire et arrêt cérébral. Vidé, poisseux, comblé, gêné… la beauté et la répugnance se frottent l'une à l'autre pour nous offrir ce qu'il y a de meilleur en ce monde. N'y a-t-il pas plus généreux que l'abandon total d'une personne à une autre ? Y a t'il plus merveilleux ? Elise voudrait tellement percer le mystère de l'homme derrière son masque de dragon, l'étouffer de ses bras suaves de désirs. Il la laisse encore choir comme une vulgaire vieille chaussette trouée ! Elle ne supporte plus ce terrible traitement.

Le malheureux revient sur terre ferme, face au Grizzli. Ce dernier s'efforce à lui postillonner dessus depuis trois bonnes heures sous le regard impassible du suspect :

- Si tu ne me dis pas maintenant la vérité, je m'arrangerai pour que tu passes plus de temps à te faire recoudre l'oignon que derrière les barreaux de ta cellule !

Michel sourcille enfin, l'image l'a profondément choqué. Léo, dans la pièce voisine, a bel et bien remarqué dans son écran l'expression de surprise et de dégoût sur son visage. C'est le moment. Il fait vibrer le téléphone dans la poche du Grizzli. Un code mis en place avec son équipe pour signaler discrètement le moment clé, celui de passer le relais. Le géant quitte avec furie la pièce exiguë, la porte laissée volontairement entrouverte.

- Micha, tu ne vas pas recommencer. Je t'ai déjà sauvé les miches mais si tu t'entêtes sur cette voie, je ne pourrai plus te secourir.

Michel se penche sur sa chaise pour mieux écouter la conversation entre les deux poulets.

- Je m'en pète Léo. S'il ne pousse pas la chansonnette, je lance un contrat sur ses fesses.

- Tu ne peux pas contacter tes camarades ruskoffs sur tous les salopards que l'on coince. Depuis la dernière affaire, les gratte-papiers t'ont à l'œil.

- Tout ça pour un crevard de la pire espèce.

- Tes petits copains avaient été trop loin.

- Pas de ma faute si ce pédophile était une petite nature.

- Une petite nature! Ils lui ont enfoncé un pieu dans le derche à la masse. Il est resté des heures en table d'op', à l'article de la mort. Les chirurgiens s'étaient grattés les méninges une paire d'heure sur le casse-tête.

- Ca ressemblait plus à un casse-cul qu'à un casse-tête !

- Fais pas le mariole. Si les bœufs-carottes avaient pu prouver un lien direct entre toi et les tortionnaires, tu aurais déjà perdu ton insigne.

- Qu'ils aillent se faire foutre ces empêcheurs de tourner en rond !

- Ils t'ont à l'œil.

- Ca me fait une belle jambe !

- Si je lui fais cracher le morceau, tu lui fous la paix, ok ?

- Je ne supporte pas le mensonge, c'est tout.

- Vas te détendre avec un bon café, je vais lui taper la causette à ton protégé.

Michel n'en a pas perdu une miette. Léo entre immédiatement dans la pièce. L'empêcher de réfléchir, lui arracher les vers du nez avant qu'il ne pige leur combine. C'est énorme, mais avec son expérience il sait que plus grosse est la couleuvre, plus vite ils l'avalent.

- Votre ami, il m'a l'air furax. Lance timidement Michel.

- Aide-moi, tu veux. Si t'avoues tout maintenant, je pourrai le calmer.

- Il a vraiment souffert ?

- Qui ?

- Celui dont vous parliez tout à l'heure.

- Oh ! Tu as entendu… Ne t'angoisse pas, je m'arrangerai pour que personne ne te touche mais il faut que tu coopères.

Il suffit de rassurer une personne par un « ne t'inquiète pas » ou « ne t'angoisse pas » pour qu'aussitôt se produise l'effet inverse. Et Léo abuse consciemment de cette formule lors de ces interrogatoires. Michel écarquille les yeux, penche légèrement la tête sur le côté, les pupilles brillantes, et amadoue son interlocuteur comme un cocker pris en flag par son maître, l'os de poulet entre les babines.

- Je n'y suis pour rien, je vous en conjure, croyez-moi !

Il n'en tirera rien ! Susciter l'empathie du kidnappeur ne dispenserait pas de meilleur résultat, ces psychopathes ne ressentent nulle émotion pour les autres, le néant. Seule compte leur petite personne. Ils ne sont jamais responsables de leurs malheurs. Ils pointent souvent du doigt la société, la machinerie républicaine ou d'autres boucs-émissaires parmi leurs proches. Des « pervers narcissiques » en puissance, voilà qui se cachent derrière ces monstres. S'associer à leurs problèmes, à leurs malheurs, à leurs sentiments a donc plus de chances de réussir. Mais cette fois, cela n'aura pas suffit. Léo décide avec son supérieur de le relaxer en ayant pris soin d'organiser une filature. Il commettra une erreur, la peur de se faire chopper, l'action de trop : déplacer le corps, camoufler les preuves, exécuter sa victime…

20

Un couple promène une poupée dans une poussette, armes de poing au veston. Un clodo, les joues creusées, sale, une longue barbe hirsute, tesson de bouteille à la main, berger allemand en laisse surveille les alentours. Un bon maquillage et le tour est joué. La rue débouche sur le centre ville de Metz, mais elle s'est vidée de ses attractions d'entant, évaporées au profit du nouveau centre commercial « le wave ». Tout a été repensé dans ce sens, des navettes circulent tous les jours vers cet énorme complexe. Il est le cœur même d'une architecture moderne, une énorme vague qui emporte avec elle la douce quiétude des riverains. Ce tsunami a provoqué chez les propriétaires de magasins ancestraux comme les épiciers, les boulangers, les cordonniers la terreur de voir disparaître dans les flots leurs habitués. A tort, puisque seules les grandes marques détiennent les fonds nécessaires pour louer les cabines de ce bâtiment. Le Titanic surplombe la plaine aux abords d'excentriques geysers. Ne jamais dire « fontaine… ». Les urbains n'ont pas pour autant abandonné leur promenade aux abords des vieux drakkars, ces boutiques bienveillantes dans les rues du centre. Elles nous vantent sourire aux lèvres les mets, les savoir-faire et les trésors de nos lointaines contrées, de ces régions qui forment notre diversité et notre fierté nationale : bijouteries, horlogeries, boucheries, boulangeries, maroquineries, épiceries, kebabs, pizzérias, chocolatiers, vendeurs de cafés, de thés… Malgré tout, parfois ces rues perdent leurs saveurs au profit d'un nouvel emplacement plus en vogue. Comme ce chemin, perdu entre deux boulevards… Un uniforme, carabine en main, derrière les carreaux d'une résidence, rideaux tirés. Des appartements insalubres, qui poserait ses valises dans une couchette avec vue imprenable sur sa dernière destination depuis le hublot ? De quoi filer le mal de mer !

Léo, Gaby et le Grizzly coordonnent la prise en flag depuis une petite fourgonnette, garée sur des zébras à l'angle de la rue. La décision de l'assaut leur revient. Seul blème, le salop s'est volatilisé en se barrant sac de courses en main. Léo vient d'en avoir la confirmation sur son portable. Les agents collés à ses basques, il est passé devant sa bagnole, une 206 noire, et a contourné deux rues. Il est entré dans une arrière cour, les a renversés sur un scooter, gaz à fond. S'agit-il du scooter d'Elise évaporé avec elle ? Il sait maintenant, il sait que toutes les chances sont de son côté. Depuis deux jours qu'ils lui filent le train et il n'est jamais apparu dans le coin. Selon le voisinage il a fréquenté le périmètre tous les jours ces dernières semaines, mais plus depuis qu'il est sorti du commissariat. Gaby a eu le nez fin, ou une chance de cocu. Pour une fois Léo ne joue pas l'amant, en courtoisie pour son pote négro. Sinon, il aurait fait frire depuis belle lurette la créole sur son cigare. Que voulez-vous ? Les épices l'ont toujours fait bander mais on ne déroge pas aux principes fondamentaux de l'amitié. En tout cas, cocu ou pas, Gaby a ressorti d'un vieux dossier poussiéreux la propriété oubliée d'une tante décédée du suspect. Cet endroit est leur dernier espoir. Peu de risques de tomber nez à nez avec d'éventuels complices. Ce genre de criminel travaille en général seul. Toutefois par réflexe, Léo sort avec son acolyte, Sig Sauer chaussé, canon droit devant.

Le Grizzli le devance, explose les gonds à coups de béliers. L'entrée est dégagée. Léo pénètre les lieux, sur le qui-vive. Gaby assure ses arrières. Micha, en arrière, tâtonne jusqu'à effleurer l'interrupteur. Il appuie, la lumière reste éteinte. Lampe torche en main au dessus de leurs armes, il scrute chaque recoin. Soudain le jour dilate leurs pupilles. Gaby a démarré un vieux générateur. La lueur est faible mais assez pour discerner les objets alentours. Une table, une chaise, un seau et un amoncellement de cercueils. Des cercueils en pagaille.

Elise reste muette. Elle ne connait que trop les punitions aux filles mal-élevées ! Rester patiente jusqu'à ce que son prince charmant veuille bien la délivrer de sa tour de bois. Respecter le silence, étrangler sa faim, ses courbatures. Les résonnements des chaussures sur le sol bétonné la soulagent. Il ne l'a pas abandonné, il est là pour elle, l'alimenter, la choyer… Son ventre grogne. Elle espère que sa dernière bêtise n'est pas trop grave ! Bien sûr que si elle doit l'être, Maître Dragon l'aurait déjà sortie. Plusieurs jours qu'elle remet en cause son attachement pour elle. Rester sage et attendre son pardon.

Les lieux sécurisés, Le grizzli poste deux policiers à chaque entrée. Débute la fouille pour les autres. Léo hurle « Police ! » plusieurs fois, sans succès. Elise a trop peur. Serait-ce une ruse de son maître pour s'assurer de sa parfaite dévotion ? Dans le doute elle préfère rester bouche cousue. Les hommes ouvrent les cercueils dans les rayonnages. Léo se décourage, soit elle n'est pas là soit elle est décédée. Soudain un murmure, une quinte de toux remonte à ses oreilles. Serait-ce possible ?

Les paumes d'Elise obstrue ses lèvres, elle se mord la langue. Plus aucun son ne doit s'échapper. Immobile, en position de fœtus, elle ferme les paupières. Comme si ne plus voir la rendait invisible. Le couvercle s'ouvre d'un seul coup sur un gaillard qu'elle ne connait pas. Elle éclate en sanglots. Un mélange de terreur, de joie, d'appréhension, d'apaisement la submergent. Elle ne comprend plus, ne sait plus… Il la soulève du sol comme dans les plus beaux contes de fée, elle se crampone à son cou :

- C'est fini. On te ramène chez toi.

- Où est-il ? Vous l'avez assassiné ?

- Il ne peut plus te faire de mal. Il est loin maintenant.

- Où est-il ? Je veux le voir. Où est-il ? Dites-moi qu'il n'est pas mort.

Sa voix aigue cingle l'air. Elle flirte la crise de panique. D'une voix grave et douce, Léo la rassure :

- Tout le monde va bien… Je vais t'emmener à l'hôpital, retrouver ta famille.

Il se tourne vers son meilleur ami, avec un sourire et les yeux pétillants de bonheur :

- Gaby, appelle ses parents, leur fille est saine et sauve !

La princesse dans ses bras, Léo quitte l'effroyable donjon.

21

Léo s'assoit à son bureau, face à Gaby, les bras chargés d'un énorme bouquet de fleurs aux couleurs chatoyantes. Exténué par la nouvelle lubie de son ami, Gaby souffle de dépit :

- Qu'est c'que tu fous encore ?

- J'vais les offrir à Elise, ça va égayer sa chambre.

- T'as fait ton job, c'est terminé.

- J'l'aime bien cette gamine.

- Fous lui la paix j'te dis. Elle n'a pas assez souffert, v'là que t'en remets une couche.

- Je n'veux pas la brutaliser, au contraire.

- Tu n'crois pas qu'elle va tout mélanger.

- Non.

- T'es son sauveur, ça fausse un peu la donne, non ?

- J'te dis qu'on se sent bien quand on est ensemble, merde !

- Et quand tu vas coucher ailleurs, ça va l'aider peut-être.

- J'ai assez éclusé les bas-fonds de la mer, à me gaver de crustacés en tout genre sans jamais assouvir ma faim. J'ai ramassé l'huitre qui renferme la plus belle des perles et j'ai compris. J'ai compris que si mon ventre gargouillait comme une pétarade, ce n'était pas mon estomac mais le vide dans mon cœur.

- Elle t'a vraiment retourné le ciboulot.
- Et ben oui ! J'n'ai envie que d'elle, rien qu'elle !
- Putain, il faut que ce soit avec la seule gonzesse que tu n'peux pas t'faire.
- Et pourquoi pas ?
- La déontologie mon vieux.
- J'm'en bats les steaks de la déontologie.
- Tu la connais à peine. Ne te crée pas des emmerdes pour une histoire de cul.
- Tu n'as toujours pas calé? Ca ne s'résume pas à une histoire de cul, j'en pince pour elle, putain ! J'vais lui rendre visite ce soir, alors garde tes réflexions pour toi.
- Ok, ok… Ses angoisses ça va mieux ?
- Elle se réveille encore en sursaut la nuit. Mais les effets du syndrome de Stockholm sont derrière elle. Le temps guérira la plupart de ses blessures. Heureusement elle n'a pas été séquestrée trop longtemps. L'attachement envers son kidnappeur aurait été plus ancré. Plus on côtoie un salopard dans la durée, plus on se persuade de son importance dans sa vie, et plus il est difficile de s'en détacher. Alors lorsque sa vie entière tourne autour de lui, même pour une semaine.
- Michel Félix est tout de même plus dangereux que les pervers qu'il nous arrive de côtoyer.

- Oui et non… Il est plus dangereux parce-que plus extrême. Il te coupe brutalement du monde extérieur. Le « pervers narcissique », lui, obtiendra le même résultat mais avec ton consentement. Il aura l'art et la manière de te suggérer, de t'induire vers ce qu'il désire au plus profond de lui : devenir ton seul intérêt. Il engagera tous les ressorts retords pour y parvenir.

- Un peu comme une secte.

- Ils opèrent toujours sous couverture de bienveillance. Finalement je ne serais pas étonné que Jésus Christ eut été un pervers narcissique.

- Tu vas un peu loin, là.

- Et pourquoi pas ? Tout y est : manipulation, bienveillance, égocentrisme, besoin de reconnaissance, sacrifice de ses proches. Ceux qui ne sont pas d'accord avec lui sont contre lui. Jamais fautif, ce sont les autres les pêcheurs quand il n'accuse pas les femmes de porter en elle le péché originel…

- Je ne suis pas convaincu. Il revendique le droit à la différence, à la paix et à l'amour.

- Les arguments d'une manipulation à grande échelle. Bref, soit comme tu le dis il était sincère soit il s'agit du premier empaffé de notre ère.

- Et comment tu te situes, toi, par rapport à Elise ?

- Tu déconnes là ou quoi. Moi, je veux découvrir le monde avec elle, je veux lui redonner le sourire, la faire rire, lui rendre cette légèreté que Michel lui a volé.

- Eh ! Tu planes. Redescends sur Terre.

- Lorsque tu as échangé tes premiers regards avec Azalie, tu avais envie de redescendre toi ? Je sais que ça date mais souviens toi…

- T'as p't'être raison. L'euphorie des premiers émois ne dure pas. Profites en bien !

Chris, USA
Quelques jours avant l'enlèvement d'Elise

22

Trois heures du matin, les flammes se réverbèrent dans ses pupilles. Elles lèchent les murs, dévorent le bois, s'engouffrent dans les étages et crépitent de joie, fières de leur impitoyable combustion. Elles piègent leurs victimes, les étouffent de leur écharpe noire, les ingurgitent. Elles les rongent jusqu'à la moelle, ne laissent que cendres et désolation. Un spectacle éblouissant pour le pyromane. Il adore contempler ces petites merveilles accomplir son chef d'œuvre. Elles dansent au gré de ses envies. Dans leurs robes chatoyantes, elles virevoltent sous les airs du vent. Les longues trainées d'essence les conduisent dans une valse endiablée. C'est fabuleux !
Le metteur en scène, l'homme de l'ombre exulte de bonheur.

*****

Al et son équipe passent sous le ruban délimitant les lieux du drame. Malgré sa réprobation, le patron a imposé leur présence. Lui aurait préféré garder un œil sur John, il s'est résigné. Cette banale affaire, cette punition résulte de leur dernier échec. Plus vite ils arrêteront le coupable, plus vite ils regagneront la confiance de leur responsable et, par là même, le cours de leur carrière professionnelle en chassant les sadiques à la mesure de leur talent. Dans ce but, et ce but seul, il a envoyé Bill récolter les informations auprès des pompiers. Son allure lui confère des rapports privilégiés auprès des hommes en uniforme. Grâce à sa corpulence et ses tatouages, ils le prennent rapidement pour l'un des leurs, pour un frère d'armes. Chacun d'eux comble en réalité un manque affectif et un besoin de reconnaissance dans l'appartenance à un groupe. Ils prennent toute la mesure de leurs capacités physiques et mentales dans les encouragements de leurs coéquipiers. Ils acquièrent la protection de chaque membre. En échange, ils se conforment aux règles et rites du troupeau (habits, tatouages, cris de guerre…). Les objectifs de la meute concentrent leur priorité, c'est une question de sécurité.

Amy, porte après porte, recense les derniers potins de voisinage. Les maisons blanches du sud de la Louisiane, des contreplaqués cloués sur estrade, s'enorgueillissent de leurs décorations architecturales. Les marches des escaliers et les colonnes des modestes patios flanqués de leurs rambardes ont été minutieusement structurées dans le bois. La menuiserie marque incontestablement l'immobilier de la région. Les rongeurs considérés nuisibles se réfugient sous le plancher, et se démantibulent la mâchoire sur les fourreaux des câbles électriques jusqu'à s'y faire déloger par un dangereux prédateur, serpent ou alligator. Le tout avec le drapeau hissé fièrement dans le gazon. Ces demeures sont la représentation d'une Amérique sans fondation historique, au capital mural fébrile, élevé sur plan financier, sans accueil pour les étrangers mais patriotique. Tout le contraire des modestes maisons européennes enracinées dans le sol, aux murs solides, qui abritent chaleureusement sous leurs toits de nombreuses espèces : rats dormants, chauves-souris, hirondelles, souris, araignées….

Séparées de plusieurs centaines de mètres, parsemées par erreur dans un environnement aussi rude, les branlantes constructions tachent de leur immaculation les sols baveux, puretés perdues dans l'exubérante végétation. Amy croise à plusieurs reprises des pères barbus et leurs progénitures abreuvés de bières, fusils en bandoulières. Leurs bottes s'engluent dans les forêts, perpétuer la tradition et partager le simple plaisir de tuer en famille. Quel bonheur de ramener les souvenirs de ces ballades bucoliques, suspendus au dessus de la cheminée. La jeune femme adapte son discours à la mentalité du coin, pour la plupart encore adeptes des idées du Ku Klux Klan quand ils n'affichent pas directement leur carte membre. Elle n'a pas son pareil pour créer des liens, les gens se détendent à son contact. Légèrement effacée, sa douceur confère à son interlocuteur sécurité et confort. Une petite sainte ni touche capable d'appréhender les pires aspects de la vie avec tacts et sang froid. Les langues se délient, confessions dans l'intimité de bon nombre de cuisines.

La cuisine, la pièce toute désignée pour se remplir l'estomac et vider sa conscience. Combien d'entre nous abordent au moment béni du repas familial les sujets fâcheux ou échangent sur les problématiques en cours ? Ne dévorons-nous pas nos repas par intérêt, supprimer les seuls témoins de nos états d'âme ? Si un seul de ces aliments mouchardait, notre identité la plus enfouie serait dévoilée au grand jour. Nos masques tomberaient sur nos cicatrices boursouflées, contaminées de nos noires pensées : colère, rage, chagrin, vengeance, égoïsme, jalousie… Nos principales victimes, famille, voisinage, amis, collègues, patron se détourneraient alors de notre sort.

Amy sifflote tranquillement en route vers la dernière demeure. Elle l'espère dans un meilleur état que la précédente. Les propriétaires mariés naturellement depuis quinze ans, de conviction catholique puritaine, avec huit enfants à charges âgés de deux mois à quatorze ans se monnayent principalement de bricolages et débrouillardises.

Soudain quatre cages sur roues motrices titubent plein gaz autour d'elle. Leurs trajectoires chaotiques se mélangent. Les gamins conduisent dangereusement leurs engins. Ils n'ont pas fêté leur seizième anniversaire. Ils se coupent la route, passent devant le capot de la Jeep louée dans un garage de la région. Amy pile, ré-accélère,

braque les roues d'un côté puis de l'autre pour éviter de percuter malencontreusement ces risquetouts.
Ce qui devait arriver arriva. L'accident bête, un des véhicules se renverse sur le côté. Heureusement les arceaux de renfort protègent le pilote contre ses imprudences, contre lui même. Comment protéger le monde extérieur de la potentielle dangerosité du conducteur lorsqu'il battra à nouveau en totale liberté les pavés de la vie sociale, sans l'apprentissage des règles qui régissent le bien rouler ensemble, sans lui alourdir le coffre de bons outils pour voyager l'esprit léger?
Amy serre le frein à main et court vérifier l'état de santé du malheureux. Tout va bien, il se désincarcère seulement étourdi, sous les quolibets de ses copains.

Les jumeaux criblent aux peignes fins les antécédents des victimes, leurs réseaux sociaux, les photos, les vidéos… Les créateurs de ces phénomènes virtuels ont réussi cet exploit de nous asservir avec notre propre assentiment. De formidables logiciels destinés à remplir et combler. Remplir notre latente solitude. Combler ce besoin irrésistible d'échanger, de se pavoiser dans une société de plus en plus individualiste nous murant dans un silence quotidien. Nous donner l'illusion de mener une vie pleine, riche et intéressante. Nous ne sommes pas accrocs aux claviers mais à l'expression de notre ego. Au lieu d'un désossage chirurgical des barricades, nous nous assommons de placebo. Cette drogue nous englue dans la maladie sociale. Nous sommes si ambivalents, à la fois pudiques avec nos proches et impudiques auprès de milliers d'inconnus.

Al cherche une entente avec le shérif de la paroisse. Le vieux bonhomme, moustache grise garnie et chapeau texan sur la calvitie, élu pour la sixième fois consécutive tient à faire respecter la loi qui prévaut sur son territoire, celle des blancs armés jusqu'aux dents pour la défense de leur droit en cas de dangereuse rébellion des communautés minoritaires ou de tentatives d'occupation par les soldats du gouvernement. La mémoire historique des victimes d'une dictature n'est pas l'apanage des amérindiens du 18ème siècle, des africains du 19ème siècle, des juifs de 1940, ou des arabes de 1960. Alors si certains peuples se considèrent plus avancés que les autres, il n'en reste pas moins qu'ils grandissent avec le même ressentiment à l'égard des oppresseurs passés et ne diffèrent donc pas les uns des autres. Bien que pour ce cas de figure, chaque membre du groupe entretient une forme de paranoïa envers tous les étrangers de leur microcosme. Une paranoïa qui pourrait rapidement dégénérer dans une nouvelle guerre de sécession si un membre éminent du pouvoir américain leur octroyait raison. En effet, ce serait comme faire cadeau de tout un arsenal à un fou qui vous expliquerait que le repli sur soi et l'extermination des autres constituent le meilleur moyen de sauver sa peau.

Imaginez donc l'accueil réservé à Al, considéré comme le bras armé de la Maison Blanche, une putain de Yankee. En bon diplomate, Al parlemente longuement avec le shérif. Ce dernier refuse catégoriquement leur présence, ils se chargeront de ce problème à leur manière, sous entendu faire porter le chapeau à un coupable tout désigné de préférence à la peau noire. Al, avec tact, induit un intérêt majeur de laisser son équipe mener l'enquête : lui attribuer les honneurs de l'arrestation du criminel avec deux récompenses financières, une pour son bureau et une pour lui personnellement. L'enrichissement des uns procure en de rares occasions le bonheur des autres.

*****

Al a filé rendez-vous à son équipe sur le parking du bureau.

- Tu es la première Amy, les autres ne vont pas tarder.

- Les gens sont charmants dans ce bled.

- Tu suscites ce qu'il y a de meilleur en nous.

- Ce n'est pourtant pas ce que je préfère…

Elle ajoute à ce propos un clin d'œil bien évocateur. Sa moue immerge son interlocuteur dans une impure pensée. Ce petit bout de femme reste un mystère. Certes l'habit ne fait pas le moine mais comment soupçonner cette ingénue receler en son "saint" le démon ?

« Ah ! Vous êtes là ! »

L'interruption impromptue de Bill a surpris Amy. Ses joues s'empourprent. Al glisse son doigt dans le menu de son Smartphone et lance un appel :

- Les jumeaux j'ai enclenché le haut-parleur. Qu'avez-vous à nous mettre sous la dent ?

- Rien de bien probant dans les dossiers administratifs, commente Lewis. Les seuls héritiers légitimes sont décédés dans l'incendie. Le père informaticien, la mère cantonnée au foyer, les deux filles étudiaient au collège de la paroisse. Aucune infraction, pas une contredanse, même pour stationnements gênants.

- Et sur la toile pas mieux, renchérit Arnold. Des photos et des publications sans intérêt, pas l'ombre d'une soirée arrosée ou d'un décolleté transparent.

- Un peu trop clean cette famille, répond Al. On a tous quelque-chose à dissimuler. Bill, les pompiers ?

- Ils sont sans équivoque : le pyromane s'est infiltré dans la maison, probablement par effraction, et s'est assuré de ne laisser aucun survivant en aspergeant d'essence tout le rez-de-chaussée, les murs, le parquet, les meubles. La mèche se limite à une cordelette également imbibée d'essence.

- Et s'il détenait le jeu de clés de la propriété ? Ajoute Amy. Pour ma part, les voisins appréciaient la famille. Ils sont tous unanimes sur leur tempérament gentil et serviable. Une famille sans problème. Un seul suspect fut évoqué à multiples reprises : un vieux fou avec un œil de verre que les gamins fuient comme la peste, Marty Fischer. Il déambule parfois dans les rues en vociférant insultes et insanités. Il y a quelques jours il s'en est pris à M Miller.

- Les morts inspirent toujours de la sympathie. En tout cas, les hommes éprouvent de la difficulté à éborgner leur mémoire, plus par superstition que par bonté d'âme. Je vais donc creuser dans ce sens. Il y a fort à parier que la famille Miller n'est pas aussi propre qu'il parait. Cela pue la vengeance à plein nez. Pour n'écarter aucune piste, Amy tu vas prendre ce Marty en filature.

- Bien chef. Il a peut-être des antécédents. Il se peut également qu'il ait été interné ou suivi par un psychiatre ?

- Les jumeaux vont s'en occuper. Le rouquin, tu suis la piste de l'essence. La quantité employée nécessite plusieurs jerricanes. Visite les stations essence, les garages du coin, tous les endroits où s'en procurer. Esther nous enverra par mail les conclusions du rapport médicolégal.

24

     Chris, selon les instructions, descend les escaliers sous le récupérateur d'eau. John l'attend dans la pièce attenante à sa cave qu'il a aménagé il y a des années par prévention. Une issue de secours au cas où le danger tambourinerait sa porte.
Sous la terre Chris retire son T-shirt. La chaleur est limite tolérable, l'air irrespirable. Il arbore un torse imberbe, perlée de cette substance huileuse d'un métabolisme en surchauffe.
John se dresse de son canapé. Pas de poignée de main. Il lui tend un couteau de chirurgien et l'invite d'un geste à s'approcher de la table au centre de la pièce. En offrande sur cet autel recouvert d'un linceul blanc une dépouille. Elle implore le seigneur les yeux rivés au plafond.

- Qui est-ce demande Chris ?

- Aucune idée, un cobaye prélevé dans une quelconque chambre froide.

- Où l'avez-vous eu ?

- Un cadeau pour service rendu. Assez de questions. Sers-toi de l'instrument. Ecoute le tissu se déchirer sous la lame.

Chris s'exécute, glisse fébrilement le scalpel de la gorge vers le pubis.

- Tu manques de pratique. Prends appui sur lui, enfonce assez fort pour le découper, mais pas trop pour ne pas buter sur un os ou abîmer un organe. Je vais t'aider.

John cale sa main sur celle de son apprenti.

- Bien, tu sens cette énergie te galvaniser. Continue, décolle petit à petit son épiderme en le glissant dessous et en tirant dessus de ton autre main. Bien. Déshabille-le totalement.

Chris sous les ordres de son pygmalion enfonce ses doigts vers le cœur. Il le serre dans son poing. John remonte à l'étage et permet ainsi à Chris de s'abandonner. L'adolescent, intimidé, se pétrifie durant de longues minutes. Petit à petit ses doigts s'animent autour de la pompe. Il presse plusieurs fois. Il rêve d'en savourer un tout chaud dans le creux de sa main. La serveuse agoniserait tandis qu'il étranglerait lentement le muscle. Son destin s'effilocherait lentement entre ses doigts. En bloquant l'ultime sursaut, il approcherait sa bouche de ses lèvres. Il aspirerait son dernier souffle. John réapparait au bout d'une heure, Chris vient de s'épancher dans son pantalon, submergé par ses émotions.

- Tu viens de découvrir le pouvoir orgasmique sur la mort. Lorsque tu seras prêt, tu découvriras celui sur la vie. Je t'ai préparé plusieurs ouvrages que tu étudieras pour la semaine prochaine sur la construction du corps humain, les os, les muscles, les nerfs, les tendons, les organes, le cerveau. J'y ai ajouté deux encyclopédies sur les plantes médicinales, les drogues et leurs effets. J'ai surligné les chapitres les plus intéressants. Vas–t'en maintenant. »

En repartant, Chris se retourne. La bicoque ne paye pas de mine, construite planche après planche par son maître. Ce qu'il peut entrevoir de l'intérieur, à travers une fenêtre, révèle l'esprit spartiate de John. Un lavabo, un réchaud, une petite table et une seule chaise dans la pièce principale. A l'arrière un sommier à même le sol. Rien de plus, le strict minimum. Et des livres, une montagne de littérature. Les étagères parcourent les murs. Chaque étagère soutient des pans entiers d'analyses, de sciences, d'histoires… Le papier peint de la chaumière accumule les savoirs.

Les branches et les plantes alentours poussent dans tous les sens, sans aucune discipline. La jungle a posé ses jalons sur le sol de sa propriété. L'ordre intérieur face à l'anarchie du monde. D'ailleurs, Chris soulève ses pieds pour ne pas trébucher dans les racines, les ronces et les autres pièges à la chlorophylle.

En chemin il croise un chat de mauvais augure susnommé Sorcellerie par sa maitresse gothique en raison de la couleur de sa robe noire. Née mâle, elle se serait fait baptiser Salem. Sorcellerie grignote un bout de poulet chapardé dans une poubelle. Chris mine vouloir lui caresser le cou. La chatte ne se laisse pas abuser et s'enfuit. Il la poursuit, elle se faufile sous un carton. L'intelligence manque cruellement à certains de nos compagnons à quatre pattes. Chris soulève un côté du carton. La boule de poils se cale de l'autre côté mais le pied de Chris bloque le passage. Chris la choppe par le collet malgré plusieurs griffures. L'animal se débat, gronde, piffe, grogne. Son pelage gonfle, sa queue double de volumes, ses pattes s'agitent, peine perdue. Chris la crampone, et assure sa prise.

- Qu'est-ce que tu fais à Sorcellerie ?

Surpris, la bête tombe de sa main. Elle doit une fière chandelle à sa maîtresse. La légende alloue neuf vies aux chats. Sorcellerie, persuadée que l'inconnu les lui aurait toutes dérobées en une seule fois, se carapate par la chatière.

- Rien, je la trouvais jolie, c'est tout. »

L'adolescent se rabat sur un crapaud. Les batraciens au sang froid l'ennuient profondément. Il aurait bien expérimenté sur un être encore chaud ce qu'il a appréhendé il y a quelques heures.

25

Depuis plusieurs jours, Amy parée d'une salopette les seins serrés dans un T-shirt à manches longues planque devant la bicoque du vieux fou. La surveillance prolongée lui a permis de se forger une opinion sur la potentialité de sa culpabilité, mais la sentence ne peut se prononcer sur sa seule opinion. Alors que Marty sort les bras chargés de deux gros sacs poubelles, elle saisit l'occasion de confirmer son hypothèse :

- Bonjour Monsieur. Je suis nouvelle dans le quartier.

- Bonjour Made… Made….Putain ! Put…moi….Putain ! Salope !... Bonjour.

Ces premiers mots détachés, difficile à prononcer, engagent une prolifération d'incontrôlables insultes et crachats. Cette fois, plus aucun doute, le malheureux souffre du syndrome de "Gilles de la Tourette". Bien évidemment, l'incompréhension générale l'a rapidement marginalisé. Il s'est emmuré dans une profonde solitude… Une fausse piste.

Bill entre dans la dernière station de sa liste. Le pied, à peine posé hors de son Land Rover, un gamin lui propose ses services le pistolet de la pompe en main. Ses yeux d'ado se figent sur le bout rougeoyant de la Lucky coincée entre les dents du rouquin. Ce dernier sous le regard persistant, la jette au sol, la piétine de sa sandale :

- Excuse-moi petit. Ce serait con de tout faire péter, n'est-ce pas ?

- Je vous fais le plein ?

- Non merci. Ton patron est là ? Je souhaite lui poser deux ou trois questions.

L'accoutrement du policier bermuda et chemisette à fleurs, style privilégié des touristes perdus dans ce trou, ne l'encourage pas à dispenser l'information. L'insigne tendu par Bill lui délie la langue. Ses mots sont quelque peu hésitants :

- Il est en déplacement. Il ne reviendra pas avant deux jours.

- Tu dois être digne de confiance pour te léguer ainsi les clés de la boutique.

- Je crois… oui.

- Tu pourrais me dire s'il y a eu un achat important d'essence.

- C'est-à-dire ?

- Dix, quinze bidons, voire plus.

- Non.

- Pas de cambriolage, de disparition dans les stocks ?

- Non, rien de tout cela. Vous savez, on est une petite bourgade tranquille. Il ne se passe jamais rien dans le coin.

- Prend ma carte au cas où… On ne sait jamais. Au fait quel est ton nom ?

- Chris Martins.

- Eh bien, bonne journée Chris.

- Bonne journée m'sieur.

La Land Rover fait demi-tour et prend le chemin du bureau. Juste avant le premier carrefour, Bill jette un œil dans son rétroviseur, un moustachu rondouillard houspille le gamin : « sans doute un client mécontent ».

*****

- Arnold, je tiens enfin quelque-chose !

Lewis pivote deux écrans vers son collègue perplexe.

- Et alors ?

- Plusieurs virements de dix mille dollars sont apparus furtivement sur leurs comptes, puis se sont évaporés sans trace visible.

- Attend… Oui… Voilà, je l'ai. Pendant cette période M. Miller travaillait pour la sécurisation des comptes de la Centrale Bank. Un détournement de fonds ?

- Non. En fouillant un peu, beaucoup même car il était vraiment doué, j'ai percé à jour la provenance de l'un de ces virements. Le dernier en fait. Pour des raisons que j'ignore encore, il a été moins vigilant que d'habitude.

- Quel jour ?

- Le vingt-cinq avril.

- Son dernier jour de service à la Central Bank. Et d'où provenait cet argent alors ?

- D'un compte fictif approvisionné en liquide, l'arbre qui cache la forêt.

- Quelle forêt ?

- Une gigantesque opération de blanchiment d'argent.

26

« Allez les gars ! Deux lances sur le premier étage, vite ! Harry, attaque le rez-de-chaussée avec ton équipe. José, Marc, Aymeric, sur l'échelle. Il faut sortir tout le monde de ce brasier ! On les arrose au maximum ! Go ! Go ! Go ! »

Trop tard, la charpente cède, le toit s'effondre. Les voisins, dont la salubrité de leur curiosité n'a d'égal que l'intrusion abusive de leurs numérisations photographiques, suspendent leur respiration derrière le ruban de sécurité. Avant la fierté de leurs scoops cassait leur monotonie dans les bistrots ou les salons de coiffure, aujourd'hui leurs monologues s'exposent sur les réseaux sociaux. Les pompiers persistent pour la forme. Leurs agitations ne sauveront plus les propriétaires, calcinés dans la fournaise. Al grimpe une bute d'où Bill bénéficie d'une vue d'ensemble du drame :

- Il va falloir tout reprendre depuis le début. Finalement le patron a eu le nez creux de nous mettre sur le coup, encore un détraqué!

- Que fait Amy ? Demande le rouquin

- Elle m'a envoyé un texto. Elle est sur la route. Elle n'était pas dans le coin.

- Un petit copain ?

- Ce n'est pas le moment pour les commérages. Contourne la maison par l'ouest, moi je fais le chemin inverse par l'est. On se retrouve de l'autre côté. Ouvre bien tes mirettes, il observe, j'en suis persuadé.

- OK.

Une silhouette parmi les fourrées, dissimulée à une quarantaine de mètres de la maison brûlée, ne perd pas une miette de sa création. Il épie les soldats du feu tenter vainement de dompter les flammes libres et sauvages. Une fumée épaisse sillonne le ciel, les cendres se propagent, les déesses ardentes consument avec délectation leur offrande. Elles le subjuguent. Il doit sa première rencontre avec ces merveilles au fruit du hasard. Restreint à des jeux insonores, ses parents professeurs ne s'accommodaient d'aucun débordement, d'aucune exubérance. Par respect au sacro-saint silence, l'enfant qu'il était n'avait jamais fêté sa venue au monde. A douze ans, la petite tête blonde alluma dans le dos de ses géniteurs une bougie sur un collage improvisé de bonbons et pâtes d'amandes. Un gâteau factice trop proche des rideaux. Ses parents s'affolèrent, crièrent faisant fi de leur sempiternelle sobriété. Sa mère décontenancée le gifla avant de l'embrasser tandis que son père aspergea le tissu brûlé. Une réponse irrationnelle, sensible, la première depuis sa naissance. Une explosion de couleurs dans sa monochromie, un éveil aux saveurs orientales les piments sur la joue rouge, les chants criards, les danses improbables autour du feu de joie, en un mot une renaissance. Et depuis, leurs innombrables pouvoirs le fascinent, déesses de liberté.

Les pas lourds de Bill accaparent soudainement son attention. Il accourt pour l'appréhender. Il prend ses jambes à son cou. Bill hurle : « Al ! Il est ici ! Dépêche-toi ! ». L'ombre féline distance rapidement le rouquin pourtant rompu aux efforts physiques. Tandis qu'Al rejoint son compagnon avec déconvenue, une voix féminine les hèle. Amy vient enfin leur prêter main forte mais la cavalerie déroge cette fois à la légende qui lui fait honneur. Les pompiers remballent leur attirail, anéantis, épuisés, sans un mot. Les ruines esquissent leurs derniers souffles grisâtres avant le trépas. Al refait le topo, portable à la main :

- Un deuxième incendie, même mode opératoire, il ne s'arrêtera pas là. Amy, tes conclusions ?

- Dans leur majorité, les pyromanes sont des hommes. Aucun antécédent dans les parages, il est en grande forme physique pour semer Bill aussi facilement, J'estime son âge entre seize et vingt-cinq ans. La pyromanie se déclenche en règle générale dans cette fourchette. Comme le feu permet d'extérioriser des sentiments refoulés, il faut s'attendre à un individu calme et discret.

- Je ne suis pas tout à fait d'accord Al.

- A quoi penses-tu le rouquin ?

- L'absence d'antécédents ne prouve rien. Un emménagement peut en être la cause. De plus un mode opératoire aussi construit et une confiance en lui aussi importante me ferait pencher vers une personne entre trente et cinquante ans. Doté d'une bonne aptitude sportive, un ancien athlète serait un suspect tout aussi convaincant.

- Bien, nous voilà guère avancés. Les jumeaux vous avez tout entendu ? Vous me recherchez les incendies relevant du même mode opératoire dans le pays. Vous remontez jusqu'à une quinzaine d'années. Amy et Bill, prenez la tête d'une équipe pour quadriller le secteur, questionnez le voisinage, relevez tous les indices, ses empreintes dans la boue. Passez-moi tout cela au crible !

Al soupire dans sa vieille mustang, stationné devant la demeure du rouquin. L'incendiaire monopolise ses méninges. Il va recommencer et il détient si peu d'éléments. Les empreintes sont soit partielles soit piétinées. Grâce à la distance séparant chaque bol de pied incrusté dans le sol lors de sa fuite ; on a pu en conclure sa taille. Le criminel mesure environ un mètre soixante quinze. Il semblerait également qu'il ait la bougeotte provoquant maximum deux feux dans le même canton. En somme peu d'espoirs de l'arrêter, peu d'espoirs même de préserver le dossier.

Il inspire une grande bouffée d'oxygène. « Je suis venu pour m'amuser ! » s'exclame t'il tout haut pour s'en convaincre. Ce rendez-vous mensuel familial autour d'un bon repas, il l'avait lui même institué pour renforcer les liens de son équipe et leur permettre de décompresser ensemble. Pour la plupart d'entre eux, leur vocation les vouait à un célibat endurci, de nombreux échecs sentimentaux, à une existence pour ainsi dire solitaire. Il était donc important à son sens de palier cette infortune dans l'appartenance à un groupe soudé, leur éviter ainsi de sombrer. Il en connaissait plus que quiconque les ravages, s'abrutissait autrefois d'alcool. Il avait compris après toutes ces années d'abstinence que le vice n'est pas une maladie, mais un refuge. Une bulle dans laquelle notre conscient s'évanouit, une échappatoire temporaire à la réalité, ses contraintes, ses douleurs, ses turpitudes et surtout une réponse à nos angoisses d'enfant enfouies dans notre subconscient comme la peur de l'abandon, la peur de décevoir, la peur de ne pas compter… Mais le réveil est brutal, comme la descente après une injection de psychotropes. Une descente vers les enfers car s'ajoute la honte, le dégoût de soi. Et lorsque l'image de son reflet dans le miroir se dégrade, le pire reste à venir. Contrairement à la maladie, tout cela ne tient qu'à soi .C'est un long chemin difficile à parcourir, seul, parsemé d'embûches avec cet objectif de contrôle, le contrôle sur sa consommation, le contrôle sur sa vie, le contrôle sur soi. La rencontre sur le palier, faire connaissance avec ses vices, accepter la cohabitation, puis reprendre les clés et réaffirmer son autorité en sa demeure. Al a entamé ce travail il y a huit ans. Un parcours de longue haleine, pénible surtout lorsque votre part la plus sombre vous dévisage, à l'affut d'une faille.

Alors lorsque Bill lui propose un verre, il objecte poliment d'un balayage de la main. Les effluves de saucisses et viandes grillées parviennent jusqu'à ses narines, le fumet du barbecue disposé sur la terrasse. D'ailleurs les portes vitrées grandes ouvertes sur la musicalité champêtre laissent également transparaitre le sifflotement chaleureux de la braise, doux crépitements aux creux de ses oreilles. Cette symphonie aux chatoiements enchanteurs prépare les papilles gustatives à un divin festin. Deux rires cristallins couvrent soudainement ce cantique. L'envoûtement des chants irrévérencieux des sirènes Esther et Amy, congratulant manifestement le charme oratoire d'un paraplégique, attire prestement Bill et Al vers le salon. Les yeux saphir de Jimmy, un blondinet aux traits juvéniles cloué sur son fauteuil roulant, fixés sur les expressions corporelles des spectatrices amusées pétillent de malices. Il adore user de ses charmes pour draguer les demoiselles même si les chances d'arriver à ses fins s'avèrent quasi-nulles. D'après le vieil adage, faire rire une femme revient à se faufiler à moitié dans son plumard. Dans son cas, la deuxième partie, la plus intéressante, reste inévitablement dehors ne parvenant jamais à tracter le poids de ses roues bloquées aux abords du sommier. Elles apprécient l'homme, beaucoup moins le fauteuil. Il pourrait s'acoquiner une acolyte en fauteuil, mais il ne veut pas se coltiner une handicapée. Il a déjà assez à faire avec son handicap, pas ses jambes mais Bill. Et puis la question ne se pose plus maintenant qu'il a...

« Ton colocataire, Bill, sait parler aux dames lui ! » s'exclame Amy avec un regard réprobateur tourné vers Al. Il lui répond d'un sourire complaisant, peu habitué à cet engouement. Jimmy est le seul à sa connaissance à accomplir ce tour de force, à la sortir de sa léthargie. Elle réunit pourtant à elle seule toutes les qualités, ne serait-ce que dans la profession. La tonalité de la porte d'entrée les interrompt. Les jumeaux ont accosté le perron en même temps. Cocasse pour deux individus sans véritable lien de sang. A croire qu'à les associer systématiquement finit par leur conférer des similitudes comportementales. A moins que ce ne soit toutes ces journées à se côtoyer, un dérivé du mythe de la synchronisation des cycles menstruels d'amies colocataires.

Leur présence marque le début des réjouissances. Bill vide d'un trait sa bière avant de retirer la bidoche du grill. Face aux informaticiens, Amy s'assoit entre Al et Esther. Cette dernière, indirectement liée au groupe, a été conviée par Amy soucieuse de ne pas dîner seule parmi tous ces mâles. Découpant les victimes de la plupart de leurs enquêtes, elle est la seule connaissance féminine qui ne déclenche pas chez Amy un rejet immédiat, ou toute autre forme de rivalité. La quadragénaire, mariée et mère de deux enfants, se plie volontiers aux questions de ses nouveaux amis :

- Alors quelles classes vont-ils intégrer la rentrée prochaine ? S'enquit Al.

- Le premier va suivre les cours de grade 4 (équivalent au CM1) et le second ceux de grade 2 (équivalent au CE1).

- Tu as des photos ? Poursuit Amy en glissant secrètement sa main sur la cuisse de son patron.

Esther extirpe alors un portefeuille de son sac à main posé à ses côtés. Elle l'ouvre en deux et présente à ses hôtes les visages de ses deux petites merveilles. Le lourdaud de cuistot, les pieds dans le plat, balance :

- Tu es bien sûr d'être leur mère, blonds comme ils sont ?

- Oui, ils sont blonds, oui j'ai les cheveux aussi noirs que l'encre de chine et non je ne suis pas leur génitrice. Ce sont les enfants de mon mari mais je les aime comme si je les avais conçus.

- Leur papa les garde ce soir ?

- Ils sont en colonie de vacance. Mon mari a été engagé par une société de transports. Il se déplace souvent et conduit son camion à travers le pays. Un vent de liberté nécessaire à son épanouissement, comme il se plait à le répéter.

Jimmy vole à son secours.

- Arrête de l'embêter. Moi à la place de votre mari je ne vous quitterais pas des yeux. Vous portez la beauté d'une manière distinguée, et la pigmentation de votre chevelure ajoute une touche d'inaccessible sensualité. Vous me faites un peu penser aux héroïnes mangas.

Une femme n'est jamais avare de compliments, surtout à son âge. Elle rougit. Le repas se termine sans encombre sous les chuintements des verres et des assiettes, bref la bonne humeur générale. Amy propose de s'acquitter de la vaisselle, Al la suit dans la cuisine chauffer le café.

Les autres se divertissent en se remémorant les scènes les plus incongrues de leur carrière.

Esther leur raconte l'histoire de l'un de ses stagiaires adepte du surnaturel. Il s'est évanoui de peur lorsque le petit orteil de l'un de ses patients encore tempéré, sur lequel ils pratiquaient ensemble les premières analyses, se raidit. Un réflex nerveux qu'il prit pour un réveil du pays des morts. Lewis, lui, se moque d'Arnold qui s'était fourvoyé en donnant le numéro de l'adresse d'un suspect. Lorsque la brigade lança l'assaut, ils ont été pris à parti dans une gigantesque partouze. « Une vrai débandade ! » s'esclaffe Jimmy. Au tour de Bill de déballer l'une de ses expériences, travesti d'un soir il déambulait dans les rues sordides des bas-fonds de New-York pour appréhender en flag un casseur d'homosexuels. Tous s'imaginent ce géant en tenue féminine et légère courser désespérément le délinquant, se tordre les chevilles perché sur talons aiguilles. Il perdit l'équilibre et chuta la tête la première dans les poubelles sous les éclats de rire de ses anciens collègues. En fait il s'agissait d'une mauvaise blague organisée pour son entrée dans l'équipe de nuit. Un bizutage certes un peu potache mais tellement désopilant.

Le café tarde, Bill se lève pour comprendre ce qui peut prolonger le service. Le remue ménage devant l'évier l'incite à rester sur le seuil de la cuisine. Les cris ne présagent rien de bon. Il perçoit quelques bribes de conversation entre ses deux commis de fortune :

- Je dois penser à l'équipe avant tout.

- Ne me laisse pas tomber.

- L'enquête est prioritaire. Et la dernière fois ton retard nous a coûté.

- La prochaine fois…
- Il n'y aura pas de prochaine fois, c'est terminé.

28

Chris prélève consciencieusement les organes d'un nouveau cadavre. Il est aussi froid et rigide que le premier. Il applique à la lettre les leçons ingurgitées la semaine passée, la tête plongée dans les ouvrages médicaux sélectionnés avec soin par John. Contrairement à ce que pourrait laisser supposer les notes de Chris à l'école, les capacités de mémorisation de ce dernier flirtent l'excellence. Pas un professeur depuis le jardin d'enfant n'a taquiné son cortex, quelque soit la matière ou l'activité proposée : théâtre, sport, dessin, atelier musical… Le charisme néfaste du gamin bloque les élans altruistes des enseignants. Chris, abandonné sur le banc au fond de la classe, s'ennuie. Et comme tout enfant qui s'ennuie, il s'échappe par la fenêtre de notre dimension et fixe le pantin de l'éducation nationale qu'il désarticule en pensée.

Comme tout narcissique, la fierté de son pygmalion ne provient pas des performances de l'apprenti mais de la pertinence de son choix. Car il l'a bel et bien choisi, du moins du point de vue de son esprit malade. Son cerveau modifie et arrange la réalité pour nourrir son égo surdimensionné. Cette forme de mythomanie l'enlise constamment dans les mensonges, parfois grotesques mais probables, s'assurant ainsi le meilleur rôle. Les confections de ses scénarios et de ses masques dépendent de ses interlocuteurs et des avantages qu'il peut en extorquer. Elles lui valurent de nombreuses nuits blanches à tourner les événements en boucle pour tirer son épingle du jeu et ne jamais dévoiler ses intentions, en tout cas à l'époque où il nouait encore de longues relations sociales. Sans conscience de sa perversion, il se persuade lui-même de la justesse de ses versions : l'autosuggestion. Lui prouver le contraire, le confronter aux preuves, peine perdue ! Chris, lui, n'est pas de la même trempe, du moins pas encore. Il n'est qu'au balbutiement de sa sexualité, il découvre au fur et à mesure l'excitation. Ce serait comme comparer deux katanas : l'un équilibré, affuté, tranchant et l'autre le métal à peine refroidit, émoussé, déjà redoutable mais peut le devenir plus encore. De la folie meurtrière du samouraï et de la compétence du forgeron résultera la dangerosité de la lame. Pour l'instant Chris, contrairement à son maître, se situerait actuellement sous une forme de bestialité sexuelle qu'il cherche à apprivoiser. Deux sociopathes à des degrés différents : l'un jouit de son pouvoir intellectuel sur les autres, l'autre de son pouvoir physique. L'un a pu être l'autre, l'autre peut devenir l'un. Deux caractères prédominants et compatibles d'une même maladie qui les ronge de l'intérieur, le besoin incessant d'emprise sur les vivants, donc sur la mort avec une défaillance totale d'une quelconque empathie, seul rempart d'éventuels passages à l'acte.

Comparons le tueur barbare qui se déchaîne sur la première proie venue à l'homme de Cro-Magnon, les chevaliers du moyen-âge soifs de conquête choisissent leurs victimes et tempèrent leurs humeurs comme Chris. John, l'homme moderne apprécie particulièrement l'ère de la terreur, cette période post révolutionnaire propice aux complots avec ses têtes tombées sous le couperet de la guillotine. Les fondations de notre société ont été bétonnées à cette époque dans le ciment de la trahison, de l'anoblissement et de l'enrichissement des bourgeois gentilshommes. Des fondations propices à l'émergence de la corruption des hautes sphères de l'Etat. Les hommes de pouvoir modernes ne vous obligent plus par les coups, mais par la persuasion et l'intoxication mentale, par l'acceptation du peuple à s'agenouiller de lui-même et à cravacher sous couvert de mondialisme, du bienfondé de notre ordre social capitaliste, de la compétitivité… Les administrateurs et les politiciens français rabâchent au peuple leur liberté de choix par le biais d'élections présidentielles. Un choix mué en devoir patriotique, dans le souvenir de ceux qui se sont battus au nom de la révolution française, donc pour l'accession au pouvoir des bourgeois gentilshommes, donc pour eux. Une vaste comédie dont tous les candidats, et je dis bien tous les candidats, sont les gardiens. Et dont nous sommes nous aussi les gardiens. Napoléon a dit: « La répétition est le meilleur argument ». Les administrateurs continuent à percevoir leurs privilèges, les financiers à engranger les fortunes. Le peuple on le trompe, on l'endort, on le musèle. Il souffre, démuni, essoufflé, sa rébellion improbable comme s'il vivait en permanence au côté d'un pervers narcissique, d'un opportuniste... L'opportuniste égocentrique aspire la vitalité de ses proches dans un puits sans fond et les emporte inexorablement dans le tourbillon de son autodestruction. John élève son apprenti à son rang, à sa hauteur pour lui succéder dignement.

- Bien Chris, tu es bientôt prêt. Désignes celui qui te conduira à la notoriété et à la postérité.

- Comment choisir le bon candidat ?

- Il sera celui qui te permettra de surpasser tout ce qui a été perpétré avant, un symbole pour le monde entier. C'est pourquoi, moi, j'ai choisi la famille du président. Suis ton instinct, et la cible se présentera naturellement à toi.

- Bien.

- Ton devoir à la maison, maintenant. Imagines et conçois au fil des jours le scénario parfait pour toi. N'hésite pas à prendre exemple sur moi. Façonne le encore et encore, fantasme le jusqu'au plus petit détail.

- Je le ferai.

- Je n'en doute pas. Une dernière chose…

John envoie valdinguer Chris d'un seul coup de poing dans la mâchoire, un crochet droit si puissant que le jeune garçon dépense plusieurs minutes à lever le brouillard.

- C'est la dernière fois que tu allumes un brasier, ajoute son mentor.
- Mais je ne suis pas…
- Tais-toi. Ne me prend pas pour un imbécile. Les choses sérieuses commencent. Tu es adulte à présent. La frustration augmente l'inventivité et l'envie. Alors retiens-toi. Suis-je assez clair ?

Chris le regarde éberlue, encore étourdi.

- Tu peux prendre congé.

Il prend la direction des escaliers puis se retourne d'un coup vers son maître à penser :

- Je connais le nom de mon gibier, et celui de l'incendiaire…

Jimmy, affalé sur le lit dans un boxer noir, s'impatiente. Son rendez-vous tarde. Avec le soutien actif de Bill, il s'est bichonné. Après une bonne douche et un rasage de près, il s'est vaporisé son meilleur aftershave. L'air frais de sa chambre s'est imbibé de la douceur épicée de son eau de Cologne. Il est prêt. Au son du carillon, le rouquin laisse le passage à Joyce. Il ferme la porte derrière lui laissant son colocataire entre de bonnes mains.

Elle apparait enfin devant Jimmy heureux de contempler à nouveau ces magnifiques melons siliconés, une parure sur un corps d'ébène. La métisse s'approche de lui, se déhanche à chaque pas, dans un costume de pompom girl. Elle lui glisse un baiser dans le cou, pose délicatement une paume sur son sexe en grande forme et lui susurre « j'ai besoin d'un homme, un vrai ! » avant de se diriger dans la salle de bains. Cette phrase déclenche chez Jimmy une furieuse envie de la défoncer, en profondeur. Sa panthère noire s'émoustille sous les projections du pommeau, il s'en émerveille par un astucieux jeu de miroir.
Elle le sait, elle s'en amuse, l'aguiche un peu plus de mouvements sensuels, se masse avec volupté les parties les plus coquines de son anatomie. L'humidité souligne la densité de ses muscles élancés, s'écoule sur ses abdominaux, remplit son nombril, s'arrondit sur ses hanches, sous la cadence alanguie de sa démarche féline. Elle fait monter la température de la cocotte minute. Une fois Jimmy sous vapeurs, elle le rejoint. Les cheveux trempés, ruisselante, elle baisse son caleçon, enrobe son sexe gorgé de sang. Ses lèvres plongent jusqu'à la base de la tige, Jimmy soupire dans la chaleur de sa bouche. Chaque poil frémit sous la caresse de la crinière noire. Elle se pourlèche les babines de ce morceau de choix. Elle remonte lentement jusqu'à percevoir la pointe de ses tétons sur son torse. A califourchon

sur lui, le pelage mouillé sur le sien, elle s'empale, d'une seule traite jusqu'à la racine. Il agrippe sa croupe ferme, elle lui croque la nuque. Elle se soulève légèrement, il la tasse sur sa queue. Elle goûte sa lèvre, il engage la langue. Leurs papilles se mélangent dans une danse frénétique, le rythme imprimé par la fauve.

Le baiser, c'est un extra ! Elle s'y est toujours refusée, excepté pour Jimmy. Au fond elle l'aime bien. Il l'a apprivoisée. Elle se balance sur sa verge, feule de plaisir. Elle va lui offrir son petit "plus".

Elle l'enroule de ses bras, bascule avec lui sur le côté dans la position du missionnaire. Il s'accroche à la poignée de la potence qui se balance au dessus de lui. Il se hisse à la force de ses bras, s'enfonce de toute sa longueur en elle. Il recouvre ainsi sa "majestuosité", sa virilité bestiale. A chaque coup de butoir, il la plie à sa volonté. Elle gémit… Elle n'est plus qu'une petite chatte docile sous la férocité du mâle… Chaque pénétration l'éloigne de son handicap, jusqu'aux vertiges... Son corps se contracte. Il l'embroche une dernière fois, se fige le plus loin en elle. Ils rugissent ensemble !

Bill avait déniché cette belle black sur un site de callgirl. A la description de l'état de Jimmy, Joyce fut la seule à l'avoir recontacté. Il espérait que les prestations de cette dernière aux tarifs onéreux estomperaient le désespoir de son ami enlisé dans la solitude, voué à la masturbation. Et aujourd'hui son ami, sous l'influence sexuelle de la plantureuse noire, s'ouvre au monde. Jimmy peut dire qu'il se sent heureux même s'il préfèrerait ne pas la partager. Il aimerait être le seul à la posséder. La panthère allongée recroquevillée contre le mâle reprend des forces. Il lui câline la croupe, elle ronronne. Il ne faut pas s'imaginer que chaque client lui procure un orgasme. Mais son client handicapé, lui, ne l'est pas pour la faire grimper aux rideaux. Comme si à chaque fois, il avait quelque chose à lui prouver, à se prouver. En fait Jimmy est un client vraiment à part, particulier. Particulier pas par son handicap, particulier parce qu'il ne cherche pas seulement son propre plaisir, particulier parce qu'il veut l'entendre et la voir prendre son pied, particulier parce qu'il est comme elle : un fauve blessé. Comblé, Jimmy cigarette à la bouche rend la liberté à sa sauvageonne, avec une pointe d'amertume et de jalousie dans le cœur, avec la hâte de la dresser à nouveau le mois prochain.

Le rouquin arpente les rues crasseuses d'une banlieue assujettie à la drogue et à la prostitution. Il a conduit pendant plus de trois heures sur les routes de la Nouvelle Orléans sans s'y engager, redoutant l'inévitable. Chaque fois il tente tout pour éviter ce quartier malfamé et sa déchéance. Chaque fois ses pieds finissent par fouler les immondices de ce périmètre. A l'inverse de Jimmy ses besoins, à la mesure de son aspect bourru, s'avèrent plus sommaires, plus égoïstes. Comme à son habitude il se lève une pute quelconque sans même lui prêter toute forme d'attention, n'importe laquelle faisant l'affaire. Il les ramasse de plus en plus abîmées, de plus en plus affreuses. Cette fois il a décroché le pompon avec ses chicos bousillés par les métamphétamines, les cloques sur sa gueule ravagée par les multiples injections, les trous larges comme le poing dans la paille grise de son crâne, l'odeur pestilentielle qui se dégage de ses guenilles usées, trainées dans les caniveaux de la ville.
En échange d'un bifton il la fait s'agenouiller à même le trottoir sous l'ombre d'un muret, à l'arrière d'un "bui-bui" miteux. Au milieu des effluves nauséabonds des poubelles dégueulant leurs détritus, il cale de ses paluches la nuque de la pauvre loque et viole sa gueule béante. Le grand gaillard se crispe dans une cadence infernale. Il manque de l'étouffer à plusieurs reprises. La souillon pousse de toute son énergie sur les cuisseaux de son supplicier pour se dégager. A chaque introduction, Bill expulse. Il la ramone de sa rage « Han ! Han ! Han ! ». Il lui tamponne la luette « Han ! Han ! Han ! ». Dernières

saccades « Han ! Han ! Han ! », il éjacule au fond de la gorge de la putain. Il relâche la pression. Tandis qu'à quatre pattes la pauvre bête en décrépitude dégobille dans le caniveau, Bill reprend sa balade en sifflotant soulagé d'un poids trop lourd à porter, déchargé de sa haine, vidé des saloperies de ce monde…

Une bâche recouvre le sol et les murs du repaire. Chris ignore encore le cadeau de John. Il git pourtant à ses pieds, nu comme un vers, encore tiède. Ce morceau de chair fraiche, tendre à portée de crocs. John veut qu'il s'en repait, qu'il s'en imprègne, que la saveur du sang ne le quitte plus. Il le surveille avec bienveillance, assis sur une chaise. Le lion fort et imposant s'assure que sa progéniture saura survivre en dévorant pour la première fois la viande des cuisses charnues d'une gazelle, tombée entre les griffes acérées de carnivores affamés et dénués de compassion. Une jeune gazelle trop naïve pour remarquer les dangers du monde qui l'entoure.

- Chris, déshabille-toi !

Il s'exécute sans question, sans protestation.

- Ton fantasme, assouvis-le sur ce déchet. Utilise les outils à ta disposition.

Il lui désigne du doigt une table sur laquelle sont disposés crochets, pieux, cordes, piques, marteaux, scies, calles, pointes, batterie, et d'autres objets aptes à prodiguer l'horreur. Chris est surexcité. Il s'active à détruire, démembrer, exfolier, trouer méticuleusement selon ses désirs, comme on le lui a enseigné. Mais l'ennui le gagne, déçu par l'immobilité de cette dépouille désincarnée. Des hurlements jaillissent alors des haut-parleurs dissimulés dans les plafonds de l'installation. Les hurlements d'anciennes victimes de son maître, agonisant sous sa monstruosité. Ragaillardi, il éventre le polichinelle, lui arrache la joue, lui extirpe les intestins, cogne son vagin, plonge ses mains dans ses entrailles mais déjà le cœur n'y est plus. Sur les genoux, les mains souillées, son sexe se ramollit. Que faire d'un jouet déjà cassé ? C'est comme se mettre au volant d'une Porsch ou d'une Ferrari le pied sur la pédale, vous enfilez la clé sur le contact et… plus d'essence dans le réservoir ! C'est comme s'être échauffé dans les vestiaires, monter sur le ring chaud comme la braise prêt à en découdre et… votre adversaire se déballonne avant le gong ! C'est comme allumer une nana toute une soirée, elle vous suit dans les toilettes, descend votre fermeture éclair, entame une pipe monumentale et se barre avant la fin du film ! C'est comme danser avec un beau ténébreux, vous vous frottez à lui et la grosseur que vous envisagez de vos fesses annonce une nuit de folie. Vous le faites grimper sur votre sommier, vous sortez l'engin avec une faim de louve et… la débandade ! Des larmes coulent sur les joues de Chris. Une présence sur son épaule le fait sursauter. Le murmure sombre de son mentor le bloque, net :

- Les pleurs sont l'apanage des faibles. La prochaine fois, je te tue !

Il l'exécutera sans concession possible, il le sait.

- Mais je comprends ta déception. Il est temps pour toi de chasser.

Une petite lueur s'éveille dans les pupilles du jeune garçon. Rapide mais pas assez pour que John ne s'en rende compte.

- Mais n'oublie pas, tu m'appartiens !

Il le saisit à la nuque, l'oblige à se positionner à genoux. Son autre main fait glisser sa braguette. D'un seul coup, il le pénètre brutalement. Il lui arrache un cri de douleur. Son fondement le brûle. Pourtant Chris se laisse sodomiser, soumis par le déchaînement de son maître. A chaque mouvement, la perforation s'intensifie. A chaque coup supplémentaire, John expire bruyamment. Ils pataugent ensemble dans le sang du défunt. Encore quelques va-et-vient. Il le marque, comme les vachers marquent leurs bêtes. Il n'a jamais été porté par la gente masculine, il l'encule pour lui qualifier son rang. C'est lui le patron ! C'est lui le patron ! Il explose enfin, le souffle de son râle puissant.

Puis, plus rien, il se retire, libère le jeune homme prostré. Ce dernier se contient, ne pas se laisser submerger, il se ferait abattre. Est-ce ce que souhaitait son pygmalion depuis le début? Avait-il prévu de le ravager de son membre ou voulait-il punir sa faiblesse? Lui demander d'ôter ses vêtements, était-ce un moyen pour le contraindre plus facilement sous ses coups? Et puis pourquoi ne s'est-il pas débattu? Pourquoi reste-t-il là sans bouger? Parce qu'il l'a dominé. Parce qu'il le domine depuis le commencement, avec son consentement. C'est cela la loi de la jungle, c'est cela la loi des hommes. Les ouvriers consentent le pouvoir au patron, le peuple consent le pouvoir aux administrateurs et aux politiciens véreux, les femmes consentent le pouvoir aux hommes. Et ceux qui détiennent le pouvoir, qu'en font-ils ? Au lieu de remercier la confiance émise par une bienveillance envers celles et ceux qui les ont placés en haut de l'échelle alimentaire, ils profitent allègrement de ce pouvoir à leurs détriments. Et cela depuis que monde est monde. A une exception près : l'homme a tenté de se retourner contre sa créatrice, dame nature, et répondra un jour de ses actes matricides.
Le jeune homme s'appuie sur le mur. Quelques gouttes de sang tombent sur le sol. Est-ce le sien qui s'exfiltre depuis son anus ou celui du cadavre ? Il enfile son pantacourt, ne pas défaillir…

- Dis-moi Chris, je ne connais toujours pas son nom.

- Qui ?

- L'apothéose finale, le nom de ton chef d'œuvre.

- Le flic qui t'a mis les menottes.

- Al Brown ?

- Oui, Al Brown.

- Cela ne dénote pas d'un certain piquant !

Le piège se referme sur Céline Perri, une maîtresse d'école loin des caricatures. Elle n'est ni une jeune beauté dotée d'un chignon stricte ni une vieille pimbêche austère, aigrie et sévère. Grassouillette, elle aspire encore à la romance, bien qu'elle approche la cinquantaine. Poitrine abondante qu'elle arbore sous son chemisier, elle assume pleinement sa féminité. Les cheveux, coupés selon un dégradé dans la mouvance de la mode, dégagent un visage jovial et chaleureux. Un maquillage léger dessine le contour de sa bouche pulpeuse. Le fard pastel appliqué délicatement sur les paupières s'accorde judicieusement à la couleur de ses accessoires, bijoux, ceinture, sac à main et chaussures.

Comme chaque soir, elle quitte ses élèves pour regagner son appartement la mine déconfite. Sa vocation s'est amenuisée au fil du temps. La profession a bien changé, l'impression que sa mission ne consiste plus qu'à télécharger un maximum de données dans les disques durs des bambins. Elle n'est plus qu'une machine à délivrer les programmes, fi de toute humanité. La compétence d'enregistrement cérébrale stimulée à l'extrême, le développement neurologique de la créativité, de l'ingéniosité, de la réflexion, de l'autonomie n'entrent plus en ligne de mire. D'origine française, Céline s'informe régulièrement de l'actualité des confrères de son pays natal. L'une de ses "amies" sur les réseaux sociaux, une professeure à la retraite aussi carrée qu'un parallélépipède à angles droits lui avait colporté les dernières trouvailles politiciennes. Les angles durs de sa professeure de mathématique de la sixième Jade du collège Camille Claudel s'arrondissaient instantanément face aux désarrois juvéniles, des plus futiles aux plus graves. Une espèce en voie d'extinction ! Dans son parcours scolaire, elle a eu la formidable chance d'approcher deux autres spécimens : les méthodes à l'ancienne de l'institutrice Mme Goly la plume dans l'encrier, et la rugosité corse de Mlle Narelli au lycée Pierre Mendès France. Céline attendait au minimum de l'éducation nationale la protection de leur milieu naturel et la transmission de leurs gènes, pas un amoncellement d'inutiles réformes ministérielles dont la dernière en date fut copieusement critiquée par son modèle: « L'égalité des chances » pour tous, enfin pour la majorité, ceux qui n'opposent aucune résistance, ceux qui ne posent aucun problème, ceux qui ingurgitent sans accident, sans difficulté… Et les autres abandonnés sur le banc de l'école traînent de classe en classe, perdus dans la machinerie scolaire. On ne leur laisse pas le temps de s'adapter, pas le temps d'acquérir les bases nécessaires, pas le temps de grandir à leur rythme. La majorité donne le tempo, la majorité donne le "la". Les échecs accumulés des grands oubliés de notre époque les rendent tantôt agressifs, tantôt provocateurs, tantôt explosifs. Au lieu de traiter leur mal-être, on les fustige de ce surnom terrible de "cancre". Le surnom évocateur défausse les adultes de toute responsabilité : « on n'y est pour rien, on ne peut rien faire pour lui, c'est un cancre ! ».

L'école enracine les repères sociaux, historiques, géographiques, littéraires… Les perdus de notre société élaboreront leur statut identitaire dans d'autres institutions parfois plus enclines à la haine et à la destruction. L'éducation actuelle crée des exclus dès le plus jeune âge. Preuve en est, il y a une trentaine d'années le redoublement en primaire facilitait l'acquisition des bases au rythme de l'enfant, une main tendue, l'accompagnement adéquat de son développement. Bien sûr il tenait à chaque instituteur d'user de psychologie et de pédagogie pour faire comprendre avec douceur son utilité. Un exemple flagrant qu'aujourd'hui on se moque bien de l'individu en tant que tel, seule importe la masse, un comble dans un monde que l'on définit d'individualiste.

Céline n'est plus qu'un robot servile. L'amertume empoisonne son organisme jour après jour. Jusque quand tiendra t'elle le coup ? Si au moins son salaire compensait cet état de décomposition. Elle grimpe les marches à l'entrée de son immeuble, les bras chargés de deux paquets. Le fond de l'un des sachets cède et libère son contenu sur le trottoir. Double de malchance, ses tampons hygiéniques se font la malle tandis que les rouleaux de papier rose dévalent la pente sous les moqueries des groupes d'adolescents, des caïds à la petite semaine. Pivoine, le stress et l'embarras lui complexifient le ramassage de ses effets personnels.

Tapi dans l'ombre, Chris la guigne jouissif. Il la veut, il la possède déjà. Il jubile, sa langue passe sur sa lèvre supérieure. Il va lui faire mal, très mal. Sa présence n'est pas remarquée. Il s'immobilise, pas le moindre petit battement de cils. Le temps n'a plus de prises. La tension monte, l'adrénaline circule dans ses artères. Son odorat s'intensifie, capte les phéromones de la gazelle. Ses muscles se gorgent de sang, sa mâchoire se crispe, son cœur martèle sa poitrine.

Céline entre dans son deux-pièces, soulagée de se calfeutrer dans son cocon. Elle pose les clés sur le guéridon, déclenche le répondeur en rangeant soigneusement ses courses dans le placard. Maniaque, tous les produits étiquetés sont ordonnés selon leur initiale, leur calibre, leur destination. Et comme tout maniaque qui se respecte, son logement est immaculé. Pas une poussière, pas une tache ne résiste au plumeau de la maîtresse des lieux. De l'entrée de trois mètres sur trois jusqu'à la chambre du fond, rien ne dépasse. Le lit au carré surveille la porte, deux tables de chevet de chaque côté dans le cas où elle le partagerait enfin. Une commode sous la fenêtre protège toute sa lingerie fine, les petites culottes d'un côté les soutiens gorges de l'autre. Son double de l'autre côté de la pièce renferme toutes ses robes, jupes, pantalons, chemises bien repassées et pliées. La pièce centrale ne déroge pas à cette règle. La javelle parfume la kitchenette ouverte sur un petit salon constitué d'une table basse, d'un clic-clac et d'un support pour la télévision. Derrière ses tocs se calfeutre une profonde tristesse. La tristesse d'une longue solitude. Personne pour l'attendre ou lui préparer un bon plat, ses amies prenant leur distance aux bras de leurs amants puis de leurs enfants. Toute compagnie se résume en une trentaine d'animateurs dans le reflet de l'écran de télévision sur le vieux refrain de Jean-Jacques Goldman « elle met du vieux pain sur son balcon, pour attirer les moineaux, les pigeons… ». Les regards et les paroles de son entourage empirent son état. Les copines sont les premières à lui massacrer le moral : « Il va falloir que tu apprennes à faire des concessions… », « Tu ne t'arranges pas non plus… », « Si tu veux qu'un mec t'attrape, il faut lui donner envie… », « Non mais regarde-toi ! Tu ne ressembles à rien comme cela… ». Alors la fameuse solidarité féminine, il ne faut pas trop lui en causer. Tandis qu'elle remplit les étagères de son frigo, Le répondeur annonce : « Bonjour miss beauté c'est Nadya, rappelle-moi s'il te plait. Bisous. » Elle n'en aura pas le loisir. Un choc électrique la secoue. Son corps se tend comme une trique. Elle s'écroule.

32

Le médecin légiste, agenouillé sur la défunte, collecte les premières données. Al accompagné de son équipe s'en enquiert :

- Alors Esther, tes analyses ?

- Bonjour tout le monde. Le salaud s'est vraiment déchaîné sur elle. Les blessures, les bleus et les multiples lésions me compliquent le boulot. Pour un rapport détaillé, je dois procéder à un examen approfondi sur ma table d'opération.

- Je t'ai rarement vu aussi perturbée.

- Approchez-vous. Ces poignets ont été sectionnés. Elle a été suspendue sur la tringle à rideaux avec ce câble d'acier aussi tranchant que des lames de rasoir. Une brûlure sur le cou indique l'utilisation d'un bâton électrique.

- Abus sexuel ?

- Impossible de me prononcer pour le moment s'il l'a pénétrée ou non avec son pénis. Ses orifices sont inexploitables. Vu certaines entailles sur les parois internes et externes, je pense qu'il l'a tranchée avec un scalpel. Mais je serais étonnée qu'il ne l'ait violé qu'avec cet outil. Ajoutez à cela multiples fractures et entailles au couteau.

- Est-elle restée longtemps consciente ?

- Impossible à déterminer avec précision : dix minutes, quinze tout au plus.

- La date et l'heure du décès ?

- D'après sa température corporelle, cette nuit entre minuit et deux heures, à vérifier.

- Il a emporté quelque-chose ? Un organe ?

- Non, par contre il a laissé un mot pour toi dans sa bouche.

- Je suis au courant. Merci Esther.

Al déroule le message tendu par son interlocutrice et lit : « Just I do it to create my perfect art, Al ». Le rouquin, après avoir récolté les premières informations auprès des policiers en faction, intervient :

- La victime se nomme Céline Perri, elle enseigne les cours primaires à l'école du quartier.

- Comment est entré son agresseur ?

- Aucun impact sur les fenêtres ou la porte. Je suppose donc qu'elle l'a invité.

- Aucun dégât dans l'appartement occasionné par une éventuelle bagarre ou toutes formes de résistance, interrompt Amy. Ce qui pourrait corroborer ta version. Il a certainement abusé de sa confiance.

Elle rejoue la scène avec Bill.

- Elle lui ouvre, lui tourne le dos, il en profite pour l'électriser. Elle se réveille attachée.

- Bien, reprit Al, que pensez-vous du mode opératoire ?

Le rouquin prend le premier la parole.

- Le pyromane a brutalement cessé ses activités. Et quoi, deux semaines plus tard nous voilà avec un cadavre sur les bras. Aucun doute, il s'agit du même homme. Il est passé à l'étape supérieure. Agé de 16 à 25ans, il réprime difficilement sa colère vu son acharnement sur la victime. Il vit dans la solitude.

- Je ne suis pas tout à fait d'accord, rétorque sa collègue. Pour un premier meurtre, il est sacrément confiant ! Il opère une mise en scène dans un environnement qu'il ne contrôle pas. Je pense plutôt à un individu avec un remarquable sang froid, sans une once d'empathie. Il a amélioré sa technique au fil des années, il a forcément sévi ailleurs.

Al pèse chacune des idées avant de se prononcer :

- Ces deux pistes sont plausibles. D'après le mot laissé dans sa bouche, il m'a expressément demandé. C'est pourquoi la direction nous a dépêchés sur cette affaire. J'ai relevé de nombreuses similitudes entre ce crime et ceux commis par John.

- Il subsiste néanmoins des différences à ne pas écarter comme les coups de couteaux ou le fait que John a toujours enlevé ses proies. Et les tortures perpétrées par John étaient, comment formuler cela, plus élaborées. A regarder de plus près, ni le mode opératoire ni la signature ne correspond vraiment.

- Ecoute Amy, tu sais aussi bien que moi qu'il a pu modifier son mode opératoire. Surtout depuis cette comédie de tribunal. La signature, parlons-en : torture et papier entre les dents. Que te faut-il de plus ?

- Tu es obnubilé par John. Et pourquoi pas un imitateur ?

- Nous sommes les seuls dans la confidence avec Esther et le patron pour ces fameux messages. Rien dans les journaux, rien à la télévision, rien à la radio.

- C'est bien beau, mais que fait-on ?

- Un instant le rouquin je réfléchis. Bon, nous allons suivre toutes les pistes, voir où cela nous mène. Je vais demander à Lewis d'enquêter sur la victime et sur ses fréquentations pour peu qu'elle connaissait effectivement son meurtrier. Amy tu vas le doubler sur le terrain. Rencontre la directrice, les enseignants, les commerçants, ses amis… Arnold sera assigné à la recherche d'éventuels meurtres présentant les mêmes caractéristiques dans tout le pays et à vérifier l'hypothèse d'une fuite concernant les messages. Bill tu te renseignes auprès de l'équipe de surveillance de John. Je veux connaître tous ses déplacements de ces deux derniers jours. Je veux également être mis au courant de tous ses faits et gestes à partir d'aujourd'hui.

Al quitte la pièce le dernier. Il cogite en marchant vers la sortie. Amy prend de l'assurance. A peine un mois auparavant, elle n'aurait jamais osé le contredire directement. Malheureusement, elle n'ose s'exprimer librement que dans le cadre du travail. Il aimerait tellement la voir se décomplexer ainsi en public. Soudain une fringance de pivoine le plonge vers de nouvelles pensées, plus sombres, secrètes… L'image floue d'une femme…

33

Le soleil décline mais la chaleur ne s'essouffle pas. Amy, à son bureau, se rafraichit sous le vrombissement du ventilateur portatif. Elle relit pour la énième fois ses notes, n'omettre aucun détail. Tous les policiers du service tirent la langue. Bouteilles à portée de doigts, pieds sur les glacières, ils s'aspergent régulièrement d'eau. Accablés par une atmosphère pesante, les chemises ouvertes sur les torses en sueur, ils s'économisent, chaque geste étouffé dans l'œuf. Ils ne parlent pas, la salive bien trop précieuse. L'odeur terreuse, présage de grondements de tonnerre, colle les perles de transpiration, alourdit l'air de l'open-space.

Al, dans une entrée fracassante, théâtrale, lui intime de l'index de l'accompagner dans la salle de réunion. Le reste de l'équipe les suit péniblement et tous s'installent. De la tête, Al encourage Amy à prendre la parole :

- D'après les témoignages, Mlle Perri est célibataire et assez solitaire. Faire le tour de ses fréquentations s'est avéré plus rapide que je ne l'aurais espérer. Elles la décrivent comme quelqu'un de discret, en tout cas sur sa vie personnelle. Appréciée par la profession et ses élèves, la directrice m'a toutefois révélé un fait assez troublant pour qu'elle s'en souvienne. Il y a un peu moins de vingt ans, alors que Céline venait de prendre ses fonctions, elle s'est penchée sur le cas d'un garçon dont elle avait la charge. Ce garçon était très bizarre, associable, il a d'ailleurs été estimé nécessaire de le faire suivre par un psychiatre. Ne se souvenant plus de son nom, elle va éplucher ses archives. A cette époque, l'informatique n'était pas aussi démocratisée. Il va lui falloir du temps.

Pour la première fois, fouiller la vie de la victime fut un calvaire pour Amy. Elles se ressemblent tant. A chaque étape de son enquête, l'impression de procéder à une introspection grandissait : la solitude, la discrétion et la recherche permanente de perfection, ce besoin de contrôle absolu sur les choses, sur ce qui les entoure, sur soi. Est-ce que parfois comme elle, elle aspirait à sortir de sa coquille ? Est-ce que comme elle, elle y parvenait dans le cadre de son travail ? Certainement puisqu'elle n'hésitait pas à prendre la parole devant les chérubins. Avait-elle aussi un inavouable exutoire ? Un exutoire impossible à révéler au grand jour sans être cataloguée de détraquée, même et surtout de ses collègues. Ils n'hésiteraient pas à la moquer, la défier ou la harceler. Elle n'allait pas foutre sa carrière en l'air pour une indiscrétion sur ses dérives. Le moindre recours auprès de ses consœurs serait la pire des idées, les femmes bien plus vaches entre elles. Elle subirait de leurs parts insultes et crachats, par peur que ses travers réveillent des désirs enfouis chez leurs propres maris, des envies dont elles se sentent incapables à combler. Il est plus aisé de discréditer une éventuelle rivale que de jouer de ses atouts pour garder son homme dans le lit conjugal. Oublié le féminisme, oubliées les revendications au droit de porter avec fierté la tenue qui leur sied, de vivre leurs propres choix professionnels, sentimentaux et sexuels? Le féminisme n'est bien souvent rien de plus qu'un morceau de pipo que bon nombre d'entre elles se jouent à tue-tête. Il suffit à l'une d'entre elles de croiser une jeune femme libérée, dans un déshabillé sexy et provocant, pour immédiatement oublier ses belles valeurs et glisser à l'oreille de son époux : « tu ne vas pas regarder cette grognasse, elle allume tous les mecs !... Quelle vulgarité !... Il faut vraiment être salope pour sortir comme ça !... Si elle se fait violer, elle ne pourra pas dire qu'elle ne l'aura pas cherché !... ». Alors mesdames plutôt que de dénigrer ces "putes" qui soit dit en passant vous font passer pour des mégères, peut-être serait-il plus judicieux d'avaler quelques cachets d'aspirine, de chausser vos talons aiguilles, de vous parer de vos plus beaux dessous, de charmer vos maris et de leur faire profiter d'une sexualité riche en émotions pour vous assurer de les tenir bien au chaud dans votre décolleté plongeant? Aujourd'hui, la nourriture n'est plus valable pour faire revenir un homme sur le chemin de son foyer… Et ces messieurs seront plus aptes à vous apporter tout leur soutien, à partager vos états d'âme, à user de leur empathie pour saisir votre sensibilité, vos difficultés à fonder votre place dans une société machiste. Une base conçue dans un échange, ciment de la durabilité d'un couple. Bien sûr je ne prétends aucunement sauver votre couple de tous les maux. Mais si chacun s'impose déjà quotidiennement de subvenir par amour aux attentes primaires de l'autre il vous sera plus aisé de dialoguer ensemble. Apprenez la langue de votre partenaire et servez-vous de son vocabulaire pour vous faire comprendre !

Amy se voit déjà comme dans son miroir, se ternir au fil des années et briser son dernier souffle seule sans la chaleur d'une présence réconfortante ? Va-t-elle mourir sans souvenir impérissable dans le cœur d'un être aimé ? Non, elle chasse vite cette idée de la tête. Elle, elle a Al et les autres. Elle compte pour lui, pour eux. Oui elle compte. Elle se le répète sans cesse jusqu'à s'en persuader tout à fait. Esther fait son apparition, elle reste en retrait. Bill prend la parole :

- Les gars de la surveillance suivent John de près, à l'aide d'un puce implantée sous sa peau à la base de la nuque. Les jours autour du crime, il n'a pas quitté son domicile exception faite pour une émission télévisée, un aller-retour direct sous la surveillance d'un agent.

- Rien de mieux pour gonfler son égo, s'exaspère Al. La puce, il peut s'en extraire ?

- Elle émettrait immédiatement un avertissement sonore et lumineux ainsi qu'un appel vers le commissariat le plus proche pour se rendre sur les lieux le plus tôt possible et l'anesthésier définitivement.

- Merci le rouquin. Arnold, nous t'écoutons.

- Bredouille. Aucun meurtre semblable dans tout le pays. J'ai contacté Interpol, sans résultat. Aucune allusion des messages fourrés dans la bouche des victimes dans la presse, dans les communiqués ou dans l'autobiographie de John. Ce détail n'est connu que de nos services. Par contre Lewis détient des informations intéressantes.

- Tu ne peux pas te la fermer, tu casses mon effet d'annonce.

- Eh ! On n'est pas dans un one man show !

- Bon j'en étais où ? Ah oui… La victime s'était enregistrée il y a quelques semaines sur un site de rencontres.

Esther, distribue une copie du dossier médico-légal à chacun. Elle leur expose un fait nouveau :

- Il lui a inoculé, à l'aide d'une seringue, dans le creux de son coude un calmant pour la maintenir en vie et éveillée le plus longtemps possible. Il l'a réanimée à plusieurs reprises en lui injectant une dose d'adrénaline. J'estime son calvaire, non plus à dix ou quinze minutes, mais à plus de trois heures sans interruption. Je vous en prie, arrêtez-le et vite !

34

Harassée par sa journée, Esther quitte ses douloureuses chaussures pour de confortables charentaises. Plus à l'aise dans ses chaussons, elle s'enfonce dans le canapé. L'absence des enfants, le calme olympien, le moelleux des coussins, la lumière tamisée ont raison de ses paupières. Les rêves, images salvatrices du subconscient, amenuisent les effets dévastateurs d'un quotidien fourni de visions macabres. Même si le déjeuner improvisé par son mari sur son espace professionnel a égayé sa journée. La troisième fois qu'il s'invite ainsi dans son cabinet depuis le début de ses congés. Cela ne s'était jamais produit auparavant, il doit la savoir vraiment à vif. C'est un trésor. Elle s'est donc éclipsée à ses patients pour profiter pleinement du repas. Il l'écoute attentivement se répandre sur ses préoccupations, s'occupe d'elle, la chouchoute. Elle en éprouve bien le besoin les nerfs irrités par son exposition journalière à tous ces visages fixés à jamais dans la terreur même si son esprit cartésien et la distance médicale lui permettaient jusqu'alors de garder un sang froid exemplaire. Les corps abîmés au point de ne pouvoir les identifier, « John Doe » déclarés disparus, décédés à l'insu de leurs familles, de leurs voisins, de leurs amis épuisent peu à peu son moral. Elle envisage ces proches figés dans un coma conscient leurs avenirs suspendus au vain espoir d'une miraculeuse réapparition, aspirés dans un vortex au temps déchiré comme leurs cœurs, en boucle dans la spirale comme des disques rayés. Chaque fois qu'elle déniche un nom elle pousse les diamants sur les sillons, et les phonographes redémarrent un grain de plus dans les vibratos. Alors savoir plusieurs « John Doe » évanouis dans la nature ! L'enquête menée par ses supérieurs n'a pas abouti. De là à conclure qu'ils se sont extirpés des limbes, de leurs tiroirs frigorifiques la faucheuse à leurs trousses….

Le cliquetis des clés dans la serrure, elle lève un sourcil. La porte de l'entrée baille, elle ouvre un œil. Les pas lourds de son homme, elle s'étire. Il esquisse un baiser, elle l'enlace. Il la porte jusqu'à la chambre au premier étage, elle se fait plus légère. Il la déshabille de mille caresses, elle gémit. Encore à mi-conscience, son corps s'éveille sous l'art buccal de son amant, passant du figuratif à l'impressionnisme, de l'impressionnisme au surréalisme. Embourbée dans le coton, son cerveau encore engourdi se mélange les pinceaux. Il débarbouille la toile, délimite les contours, s'attarde sur les ombres, étale la peinture, dessine l'abstrait à partir du concret, ou le contraire… Le chevalet entier vibre dans la ferveur de Dali, un trait de chaleur par ci, un piquage par là, mouvements désordonnés, contrastes appuyés, projections orgasmiques… Ultimes saccades sur le clitoris, la puissance des spasmes s'intensifie sous la langue aguerrie du maître. Elle ne résiste plus, son dos se cambre, sa tête se renverse. Une longue complainte crisse soudainement de ses lèvres inférieures. L'explosion de couleurs inonde sa brosse vaginale, vive libération de bonheur. Esther s'évade vers d'autres cieux. Ses bras retombent inertes. La transe s'estompe lentement, repos de l'artiste. Son chamane la laisse récupérer ses esprits. Il concocte dans la cuisine une potion pour l'aider à recouvrer ses forces. Il trempe les herbes, les épices, les piments, et le bouquet garni dans la marmite. Le fumet fleuri remonte jusqu'au nez de la damnée, ce qui s'en dégage lui donne l'eau à la bouche.

*****

Al écoute les notes matraquées par la talentueuse rouquine sur le piano à queue. Du haut de la scène, elle les frappe de ses doigts énergiques, une vengeance personnelle contre l'instrument. Rancunière, sa haine elle la cultive depuis sa plus tendre jeunesse, obtenir la mélodie parfaite cloques arrachées sur les premières phalanges. Ces séances de maltraitances, elle les lui doit. La mâchoire crispée de rage, elle déballe ses tripes dans une tempête d'accords, sonnants et trébuchants. La fille de John, debout, massacre avec envolée les partitions, s'énerve sur chaque noire, agace les blanches. Puis une courte pause, un souffle entre deux rounds. Une profonde respiration, l'altercation reprend. Elle pousse la machine jusque dans ses derniers retranchements. Survient alors la grâce. La grâce dans l'acharnement, la magnificence dans la fureur. La musique emporte Al dans un tourbillon d'émotions. Une première ! La beauté de la virtuose se révèle à lui. Un mélange de pudeur et de fierté, une froideur qui claque les hommes aux portes de son cœur. Et dans le même temps elle se livre entière à son publique, au monde entier. Elle leur dévoile toutes les parts de son âme, elle se met à nue. La chair poilue du policier se hérisse. La stature fermée de la mélomane adoucie dans un drapé neigeux cueille l'assemblée, happée dans les tréfonds de son être.

Al encore subjugué, s'impatiente devant la loge. Il ne lui quémandera pas un autographe comme tous ces fanatiques qu'il exècre. Ils érigent les objets de leur idole en autel de sainteté. Fétichistes malsains, ils astiquent les matérialisations de l'idée d'un possible lien avec leur dieu et prennent leur pied dans l'illusion de le connaître. Mais lequel de ces malades entretien véritablement une relation amicale, voire intime ? Non, Al veut plus que ce simple mirage. Il l'emmènera dîner dans un restaurant, et tisser un fil invisible entre eux. D'abord réticente, il a tout de même passé les menottes à son père, il la convainc de se laisser entrainer dans l'un des meilleurs établissements de la ville. Il anéantit rapidement ses réserves et partage avec elle un agréable moment. Galant, il pose délicatement sa veste sur les épaules fébriles de Katia et la raccompagne jusqu'à son hôtel. Il lui glisse un baiser sur la joue. Elle conserve son bien, l'occasion de le revoir…

Le hasard doit choisir pour lui, comme le lui a enseigné son mentor. Chris sirote un coca à l'aide d'une paille sur la terrasse d'un café, une bande dessinée devant les yeux. Il n'est pas loin de midi, le soleil tape fort sur la visière de sa casquette vissée sur la tête. Les segments "leds" du panneau en face, à l'ombre, affiche quarante degrés. Il essuie la sueur sur son visage d'un revers de main. Son torse imberbe perle de milliers de gouttelettes. Il ne craint plus de peler, il est si bronzé qu'il pourrait être pris pour un latino. Le prochain sera sa proie. Un beau brun, salopette mécano sur un torse poilu floute son champ de vision. C'est décidé, ce sera lui. Le suivre jusqu'à sa tanière. En apprenant la suite des événements, son maître le passerait sûrement à tabac. En effet, Chris s'empresse de suivre le mécano jusqu'à son domicile. En voyant sa femme, son pénis se dresse énervé. Il veut l'avilir, la pénétrer, la crucifier. Le scénario défile dans sa tête, cette brune aux traits orientaux débride son sens artistique destructeur. La muse l'excite furieusement. Son sexe prend une proportion démesurée. Il vient de changer d'avis, de cible.

Comme chaque soir, Amina pousse la porte du gymnase. Le cours avait été intense mais elle avait tenu la cadence. Les ondulations du bassin, les roulements de ventre, et les gestuelles sensuelles n'avaient plus de secret pour elle. Amina avait retrouvé dans cette pratique le goût d'elle-même. Chaque cours lui permet de se réapproprier ce corps qui lui a si souvent dit « merde ». Se lever du canapé lui procurait des douleurs dans les articulations. Les kilos s'accumulaient sur ses seins, son ventre, ses fesses et ses cuisses. Cela ne la rendait pas disgracieuse pour autant, et même jolie à regarder, car bien que ronde sa silhouette restait harmonieuse. Mais elle s'était perdue devant le miroir, à l'intérieur de cet amas. Il avait suffit de peu de choses pour sombrer lentement : un employeur qui l'abandonne, un mari de moins en moins attentionné, son quarantième anniversaire, une vie qu'elle n'a pas vu défiler. Et tous les soirs, affalée dans son canapé à regarder des soaps idiots, elle mirait au travers de personnages fictifs des sensations oubliées : la vie. Sa voisine de quartier la sauva du naufrage. Souvent les héros ne se cachent pas derrière un masque ou un uniforme mais derrière le visage banal d'une personne banale qui, comme tout le monde, mène sa barque ou plutôt se démène pour ne pas chavirer. Amina, un soir de sortie des poubelles, remarque un homme d'une soixantaine d'années sortir du patio de sa chère voisine. Il l'embrasse à pleine bouche comme on embrasse à vingt ans. Sa voisine en a plus de soixante-dix mais très bien conservée pour son âge. Et là, le tilt : « Si l'on peut éprouver une seconde jeunesse à son âge, alors rien n'est perdu ! ». L'idée de changement pointait le bout de son nez. Mais sa bonne fée ne s'arrêta pas là. Vous n'avez jamais eu l'impression que les opportunités s'offraient à vous juste au bon moment, dès lors que vous entamiez une démarche positive, que vous vous ouvriez au monde ? Le lendemain son mari vit Amina se lever de bonne heure. Elle prépara le café et les croissants. Il l'embrassa rapidement sur les lèvres et partit travailler sourire en coin. Elle caressa de l'index sa bouche avec une note de nostalgie, jusqu'alors elle ne s'était jamais doutée à quel point ce geste tendre lui avait manqué ? Les formes généreuses qu'elle cherche péniblement à dissimuler dans un large jogging attirent les regards, exagérées par l'effet bouffant de ses habits au dessus de sa taille. Il serait plus judicieux de capter l'attention sur ce qui l'arrange, un tour de passe-passe couramment utilisé dans le monde de la magie. Alors mesdames, pour détourner les hommes de ce que vous, vous considérez comme un défaut, sublimez vos atouts ! Ils se braqueront dessus comme des ronds de bille, la langue pantelante à la Tex Avery : « aoouuuuhhhh ! ».

Amina descendit les marches de son palier et entame ses premières foulées. Elle se ravisa aussitôt. « Pour un début une bonne marche suffira ». Après un bon kilomètre, elle douta de sa capacité à renouveler chaque matin ce sport ingrat. Une affiche sur le mur : « cours de danse du ventre ». Collée depuis des années au jugé de son état de dégradation, elle s'étonne de ne l'avoir jamais aperçue. Non, les opportunités ne pleuvent pas plus, sa vision du monde a évoluée. Prochaine étape, convaincre son mari. Ce ne fut pas trop difficile. En bon macho moderniste, il accepta qu'elle se dandine dans un costume aguichant sous condition de s'acquitter de toutes ses taches ménagères. Une autre raison, inavouée, l'invita à lui accorder ces nouvelles extravagances : la voir se pavaner dans sa nouvelle tenue et se tortiller dans la chambre. Ce petit rien avait relancé leur libido. Sa libido avec elle, car pour copuler avec la voisine le matos fonctionnait à merveille. D'abord sceptique sur les capacités de sa femme à suivre les cours sur du long terme sans se lasser, il dut bien admettre que les efforts payaient. Elle n'a perdu que trois kilos, en gros pas de quoi se pavaner, mais elle s'est éclairée. Son visage rayonne, elle le taquine, il l'aime. A tel point qu'il trompa sa maitresse avec sa femme, infidèle à son infidélité. Il espaça les fins d'après-midi chez sa maitresse pour des cinq à sept à la maison, des parties endiablées au rami, cognac et cigarettes.

Amina ne traîne pas et rentre à la maison sans se changer. Elle n'habite qu'à quelques pas de là, pratique sans le permis. Mal à l'aise seule dans la rue sombre, deux copines l'accompagnent un bout du trajet. Elles marche de front d'un pas assuré en escarpins, jupes et soutiens-gorges à paillettes, ceintures de cymbales sur les hanches.. Elle embrasse ses deux amies sur le perron de leurs appartements respectifs, sous les cliquetis enjoués de leurs ceintures. Elle leur adresse un dernier signe avant d'avaler les vingt-cinq mètres qui la séparent de son mari. Mais le prédateur rôde, à l'affut. Il fond sur elle, griffes acérées. Il l'enveloppe dans sa cape noire et l'entraîne dans les tourments des ténèbres. Elle ne cuisinera plus jamais de petits plats à son mâle. Les cymbales sonnent le glas.

36

Al découvre le corps de la victime suspendue les bras en croix aux grillages d'une impasse, la peau des poignets arrachée par les fils barbelés. L'état de décharnement du corps invite l'esprit à visualiser sa nuit à subir les pires outrages. Il l'a découpé, écrasé, éviscéré méticuleusement, membre après membre, orifice après orifice. Elle s'est évanouie plusieurs fois, mais il l'a réveillée par des doses massives de drogues pour jouir à nouveau de ses globes oculaires, s'extasier de les voir se saisir d'effroi à l'approche des lames, des pieux et de tous ces instruments de destructions chirurgicales, les cris étouffés par une accumulation d'immondes chaussettes embourbées dans la bouche. Jusqu'à ce que son cœur lâche, fatalement. L'encoche d'une seringue dans la gorge, Esther comprendra rapidement lors d'examens plus poussés : les hurlements de la victime devenaient si stridents, lui obstruer la gorge ne suffisait plus, le tueur lui a anesthésié les cordes vocales. Imaginez-vous vous époumoner et… aucun son ne sort ! L'horreur silencieuse, l'horreur absolue. De par son expérience, Al connait l'incroyable endurance du corps avant d'atteindre le seuil de rupture. Il sait également que le cerveau ne s'embrume pas, qu'il ne s'englue pas dans du coton comme un évanouissement vers l'au-delà. Le cerveau perçoit et enregistre la douleur jusqu'au bout, même après l'arrêt cardiaque. Le cerveau continue à fonctionner les quelques secondes d'oxygène supplémentaires, quelques secondes d'atrocités supplémentaires. Une mort violente. Il doit vite chasser cette pensée, se concentrer sur les éléments, les preuves d'une manière froide, implacable, aussi implacable que le bourreau. Il se doit de vérifier qu'il ne se trompe pas, que c'est bien le même. Il s'approche de la victime, lui décroche la mâchoire, plonge ses doigts gantés entre les dents. Il récupère un morceau de papier entre deux chaussettes inondées par la bave de la malheureuse : « Other crime to my last chosen victim, Al ».

Il tourne la tête, pensif. Soudain ses nerfs olfactifs s'émoustillent. Des pivoines soufflent leur essence depuis un parterre à moins d'un mètre de là. « Se peut-il... ? Non, une coïncidence, rien qu'une coïncidence » se persuade t'il. Pour ne pas couler dans ses idées glauques, le genre d'idées qui l'avaient autrefois entrainé à errer dans les marcs des plus mauvais scotchs, il s'adresse à sa bouée, celle qui a toujours su le ramener sur la berge avant d'ingurgiter la tasse de trop :

- J'en ai assez vu pour aujourd'hui. Amy tu me rassembles tout le monde d'ici six heures au QG. Tu vois avec le Rouquin pour taper aux portes, rapports du voisinage et tout le tamtam. On passe au cran supérieur. On lance un appel à témoins, je t'envoie le numéro dans moins d'une heure pour placarder un maximum d'affiches dans tout le périmètre. Je convoque John Harper dans les plus brefs délais. Je veux en avoir le cœur net. S'il a vent de quoi que ce soit, je veux le lire sur sa face de pervers !

37

Le diable investit la salle d'interrogatoire. Pas après pas, le lieu semble s'ouvrir à son passage comme la mer devant Moïse. Sa prestance machiavélique assombrit la pièce, écrase l'atmosphère. Derrière la vitre sans teint, Une décharge glaciale parcoure la colonne vertébrale d'Amy, pétrifiée sous les yeux persécuteurs du Mal avec un grand M. L'imperturbabilité d'Al la fascine. De marbre, il s'adresse à Bill de sa voix rauque et profonde :

- A toi de mener l'entretien. Fais le mijoter une dizaine de minutes. Amenuise son importance. Il ne le supportera pas, un bon moyen de le désarçonner.

Dans l'incapacité de tenir l'inquisition permanente du tueur, Amy gigote. L'abeille se débat pour s'arracher de la toile tissée par la bête noire. Les fils l'entravent d'avantage, alertent le prédateur de sa captive. Elle se refuge sous l'aile protecteur du frelon. Inconsciemment, Amy recroquevillée s'est rapprochée de son patron, calée sur son épaule. Elle perçoit sa nervosité, sa mâchoire crispée, le poing serré.

Bill tente grossièrement d'affaiblir son interlocuteur :

- Assis-toi !

- Je devrais m'exécuter parce que…

- Je te l'ordonne.

- Je ne discute pas avec les larbins.

- Le patron a des occupations plus intéressantes.

- Que moi ?

- Tu te considères comme prépondérant mais tu n'es rien.
- Si tel était le cas, je n'aurais pas été convié.
- Réponds juste à mes questions.
- Soit, sous une seule condition.
- Laquelle ?

Al saisit immédiatement, le rouquin vient de perdre la partie.

- Eclaircissez ma lanterne
- Inutile de tourner autour du pot.
- Vous, vous savez ce que cela procure, de détenir la vie d'une personne entre ses mains et de frapper fort ! Sans pouvoir s'arrêter ! De frapper, frapper, frapper, encore et encore !

Ces phrases ricochent dans le cerveau de Bill, un écho sans fin. L'espièglerie du tueur l'horripile, il continue de se moquer de lui :

- Nous sommes tous conçus dans le même bois. La violence réside en chacun de nous. Et ça, vous le comprenez mieux que quiconque, n'est-ce pas ? Alors qu'avez-vous ressenti ? Grandi, galvanisé, invulnérable ?

Le rouquin perd pied, sa hargne l'emporte. C'est la première fois depuis… Il le cogne à la mâchoire, lui écrase le nez dans le meuble. Une dent s'extrait de la bouche de John. Ce dernier ne se défend pas. Al s'interpose, jette son collègue hors de la pièce et claque la porte derrière Amy.

Enfermée avec celui qu'elle admire et celui qu'elle craint le plus, elle se liquéfie. Un affrontement de titans s'organise. Les deux combattants se mesurent. La tension est palpable, sans parler de l'orage qui se prépare au dehors. Elle s'essuie le front. Les géants immobiles s'épient. Une guerre psychologique, implacable ébranle la jeune femme. Elle craque, rompt l'insoutenable silence :

- Un tueur frappe au sein même de votre fief en usant vos propres méthodes.

Son intervention amuse Al. « Elle gagne en assurance la petite ». John l'évince immédiatement :

- Comme je l'ai déjà dit, je ne m'adresse pas aux sous fifres et encore moins aux petites dévergondées dans votre genre.

Sous l'air renfrogné d'Amy visiblement vexée, Al vole à son secours.

- Considère chaque membre de mon équipe comme s'il s'agissait de moi. La prochaine fois que tu dénigres l'un d'eux, je te flanque en cellule avec un bon coup de pied au cul. Suis-je assez clair ?

- Je devrais trembler ? Tu l'aimes ta petite dévergondée einh ? Tu es prêt à laisser tes démons t'envahir pour elle.

Il se tourne vers Amy, se lèche les babines

- Ton numéro de petite sainte ne fonctionne pas sur moi. Je sais ce qui t'excite, de quelle façon tu prends ton pied. Tu as le visage lisse mais le vice ronge ton âme. Je te promets, avec moi tu connaîtras l'extase.

Bouleversée Amy se précipite dehors.

- Tu as gagné, je t'arrête pour outrages et menaces envers un agent.

- Ce qu'elle peut être fragile… Règle numéro trois mon ami : être attentif, nos gestes les plus infimes soient-ils nous trahissent, dévoilent nos petits travers, nos mauvais penchants… Et nous en avons tous ! Les masques tombent !

Il se gausse. Il s'amuse à leurs dépends. En tout cas le voilà hors circuit pendant au moins vingt-quatre heures. En sortant Al demande des explications au rouquin sur les sous-entendus de John à son égard. Bill élude rapidement :

- Chacun son petit jardin secret. Ne m'en demande pas plus.

John enchaîné à deux gorilles croise Esther dans le couloir. Il la salue d'un baiser dans le vent, elle accélère le pas. Il s'esclaffe de sa dernière espièglerie. Troublée, l'angoisse oppresse sa cage thoracique et lui assèche le palais. Elle humidifie sa langue avant de s'immiscer dans le trio :

- Une trace de sperme a été prélevé sur le visage de la victime.

- Quoi ? Une éjaculation faciale ? Ca change tout !

- Détrompe-toi Al. Je pense qu'il l'a étalé avec son gant en lui maintenant le menton.

- L'échantillon est-il suffisant pour établir une concordance ?

- Oui mais il n'appartient à aucun ADN recensé parmi tous les fichiers de délinquants sexuels à notre disposition.

- Nous avançons. Nous avons affaire à un jeune pervers, je dirais entre quinze et vingt-cinq ans solitaire et intelligent. Il adapte son mode opératoire en fonction de son environnement, ce qui prouve une grande confiance en soi. Sa manière d'user du bistouri requiert un minimum de connaissances dans le domaine de la médecine.

- Son besoin de contraindre ces femmes, sa minutie dans ses actes barbares dénotent un besoin de contrôle permanent, complète Amy.

Al reprend :

- Tu as raison, pourtant l'excitation que cela lui procure débride entièrement sa sexualité qu'il ne parvient pas à maitriser. Je le pensais jusqu'alors impuissant mais il est plus probablement éjaculateur précoce.

- En conclusion, nous sommes à la recherche d'un adolescent qui modifie en permanence son mode opératoire. Cette forme de mise en scène torture comprise, son incapacité à retenir ses émotions dans son caleçon, et le message destiné à Al sont ses seules constantes donc ses signatures. La question à laquelle nous devons répondre, c'est pourquoi ?

- Pas tout à fait Bill, répond le chef du groupe. Nous savons que ce type de déséquilibrés projette sur leurs victimes leurs propres déviances. En exécutant leurs proies, ils annihilent les personnifications des déviances qu'ils portent en eux. Nous devons donc comprendre quelle déviance notre tueur considère si abjecte ?

- Et l'archétype des filles chassé par notre tueur aurait un rapport direct ou indirect avec sa mère ?

- Nous ne sommes pas dans une série télévisée Esther. Nous sommes attirés vers une préférence génétique. Inconsciemment, nos goûts en matière de partenaires se portent naturellement vers des personnes avec qui nos gènes se complèteront au mieux pour garantir une progéniture saine et forte. Et les tueurs en série ne font pas exception à cette loi naturelle.

Sa poche joue la mélodie des quatre saisons de Vivaldi. Il guigne la provenance de l'appel et décroche :

- Qu'y a-t-il, Arnold ?

- Bonne nouvelle, sur tous les appels suite aux tracts postés dans la région, un sérieux témoin. Il aurait enregistré la photo du tueur sur son cellulaire. Une de ses fenêtres surplombe le lieu du crime.

- Pourquoi n'a-t-il pas contacté la police avant ?

- Par peur je suppose. C'est un junky.

- Et tu fais confiance à un junky ?

- Il m'a donné des détails convaincants.

- OK envoie-moi l'adresse.

Tandis que Bill déambule dans les couloirs de la faculté de médecine du coin, à la recherche d'un potentiel étudiant aux caractéristiques du tueur, Al et Amy tambourinent la porte du drogué Nick Peterson. Aucun signe. Le poing d'Al déclenche inopinément l'ouverture. Amy dégage entièrement le passage, main sur la crosse de son calibre. Nick est étendu sur le sol, une seringue dans le bras. Des années qu'il se bousille la santé à coups de snifs, de comprimés, de fumettes, d'injections… Tout ce qui atterrit entre ses doigts disparait dans ses veines. Il a été coffré à plusieurs reprises pour agressions en état évident de manque. Le manque, ce phénomène où tous les malades sont persuadés d'endurer leur dernière heure en se tordant de douleurs. Alors que pour la plupart, ils partiront le vague à l'âme dans les flots bleus le sang dilué dans le produit, comme lui aujourd'hui. La peur du vide, ils se remplissent pour surtout ne plus se sentir dépouillés de leur consistance originelle, jusqu'au débordement. L'overdose, le trop plein, le véritable risque !

Amy rompue par sa formation dans les rangs de la brigade des stups appréhende la nature profonde de l'homme sous le masque ignoble du visage flétri, derrière ses pustules, derrière ses dents noires, derrière ses testicules desséchés et rabougris. Comme beaucoup de ses semblables, la société n'acceptait pas sa différence et l'a marginalisé. Une solitude aspergée quotidiennement sur les graines d'une hypersensibilité. La pousse germe. Un fermier malintentionné l'expose à sa première dose chimique. L'effet est instantané, miraculeux. Elle croît prodigieusement, farfelue et hystérique. Ajoutez-y un gène latent à la paranoïa, aux hallucinations. Le poison déforme la plante jusqu'à la rendre vénéneuse. Mais peu importe, le besoin continuel de se développer dans l'irréel devient primordial… Le poison se répand au-delà des racines. Elle aspire toute l'énergie de la terre pour survivre. L'inoffensif végétal devient en quelques mois un danger pour tout le jardin.

L'arnaque de la seringue n'endort pas la vigilance des enquêteurs. Amy dénoue la chaussure du macchabé. Entre les orteils des cavités par lesquelles il s'envoyait dans des délires interstellaires. Les accès aux mondes angéliques psychédéliques se plantaient dans les immondes interstices maculés de difformes champignons. Or l'aiguille est plantée dans le bras. Ca ne colle pas. Le tueur a été prévenu. Comment ? Une taupe ? Mais qui ?

Amy glisse la main à l'intérieur de l'affreux tweed, l'engouffre dans toutes les poches. Ses doigts collent sur le tissu graisseux. Le sol crasseux ventouse les chaussures. Ils fouillent la benne de fond en comble, un abri de déchets, humains inclus. Les murs tagués par un artiste sous amphétamines armé d'un feutre noir, des dessins inintelligibles, plus spiritueux que spirituels. Des interrogations elliptiques, des signatures à moitié effacées par des projections urinaires, en écho à « La Fontaine » de Marcel Duchamp réputé pour son urinoir. Jusqu'au-boutiste, l'artiste a parfait son œuvre d'un étalement de bronzes démoulés sous délires inspirés. Œuvre saccagée par un séisme opaque à toutes formes d'expression. Une brique effritée, craquelure dans le tableau, oblige Amy à plonger sa main dans l'interstice de la répugnance pour en extraire le visage du diable comme s'il ne voulait pas être identifié, comme si l'image même de la bête salissait tout ce qu'il touchait, comme si le mal s'en propageait. L'artiste y avait dissimulé l'objet convoité, avec lequel il aurait pu marchander quelques dollars, de quoi alimenter son génie créateur. Amy, entre deux haut-le-cœur, retire d'un coup sec sa main coincée dans le rectum mural. Triomphe modeste, elle secoue la trouvaille au dessus de sa tête. L'appareil exige un mot de passe. Al le déposera lui-même aux informaticiens de l'agence. Il n'a plus confiance en quiconque, même sa propre équipe. Il ne veut prendre aucun risque, l'un d'eux joue un double jeu.

L'orage déferle enfin ses torrents de pluie sous les craquements impétueux des éclairs. Al vide d'un trait son deuxième verre de scotch, cadre photo sur les genoux. La cigarette se consume sur le bord du cendrier. Abandonnée, ses larmes rougies s'écroulent au fil du temps pour s'éteindre lamentablement dans le cimetière grisâtre de tabac refroidi. Elle meurt à petit feu. Son âme embaume le salon, une vapeur rêche s'infiltre dans les poumons d'Al. Son palais s'assèche, son œsophage le gratte, ses sinus s'irritent, ses paupières se plissent. Il se racle la gorge. La faucheuse s'empare peu à peu de son essence, l'homme maudit ne s'en soucie guère. En gaussé dans son fauteuil, éclairé par la faible lueur d'une lampe de chevet, ses pensées le submergent : la femme sur la photo, l'enquête, l'équipe… Il passe en revue chaque membre. Savoir une taupe parmi les siens le plonge dans une profonde amertume. Cela ne se peut pas, et pourtant… La sonnette le tire de sa léthargie.

L'ouverture de la porte crée un appel d'air. Amy se jette dans ses bras, elle est trempée. Il ne s'attendait pas, il lui avait pourtant bien recommandé de prendre ses distances. Elle respire le parfum rauque et âpre de son col, ce mélange prononcé d'eau de Cologne et de fumée, enivrant. Ils s'agrippent l'un à l'autre, s'embrasent. Il plaque ce corps mince contre lui, lui fait percevoir à travers le tissu qui les sépare la pression de ses envies lubriques. Les yeux malicieux d'Amy s'illuminent. Elle lui mordille l'oreille avant de lui murmurer « Fais-moi mal ».

Il allonge le bras derrière elle, claque la porte. Elle sursaute. Il arrache son chemisier. Elle frémit. Seins nus, les pointes se durcissent sous le désir des mains calleuses. Sans crier gare, il empoigne les mamelons et les tord, vers le sol. Il la force à s'agenouiller en couinant. Le cerveau d'Amy passe les rênes à son vagin, résolu à la faire galoper à bride abattue. Surexcitée, sa croupe oscille d'avant en arrière. Al dégrafe son pantalon, libère son membre. Il attrape la queue de cheval de sa partenaire, lui tire la tignasse en arrière et enfonce son glaive dans la bouche, jusqu'à la garde. Après quelques va-et-vient il se rétracte. Il veut la conquérir totalement, la fléchir de son ardeur. La tête levée vers lui, Amy, dans l'expectative, s'enquiert d'un signe. Il jauge son état, sa fièvre, son empressement… Leurs poitrines tanguent, respirations profondes et affamées… Pause interminable, inquiétante, envoûtante… Il la gifle, assez pour la faire vaciller pas assez pour la marquer. D'une main sur la nuque, il lui imprime le front dans le sol. De l'autre il engage deux éclaireurs sur le terrain humide : d'abord le majeur suivi de l'annulaire. Sous l'excitation et l'accueil des diplomates, les frontières s'ouvrent. Elle abandonne toute réticence face au guerrier. Mais lui ne s'adoucit pas. Il flagelle la petite péninsule et provoque chez Amy une salve de hoquets. Entre supplices et orgasmes tout se mélange. A fleur de peau, elle n'est plus que sensations, abnégation, stimulation, douleur, exaltation…. Al écrase entre ses deux gigantesques paluches le cou de sa victime. De son mousquet il attise le feu, annexe le canyon. Au fur et à mesure de sa progression ses doigts se contractent sur la gorge. Bien engagé, il s'active entre ses reins. Sa vigueur, sa force et son étreinte la rendent folle. Elle s'évanouit dans un assourdissant orgasme. Elle se convulse sous le joug de son conquistador. Elle clame son asservissement. Il plante son étendard, profondément, victorieux. Epuisée, courbaturée, elle s'endort dans les bras de son champion. Comment soupçonner un seul instant, ainsi recroquevillée dans la douce quiétude, qu'elle puisse le trahir ?

Son esprit cartésien lui défend de l'évincer de la liste des suspects. Son cœur, lui, est entièrement voué à la chérir et ce, dès leur premier baiser.

Peut-être même avant. D'ailleurs n'a-t-il pas accepté l'impensable pour elle ? D'abord réfractaire à ses besoins d'avilissements et de punitions, il a fini par y consentir. Il ne résiste pas à ses yeux de biche.

Amy s'exalte uniquement si son amant la bouscule. Les causes ? Est-elle seulement en mesure de les discerner? Il est fort à parier que la clé de son désordre sexuel ouvre un placard d'insondables souvenirs dans sa construction de femmes. Ce n'est pas pour autant que vous devez en conclure viol, passages à tabac ou inceste. Elle n'appréhende l'intérêt qu'on lui porte exclusivement dans la violence. Comme dit le proverbe : « qui aime bien châtie bien », donc qui se fait châtier se fait aimer. Logique non ? Et puis, son obsession du contrôle inhibe chez elle toutes facultés à déposer les armes et lâcher prise propices aux rapprochements humains. La souffrance facilite alors son accession à cette forme de méditation, nécessaire à la gente féminine pour s'adonner à la luxure.

Al, au préalable peu emballé par le concept, fut d'abord interloqué puis dérangé par l'extraordinaire plaisir obtenu. Un plaisir grandissant. Plus il la maltraite, plus il la fait crier et hurler, plus leur jouissance explose. Un incongru chemin vers le nirvana. La maîtrise de ses actes barbares devient ardue, jusqu'où déviera-t-il ? Au fond, sommes-nous si différents de tous ces monstres qu'il pourchasse ?

40

Chris est venu s'enquérir des nouvelles de son pygmalion. Il s'assure surtout du respect de la règle des trois singes : rien vu, rien entendu, rien dit. Son maître se repose en boxer, les mains derrière le crâne chauve, le siège en balancier contre le mur. Sans lever un sourcil, il murmure :

- Tu te débrouilles bien, petit.

- Je le sais.

- Tu le sais, tu le sais, tu ne sais rien !

Les quatre pattes de la chaise choquent le sol. Il se plante devant le jeune commis, lui serre les testicules, juste pour lui faire sentir qu'il lui appartient encore. Il passe sa main libre dans le dos et lui tape l'épaule en lui murmurant :

- Il te reste tant de chemins à parcourir…

A ces mots, il le retourne, lui descend son froc. Il est sur le point de violer le passage mais cette fois Chris résiste. Il se débat tant et si bien qu'il se retrouve dans le dos de son mentor, en appui sur la paroi de la cave. Chris l'embroche, il jouit vite, plus vite qu'il ne l'aurait voulu, entre ses fesses. Avant de se retirer Chris ajoute :

- Je suis tout comme toi, une bête sauvage!

Les deux hommes réajustent leurs habits. John s'essaie à un dernier conseil :

- Tu es prêt pour le final. Surveilles bien Al sans te faire repérer.

- Ma cible est sous bonne garde.

- Quand comptes-tu l'éliminer ?

- Bientôt. Je dois tout préparer pour une parfaite maîtrise, pour la plus merveilleuse de mes œuvres, pour une exceptionnelle jouissance, pour me porter à la postérité !

- Je suivrai les nouvelles avec attention. Pour rien au monde je ne louperai le meurtre de cet enfoiré et ton entrée dans la légende.

- Tu seras j'en suis sûr aux premières loges de mon ascension. Nos deux noms seront liés pour toujours dans l'Histoire de ce pays. Merci pour ce cadeau.

- Je t'ai montré le chemin. Ne l'oublie jamais.

- Tu m'auras tant donné...

Les deux hommes se quittent. Un adieu sans effusion. Leurs visages rayonnent.

41

Il est vingt-et-une heures. Après une journée chargée à recouper les infos, s'appesantir sur les témoignages, comparer les meurtres, extraire et analyser les dossiers des victimes, les sourcils broussailleux du rouquin s'affaissent tandis que la « Dolorean » avale le bitume. En fan absolu de « Retour vers le futur », il s'est acheté la copie conforme du célèbre véhicule. La persistance de l'alerte de son portable l'irrite. Pour le faire taire, il glisse son doigt sur la notification. Une image s'affiche. L'expéditeur, Al, y a ajouté une légende : la trombine floue du tueur. Son sang ne fait qu'un tour. Il change de direction, appuie sur le champignon.

Il compose d'abord deux numéros sans réponse puis un troisième, celui de son colocataire :

- Ecoute bien. Je suis en route vers la station de Stamfish. Essaie de joindre Al et Amy, qu'ils me rejoignent sur place. Le jeune pompiste, c'est notre tueur. Préviens-les !

*****

Al et Amy se précipitent vers leur collègue, le sang afflue dans les cuisses et les mollets. Les bras en croix sur une potence de fer, la tripaille à l'air, achevé d'une balle au milieu du front, Bill n'est plus. Amy s'écroule. Al marque un temps d'arrêt : « Un de plus !» La peine, silencieuse, s'infiltre au compte goutte. Sa corde sensible s'effiloche, au fil des croix dans le cimetière, ses propres soldats détricotés dans les mailles du crime. Réactiver son cerveau, réfléchir froidement, à haute voix, comme pour aider son amante à reprendre pied :

- Cela ne concorde pas.

- Que veux-tu dire ?

- Il a été abattu, pour abréger ses souffrances. Cela ne concorde pas avec la signature de notre tueur.

- Pourtant le reste... Peut-être a-t-il été dérangé ?

- Peu vraisemblable. Il calcule tout, s'adapte. Pourquoi est-il aussi loin de chez lui, en pleine campagne, loin de tout.

- Jimmy, nous devons aller prévenir Jimmy. Peut-être nous aiguillera-t-il…

- Tu as raison. De toute façon, nous n'en apprendrons pas plus ici.

Al relève Amy et distingue la tige en tourbillonnée sur l'un des boutons de la chemisette de Bill, une pivoine. Plus de doute, le message est pour lui, juste pour lui. Bras dessus, bras dessous les amants quittent pour la dernière fois leur frère d'arme, leur frère de sang l'aigreur à la gorge.

Sur le chemin Esther leur révèle les premiers éléments de l'autopsie. Avoir côtoyé personnellement ce bon vivant de Bill ne lui facilite pas la tâche. D'habitude elle dissocie l'enveloppe de l'être. Puisqu'elle ne peut cette fois faire abstraction de l'homme, elle se contient comme elle peut. Elle quitte tout de même le bloc opératoire à trois reprises pour expulser ses toxines lacrymales. Les conclusions sont minces : pas de sperme, la balle est bien la cause du décès. Dans la bouche, un papier : « Honnor and loyalty will die with my last victim, Al ».

42

Al conduit Amy jusqu'au bureau avant de stationner dans l'allée de la maison de Bill. L'étrange impression que son ami va débouler ne le quitte pas, comme s'il avait été trompé par un affreux cauchemar. La voix de la culpabilité, la pire conseillère qui soit, plane au dessus et souffle ses supputations assassines : « si tu avais été là…, si tu avais été plus à son écoute…, si tu l'avais obligé à te confier son secret…, si tu avais été moins égoïste…, si tu avais accordé moins d'attention à Amy… ». Son expérience contrecarre les perpétuelles tentatives de son ombre. Combien de temps résistera t'il à l'obstination de sa nouvelle complice ? Combien de temps avant qu'elle ne s'engouffre dans ses narines, dans sa bouche, dans ses oreilles ? Combien de temps avant qu'elle ne se dilue dans son sang, lui ronge le cœur, lui sature le cerveau ? Avant il doit coffrer l'assassin de son ami. Il lui doit bien ça !

Amy se console sur l'épaule d'Esther. Elle apprécie le côté bourru et macho de Bill. Sa grande loyauté ombrage ses nombreux défauts. Le rouquin se conjugue encore au présent, l'imparfait relayé aux "occis morts" et enterrés, vivants dans les souvenirs poussiéreux des rescapés. Amy libère ses émotions, une première. Elle a pu le faire entre filles. Avec les mecs, surtout avec les autres flics, elle ne doit faillir.

Al distingue au loin le Don Juan en fauteuil. Il claque la portière et s'empresse vers lui :

- Jimmy…

La mine déconfite du policier ne présage rien de bon :

- Bill ?

- Je suis désolé.

- Non ! Que lui est il arrivé ? Qui ?

- Nous enquêtons.

- Comment puis-je vous aider ?

- En m'apportant des réponses. As-tu reçu un coup de téléphone de sa part hier soir ?

- Non. Je ne me suis pas inquiété. Pour moi il remplissait de la paperasse au QG ou il consommait une Barbie.

- Tu le connais depuis l'enfance, c'est bien cela ?

- En effet.

- Je pense qu'un événement a bouleversé sa vie. Un événement marquant, qu'il n'a pas voulu confier.

- Je ne vois pas…

- Un événement en rapport avec une altercation, un règlement de comptes, de cet ordre là quoi…. John, un témoin, a émis l'hypothèse d'une rage qu'il gardait au fond de lui.

- Je ne vois vraiment pas, désolé.

Al contacte aussitôt Amy pour lui relater sa conversation. Il lui somme d'avertir les jumeaux, de relever tous les numéros appelés par Bill ainsi que ses dernières géo-localisations, et de lui envoyer les adresses de ses anciens camarades de classe.

43

Visite après visite auprès des copains d'enfance de Bill, ressurgit la véritable histoire des deux colocataires. Tous les jours "la teigne rousse", comme le surnommait les autres écoliers, martyrisait sa tête de turc mais pas ce vendredi là. La teigne repéra rapidement son bouc-émissaire préféré assis sur un banc de la cour de récréation un sandwich au chocolat entre les dents. Bill fonça droit sur le petit gringalet, exigea de lui qu'il lui tende immédiatement son casse-croute. D'habitude il lui aurait obéi, mais pas ce vendredi là. Il lécha le pain sur toute sa longueur. Dégouté la teigne signa à son attention son pouce en travers de la gorge. Sans imaginer un seul instant la prédiction de son geste.

Le reste de l'après-midi, le gringalet redouta la sonnerie de la fin des cours. Les aiguilles des horloges ne tournèrent jamais aussi rapidement que ce vendredi là. Une boule s'installa au creux de son estomac. Il dut d'ailleurs couper la parole de son instituteur pour régurgiter son quatre heures. Il revint pour écouter les dernières minutes de l'histoire de Vercingétorix déposant ses armes aux pieds d'un Jules César victorieux. Sonne alors le glas !
Il sortit la queue entre les jambes. Il marcha vers la quiétude de la maison familiale, se retournant sans cesse. Soudain surgit le garçon tant redouté. D'habitude il ne se serait pas rebellé sous les humiliations, mais pas ce vendredi là !

Il se rua sur son harceleur. Une bagarre s'ensuivit. Le frère ainé de la teigne roulait à sa rencontre, à califourchon sur son scooter. Il vit les deux s'empoigner. D'habitude il ne serait pas intervenu. Il les aurait laissé régler leurs différents à coups de poing. Mais pas ce vendredi là !

Il les sépara. Il tira un peu trop fort sur la capuche du gringalet. Il tomba à la renverse les jambes sur la route. La teigne, la rage au ventre, lui sauta dessus, le bloqua à terre et enchaina les coups. Il n'avait plus conscience de rien, juste faire parler ses poings. Les camions ne traversaient jamais le village, préférant largement la nationale. Mais pas ce vendredi là !

Jimmy perdit définitivement l'usage de ses jambes sous les roues d'un poids-lourd. L'enfant de dix ans, repenti, assuma entièrement sa responsabilité. Pénalement, le tribunal conclut à un tragique accident. Mais depuis cette fatidique journée, depuis ce vendredi là, Bill s'était juré de prendre soin de celui qu'il avait tant maltraité, de celui qu'il avait mutilé.

*****

Esther et Amy se réconfortent, une tasse de café à la main. La jeune policière écoute attentivement les révélations des jumeaux sur le haut parleur de son Smartphone. Contrairement aux allégations de Jimmy, Bill l'a appelé le soir de son meurtre, une conversation de plusieurs minutes. Elle prévient aussitôt Al. A son tour il lui conte le lourd passif des deux compères. Esther s'éloigne un instant prévenir son mari de cette journée, explosive. Amy n'assimile plus. Jamais, au grand jamais, elle aurait pu soupçonner cet être si charmant que peut l'être Jimmy attisé à ce point par la soif de vengeance. Ces deux compagnons si proches l'un de l'autre… Al et Amy décident de confronter le paraplégique à ses mensonges, chez lui.

La serrure a été fracturée. La maison souffle de sa bouche violée une fumée. La poudre dissémine le gout ferreux du sang dans le nez, dans la gorge. Les deux agents chaussent leurs armes. Ils s'avancent timidement. Trois coups de feu. Al pousse Amy sur la droite, se jette à gauche. Une balle traverse son épaule. L'adrénaline altère la douleur. Tant mieux, il faut en profiter. Une pause, les deux policiers se rétablissent en position accroupie de chaque coté du chambranle. Amy dégage la porte en grand. Une nouvelle salve. L'individu s'est embusqué dans l'angle de la chambre de Jimmy. Cette fois, le policier riposte. Bris de glace, puis plus rien… Al et Amy patiente deux minutes. Amy esquisse un premier geste vers l'entrée. « Attend ! » lui ordonne son chef.

Il tire, pas de réponse : « Ok, je te couvre». D'une table renversée à une commode, de la commode au guéridon, du guéridon au canapé, elle progresse ainsi derrière les meubles de la maison. Dans le salon, elle se colle contre le mur qui la sépare de la fameuse chambre. Al la rejoint. Ils se découvrent, pointent leur canon. L'homme s'est carapaté par la fenêtre. Jimmy dort "à poings fermés" un trou au milieu du front, une fleur rouge à la boutonnière, une pivoine.

Avec tous les éléments maintenant à leurs dispositions, les jumeaux sont enfin en mesure de nommer le tueur. En recoupant l'avant dernière position de Bill à la station essence, la photo, et les numéros appelés par Jimmy, Lewis écrit par messagerie instantanée à l'attention de son patron l'adresse de Chris Martins. Al jette les clés de sa voiture à Amy. La baisse d'adrénaline diminue considérablement l'amplitude des mouvements de son épaule. Elle appuie fort sur l'accélérateur. Elle conduit plus vite que son copilote. Soudain une alerte : John s'est "dépucé". Sa dernière position : sa propre demeure !

« Fonce là-bas Amy, fonce ! »

*****

Al et Amy arrivent les premiers sur les lieux. Ils surprennent Chris, assis sur une chaise devant John lié sur une croix d'André, utilisée massivement par les sadomasochistes. Chris se lamente :

- Il ne devait pas trépasser aussi rapidement ! Je l'ai à peine touché ! Une crise cardiaque ! Je n'ai pas réussi à le ramener comme les autres. Il devait être mon passeport pour la postérité…

Esther récupère le défunt. Ils découvriront plus tard dans ses dossiers la révélation récente d'une maladie cardiaque et le papier coincé dans sa gorge : « New destruct who lead to the top, as a son kill his father ».

L'annonce de la mort du tortionnaire ont délié bien des langues : d'abord les votes truqués de la loi « Justice démocratique ». Bon nombre de parlementaires avaient reçus sous plis la menace portée sur leurs enfants avec photos à l'appui. La loi a immédiatement été révoquée, envoyant Chris en prison sans passer par la case reconnaissance légendaire. John avait également « soudoyé » un technicien pour tronquer les sondages des spectateurs conduisant à sa libération.

Chris a avoué l'enlèvement de Bill. Il l'attendait à la station .Il l'a assommé par derrière. Il avait rendez-vous avec le commanditaire. Il exigeait être présent. Chris lui a entaillé le bide, il tirait sur les intestins du rouquin. A ce moment Jimmy a craché sur le policier en vociférant : « tu vas subir toutes mes années de souffrance en une seule minute ! » Mais l'atrocité de la torture prit Jimmy en pitié. Il l'acheva d'une balle sous le regard furieux de Chris.

45

Al, le bras emmitouflé dans un bandage, empile ses affaires personnelles dans un carton. Amy lui file un coup de main :

- Tu vas me manquer.

- Il est temps pour moi de plier bagages. Le job me pèse, je perds mon âme.

- Tu me donneras l'adresse ?

- Je vais m'isoler du monde pendant… En fait je ne sais pas… Je te contacterai à mon retour.

- Tu connais ton successeur ?

- Elle se tient devant moi. Je t'ai spécialement recommandée.

- Quoi ? Pourquoi moi ? Bill aurait été un bon candidat. Moi je suis trop jeune, je ne suis pas prête.

- Arrête de te sous-estimer. J'ai pu observer chez toi toutes les qualités d'une meneuse. En fait je t'avais choisie bien avant que le rouquin nous quitte, et il avait lui aussi soutenu ta candidature.

- Mais…

- Il ne tient qu'à toi de refuser le poste. Ecoute, la clé de la réussite : assume toi jusqu'à la pointe de tes seins. Assume ta personnalité, assume qui tu es en public et en privé. Assume ta féminité, tes atouts et tes faiblesses. Assume tous tes travers, tes fantasmes et tes vices. Assume-toi !

Dernière tendresse, câlin d'adieu. Une goutte tombe sur son épaule. L'homme dont elle est éprise la quitte. Tout se fige en cet instant, l'étourdissement. Leurs cœurs battent enfin à l'unisson. Il se détache, leurs mains s'effleurent. Elle n'ose serrer ses doigts pour le retenir. Il s'éloigne dans un soupir…

Deuxième partie

Amy, USA

1

Les cheveux au vent, la peau hâlée, elle pilote son bolide avec grâce. Le derrière moulé dans un short, débardeur noir voilé d'une chemisette militaire, assise du haut de sa tour elle bascule la manivelle de l'hydroglisseur vers l'avant. Drainée sur les marécages, elle s'aventure dans l'obscurantisme, forêt sombre et ensorcelée, agrippée par les bras fantomatiques arboricoles, sous les désolations des saules. Elle écrase les diptères englués dans la sueur de sa nuque. Le vrombissement des hélices trouble la tranquillité des alligators. Ils se déboitent la mâchoire, exhibent leur mécontentement, les armes prêtent à déchiqueter l'intruse. Qu'en sera-t-il du plus retord d'entre eux ? Il s'est extrait de la civilisation, des hommes et de leur intelligence destructrice. Dans quel but la nature les a-t-elle ainsi programmés à exterminer ? Elle ne se trompe jamais, mais ses intentions nous dépassent si souvent. Nous ne nous représentons qu'une infime partie de ce qu'elle est, alors que notre égo se tari d'en occuper la base et le centre. Elle existait bien avant nous, et elle nous perdurera. L'équilibre sera sauf-gardé malgré nos futiles tentatives d'améliorer la situation, d'altérer nos dégradations. Elle ancre ses directives dans les ADN, elle dirige dans le souci d'harmonie, mouvement perpétuel de la vie éternelle. Chaque cellule tue et meurt pour l'émergence d'une nouvelle « id-entité », et qu'elle prenne place dans l'unité, dans le tout : les pousses suite à la dévastation d'un volcan, les vers sur la décomposition d'un cadavre, le printemps après les gelées de l'hiver. Si nous ne sommes pas en mesure de réguler nos comportements envers notre environnement, serait-il possible que nous soyons engendrés pour sa destruction, dans un projet de renouvellement naturel qui dépasserait notre entendement ? Serait-il si inconcevable d'associer l'humanité à une espèce parasitaire ? Nous multiplions dangereusement notre nombre, nous dévorons aveuglément les ressources de notre hôte à l'agonie jusqu'à leur épuisement, jusqu'à son extinction. Nous réfléchissons même à la possibilité de coloniser un autre corps, une autre planète, pour notre survie. Ne sont-ce pas là toutes les preuves de notre pré somptuosité, de notre incapacité à reconnaître les véritables aspects de notre existence ? Dans le cas contraire, sorti de notre orgueil, serait-il si impossible que la nature et la population humaine dans leur propriété d'évolution puissent s'adapter sur le long à l'effondrement d'une ère quelle qu'en soit la cause, à un climat plus aride, à une pollution plus oppressante ?

D'après la carte obtenue du tenancier d'un bar délabré, ancien fournisseur des spiritueux de son ex patron, sa destination approche. Aucun réseau capté par le téléphone. La femme pose pied à terre. Aux aguets, revolver à la ceinture, la mort peut surgir à tout instant dans cette végétation. Elle défriche son chemin à la machette. La beauté, la vraie beauté, celle qui nous époustoufle, frise souvent avec danger. Sa progression est laborieuse dans la densité de la flore qu'elle traverse aux rythmes de son coupe-coupe. Elle se retourne sur le moindre cri, le plus petit craquement, les coassements d'un crapaud, le sifflement d'un serpent, les claquements des pélicans, les jacassements du héron, les grognements d'un couple de ragondins, l'ultime avertissement d'un hibou sur sa branche. Dans ces conditions, il est difficile de garder l'esprit éveillé à tous ses pièges. Comme si le bayou était mû d'une volonté, celle d'engloutir sa dépouille dans la mousse des cyprès. Elle imagine croupir dans les racines de ces spectres boisés les squelettes de malheureux voyageurs. La cabane du trappeur en vue mais inatteignable, à moins de s'embourber dans la vase, elle rebrousse chemin. Elle regagne l'hydroglisseur et contourne le banc de terre. Son cœur s'agite, un poids sur l'estomac, elle appréhende ces retrouvailles. Il l'avait prévenue de le laisser en paix. Les évènements l'obligent à rompre sa promesse. Et puis, au fond d'elle, elle regrette ne pas avoir insisté auprès de son amant à rester. Son absence a marqué une année de solitude. Elle espère secrètement s'allonger à ses côtés, blasée de se réconforter tous les soirs dans le creux de son oreiller. Les plumes se sont assez gorgées de sa mélancolie. Elle a tellement besoin de lui, de son contact, de le respirer. Mais si elle dérange sa retraite aujourd'hui c'est pour une toute autre affaire, de la plus haute importance.

Elle marche sur le ponton vers la chaumière de l'ermite. La porte grince au gré de la bise chaude. Soudain, elle est aspirée dans la demeure. Elle n'a pas eu le loisir de le prévenir de sa présence. Par l'embrasure, Al lui a empoigné le bras et l'a attiré à lui, tout contre lui. Animé par la frustration de ces mois cumulés dans le plaisir onanique, à rêver de ces courbes, à élucubrer le scénario parfait, à songer le meilleur moyen de la submerger, il libère toute sa verve sur elle. Il lui bouffe les lèvres, arrache son soutif. Elle ferme les yeux, embarquée dans leur univers, l'âpreté de la salive de son amant rejoint le souvenir qu'elle s'en faisait. Ce nuage de fumée qui imprègne son goût. Il croque le bout rosé de ses melons. Elle glousse de bonheur. Il la retourne, la cogne contre son sexe tendu. Il lui lie les poignets dans le dos, avec le bout de tissus prélevé sur ses seins. Sa main descend sur son ventre plat, atteint la dentelle. L'air chaud empreint de vapeurs asséchés de tabac câline le lobe de son oreille. Une main se prélasse entre ses cuisses humides. Elle exulte. Soudain une douleur vive sur son téton droit l'étourdit. Ses reins s'activent sous les doigts agiles.

Une nouvelle douleur, sur le téton gauche cette fois. Cette même sensation de brûlure. A mi conscience elle discerne, dans le flou de ses révulsions, le bout incandescent de la cigarette entre l'index et le majeur de son sadique. Deux doigts pour le divin supplice, deux doigts dans la douce moiteur vaginale. Tout s'embrouille, au grand bonheur sa chance !

Il la bascule ventre à terre, attrape une bouteille de vieux scotch, en verse la moitié sur ses fesses. Il lape la liqueur répandue sur la peau, glisse sa langue dans la fente. La tiédeur du liquide, la viscosité de la langue, elle se détend dans la luxure. Il dégrafe son ceinturon. Ce bruit si singulier du cuir dans les passants la saisit, entre appréhension et excitation. Il frotte la texture râpeuse le long de son sexe trempé. La fièvre l'inonde. Il stoppe, le temps d'une longue respiration. Soudain, un premier claquement cingle son petit cul. Un deuxième. Il marque une nouvelle pause. Il lui caresse l'intimité. Perdue entre humiliation, détresse, caresses, flagellations, interruptions et masturbations, elle ne sait plus où donner de la tête. Sa chatte la consume. Al avale plusieurs lampées de son alcool fétiche et les recrache sur ses plaies. Les fourmillements, les démangeaisons s'intensifient. Il en profite pour la pénétrer. Il s'enfonce le plus profondément possible, à grand coups de reins, avec la même ardeur qu'il lui lacère le dos. Emportée dans le tourbillon Amy convulse dans une succession d'orgasmes sans fin, proche de l'évanouissement. Al se retire. Il la positionne à genoux. Il souhaite l'avilir, la punir. Il empoigne ses cheveux, sa queue force sa bouche. Il va et vient au contact de sa glotte. Ses yeux s'injectent de sang. Il se libère dans la gorge, sur le visage d'Amy, fier. Elle s'écroule enfin salie, épuisée, loin des réalités. Il reprendra rapidement son souffle et les hostilités pour fêter dignement leur retrouvaille.

Al a exploré une nouvelle fois ses racines primitives. Il a retourné ses entrailles, remué la mélasse jusqu'à en éclore le fruit défendu. Il a croqué la pomme, mais s'est bien gardé d'entamer le trognon. Les pépins recèlent un poison mortel. S'il se répand vous risquez de perdre, pour un instant ou l'éternité, votre lucidité et par là même votre humanité. Chaque homme et chaque femme enfouit ainsi en leurs tréfonds un instinct bestial. Il y pousse des tentations. Et, comme Al, il nous arrive d'y succomber. Combien d'entre vous lecteurs avez été épris d'une érection, scène que vous qualifieriez pourtant de violente ? Combien d'entre vous lectrices avez été investie d'une indicible envie ? Le schéma est ancré dans nos gènes, tatoué dans notre peau. Heureusement la socialisation bâillonne nombre de passages à l'acte incompatibles avec notre sens moral. L'éducation altère naturellement nos pulsions, comme l'acceptation de la frustration, l'un des premiers apprentissages de notre enfance. Son échec conduit inéluctablement au désastre, à l'émergence de monstres : égoïstes, narcissiques, pervers… Cela excuse t'il les passages à tabac infligés aux femmes par leur mari, les actes de torture mentale, de viol, de colère incontrôlée, de barbarie ? Non, bien sûr que non. Seulement nous devrions, je crois, en prendre acte pour éradiquer ce fléau. Pour ces marginaux la société a bel et bien échoué. Concevons leur nombre comme un indicateur d'échec éducatif. Plus il s'avère élevé, plus il me parait nécessaire de corriger les environnements, les structures, les outils et les contrôles de développement des enfants.

Elle essuie son visage de la paume. Il se couche à ses côtés, hume son parfum. Il a rêvé chaque nuit de ces instants magiques succédant leurs ébats, partageant une parcelle de leur intimité dans le silence. Chaque mot évanoui n'est qu'une excuse de plus pour étirer le temps dans ses bras, l'un dans l'autre. Leur pensée se balade de souvenirs agréables en images angéliques, d'images angéliques en formes nuageuses, de formes nuageuses en douces espérances. Une vive réflexion, intrusive, extirpe Al de sa béatitude. L'intonation de sa voix, la vibration de la pomme d'Adam réveille la belle. La pomme, encore elle, fruit défendu offert par Eve punie et rejetée des portes du Paradis, à Blanche-Neige sauvée de sa léthargie par le chaste baiser du prince de la nuit, aux dieux nordiques pour réassurer leur immortalité, à la capitale du rêve américain par Evelyne Claudine….

Le retour à la terre ferme, lorsque l'on est monté si haut, c'est comme redécouvrir ses articulations après une chute vertigineuse sans parachute:

- Tu as bien changé.

- Ca te déplait ? Il faudra t'y faire. Tu as devant toi la véritable Amy, celle qui se cachait. Enfin libre et épanouie !

- J'adore ! Tu n'es pas venu uniquement pour mes attributions sexuelles, je me trompe ?

- Tu lis en moi comme dans un livre ouvert.

- Ne tourne pas autour du pot s'il te plait.

- Des tueurs en série agissent partout dans le monde.

- Rien de neuf quoi.

- Sauf que cette fois, toutes les victimes présentent la même signature.

- Qu'est ce que tu me racontes ?

- La stricte vérité.

- En quoi cela me concerne ? Je me suis évincé de toute cette saloperie. Je commence seulement à retrouver le sommeil. Ce n'est pas pour replonger à la moindre occasion, même pour tes plus beaux atouts.

- un message entre les dents et une pivoine posée sur le cœur.

- Quoi ?

- Leur signature : un message entre les dents et une pivoine sur le cœur.

Al se perd dans la photo du cadre planté au dessus de lui, son ex-femme disparue depuis si longtemps. Se pourrait-il… ? Il se devait de tirer cela au clair !
Il retourne, Amy à son bras, auprès de la civilisation. Il lui promet de jeter un regard sur les dossiers et lui indiquer la voie à suivre, ensuite il regagnera sa liberté. Il lui ment, il se ment. Il sait au fond de lui qu'il restera. Pas pour elle, pour l'enquête, pour la chasse à l'homme, pour s'injecter une dernière fois sa dose dans les veines. Une dernière fois de junky, une dernière fois jusqu'à l'insoutenable manque. Ses dealers entendront à nouveau parler de lui. Pire que le crack, le type de saloperie qui vous tiraille les tripes. Il en crèvera, mais il a besoin de croire le sevrage possible, que la crasse de ce monde ne l'a pas atteint aussi durement qu'il ne le craint. Amy se tourne vers lui. Il n'est plus avec elle. Il est avec son ex-femme, la photo à la main. Il ne lui a révélé que peu de choses sur elle. Il faudra tout lui expliquer, plus tard.

2

Al foule son ancien bureau. Sa maitresse garde ses distances, personnifie l'autorité dans son service. Son œil attendri suit son ancienne petite protégée le port de tête bien élevé, bien droit au dessus de son tailleur impeccable. Son vieux compagnon « le rouquin » tape à la machine. Son cerveau lui joue des tours, un autre colosse a pris sa place. Un air nostalgique embaume les lieux. Il n'est plus chez lui, il appartient au passé. Il est content de reconnaitre, parmi toutes ces têtes, les jumeaux. Le temps n'a pas l'air d'avoir de prise sur eux, même allure, mêmes fringues, mêmes expressions. Priorité aux liens des larmes, celles que l'on a versées ensemble. Il s'enquiert de leur rapport. Ils s'y plient d'une même voix informelle. Mais Al souhaite entendre leurs avis, bien plus importants que la simple évocation des faits pour se forger une opinion rapide, éliminer toute théorie de folle coïncidence. Lewis prend la parole :

- Tous ces meurtriers agissent en écho. Les signatures identiques ne sont qu'un moyen de dialoguer entre eux, de montrer leur appartenance à une même famille.

- Mais ils n'abandonnent pas pour autant leur propre sauvagerie, coupe Arnold.

- Ils semblent s'organiser dans un but commun. Et la toile leur permet d'échanger leurs prouesses pour leur cause.

- Un peu comme une secte quoi ! intervient Al.

- Oui, on peut les comparer à des membres d'une secte.

- Reste à découvrir le gourou !

Il se souviendra toute sa vie de l'affaire de la tueuse aux pivoines. Machiavélique, elle avait si facilement déjoué sa vigilance. Cinq années de recherches, d'interrogations, d'enquêtes. Elle était devenue son obsession jusque dans sa chambre à coucher… Il a fini par capturer sa proie dans ses filets. Se laisser enfermer entre quatre murs, très peu pour elle. Elle a pointé son arme vide vers lui, il a appuyé la détente. Ce petit bout de métal porte bien son nom, elle s'est écroulée à ses pieds désarticulée, flasque, évanouie. La narcoleptique s'endort comme une envie de pisser, alors que quelques secondes plus tôt elle le narguait debout, vessie contractée. Il a appelé les urgences en Bluetooth, les mains pressant lourdement la cavité dans les entrailles de la femme, sa longue chevelure écarlate étalée sur son air apaisé. Les blouses blanches l'ont emportée, abandonnant le policier dans l'effroi de son crime. Plus personne ne l'attendait chez lui. Il s'est assis au comptoir d'un bar miteux, accompagnant sa triste solitude d'un vieux bourbon mal dégrossi. En un seul tir, il perdit sa dernière raison de subsister. En un seul tir il stoppa à jamais une criminelle, dont les méfaits ne s'astreignaient pas à ôter des vies. En un seul tir, il décapsula la première ivresse d'une longue série.
Jusqu'à présent il avait écarté tous les liens mêlant sa dernière enquête à son passé mais cette fois il sort la tête du sable. Reste les rapports du médecin légiste. Il préfère à son habitude les entendre de sa bouche.

Il laisse donc la nouvelle génération côtoyer les esprits macabres des détraqués sans frontière, conduit sa vieille mustang jusqu'à la table d'opération d'Esther. Le disque de la tronçonneuse glisse entre les côtes d'un patient. Les vibrations si caractéristiques de l'appareil lui dressent les poils. Elles ont sur lui l'effet de la roulette du dentiste depuis la salle d'attente, ou celui de l'odeur d'éther mélangé aux déchets organiques que l'on feint d'ignorer sur le seuil d'une maison de retraite, dernière résidence de la déchéance de notre avenir, funeste image implorant notre fuite. Il s'est souvent repris à chasser l'idée qu'il pourrait être le prochain, là, se faire déchiqueter en deux à la place du malheureux.

Esther sursaute, il s'excuse aussitôt:

- Je ne voulais pas t'effrayer.
- Je n'ai pas l'habitude de me faire surprendre dans mon sanctuaire. Généralement, mes visiteurs s'abstiennent de bouger.
- Ils te consultent rarement pour une grippe…
- Pas faux.
- Tu as l'air occupé. Je t'attends dehors ?
- Ne te tracasse pas. A moins que la dissection ne t'indispose.
- Ce ne sera jamais aussi terrible que les sévices exposés sur les scènes de crimes.
- Alors comme ça, tu refais surface.
- Je donne juste un petit coup de pouce, pour la dernière fois.
- Le dernier coup de pouce que cette victime a donné, il l'a perdu en chemin (Tous les doigts du cadavre ont été arrachés de ses mains).
- Ca ira.
- Il ne s'agirait pas que tu y perdes plus.
- Ne t'en fais pas pour moi. Que peux-tu me dire sur les victimes qui m'intéressent ?

- Toutes présentent des tortures et des procédés aussi différents les uns que les autres. Mêmes les modes opératoires divergent : hommes ou femmes, certaines abusées, d'autres abattues sauvagement, d'autres encore ciselées consciencieusement. Seuls le message et la pivoine convergent. J'ai pu étudier les mêmes conclusions chez mes collègues français, allemands, espagnols et italiens. Je n'ai pas pu éplucher celles de mes homologues d'Europe de l'est où nos relations demeurent... complexes.

- Le message ???

- « Just Our Hope a New Hell», vois-y ce que tu veux.

- Tu peux m'envoyer une copie de tous les dossiers par mail ?

- Si tu veux. Je dois finir mon malade. Bonne soirée Al.

Il frétille ses doigts et lui tourne le dos.

Elise, Metz

3

Les murs de la maison s'effondrent sous les hurlements d'Elise. Depuis son retour, son père a instauré le rite de dormir sur le fauteuil près de son lit, jusqu'à estompage de ses cauchemars. Lui seul parvient à la calmer, à la rassurer. Ses draps sont trempés. Sa poitrine serre son myocarde. Elle est prise de tremblements. Ses membres s'agitent en mouvements anarchiques. Avant s'ajoutaient aux autres symptômes les mixions nocturnes, heureusement rapidement dissipées. Son médecin semble confiant. Elle se livre facilement, notamment sur sa période de captivité. Après seulement quelques mois, ses terreurs s'espacent de plus d'une semaine. Mais lorsque son père décide de se soustraire à la corvée, elle se réveille irrémédiablement la nuit même. Il est le gardien de ses songes. Un poste qui redore son blason. La culpabilité de ne pas avoir su protéger sa fille le ruinait. Il lui a tellement demandé pardon qu'elle s'est arrêtée de compter. Sa mère reste sur le seuil de la chambre. Elle regarde son mari caresser les cheveux d'Elise prise dans une succession de hoquets et de reniflements. L'épuisement l'emporte dans le sommeil.

Le lendemain, Elise descend petit-déjeuner. Toute la famille s'affaire autour de la table. Comme chaque matin son petit frère singe de la divertir. Il s'amuse avec la nourriture, grimace, raconte des blagues de son âge. Elle lui sourit, un sourire forcé, lourd de sens. Elle engloutit difficilement trois bouchées de son croissant et sirote son thé. Sa mère profite de l'accalmie matinale pour lancer un sujet risqué :

- Tu pourrais peut-être jouer avec ton frère devant la maison ?

- Non maman.

- Tu ne vas pas passer le restant de ta vie enfermée.

- Je ne peux pas, je t'assure...

- Ce policier, Léo, il a appelé. Il aimerait t'emmener au restaurant.

- Qu'est ce que tu lui as répondu ?

- Rien, je voulais t'en parler avant.

- Je lui dirai de venir.

- Tu pourrais y aller. J'ai bien vu qu'il te plaisait.

- C'est trop tôt.

Passer ce cap signifierait pour sa mère le début de la guérison. Elle a besoin de poser des repères tangibles sur ce mal invisible qui frappe sa fille. Elle la pousse donc à se jeter dans le précipice sans parachute, plus pour se rassurer elle-même que pour aider sa fille.

- Qu'est ce qui t'en prive ?

- Poser un pied dehors m'angoisse.

- D'accord. Je ne t'embête plus.

Heureusement, la raison de sa fille l'emporte sur ce besoin inespéré de la voir roucouler comme les gamines de son âge.

- Merci maman.

Ce n'est pas seulement la torpeur qui la cloître entre quatre murs. La honte la suit comme son ombre. Cette mauvaise amie lui susurre l'infamie qu'elle porte comme une robe, ou plutôt comme la nuisette sale, trouée, informe que chaque femme dissimule dans son armoire. On la ressort dans le confinement de son nid douillet bien au chaud, en périodes de flegme ou de détresse affective, les yeux boursoufflés et la morve au nez. Qui sortirait aussi mal fagotée ? Pour Elise, elle la colle comme un rideau de douche, inconfortable et rêche. Elle culpabilise l'amour et l'envie voués à son kidnappeur, le délice de sa soumission et l'impudeur consommée. Elle rejette son image dans le miroir, dans les photos épinglées au dessus de son bureau. Dans un excès de rage, elle les arrache une à une, cogne le mur, s'arrache les cheveux. Son père intervient. Elle lui martèle le torse de ses petits poings. Elle a encore du chemin à parcourir mais au moins elle exorcise, son corps expulse ses démons dans des spasmes contorsionnistes, en transe.

Les frappes s'amenuisent. Elise se fatigue à tambouriner si fort. Son père fronce les tempes, les bleus le recouvrent. Il continue cependant à la comprimer de ses bras. Les nerfs de sa fille lâchent enfin. Elle pleure à chaudes larmes…

Sa mère et son petit-frère, pantois, n'osent planter un chausson dans l'antre de Lucifer. Tandis que Louis se réfugie auprès de son ours en peluche, madame s'est rigidifiée. Une statue de marbre, incapable d'esquisser le moindre sentiment. Un maintien transmis de génération en génération. Son paternel et sa maternelle, comme elle se devait de les nommer, manquait cruellement de considération envers sa petite personne, expulsée en pension dès l'âge de cinq ans. Pour les vacances, la fillette qu'elle était se coltinait un quelconque tuteur. L'impression que ses parents la repoussaient, voilà l'éducation qu'elle avait connue, et voilà l'éducation qu'elle reproduisait à contrecœur.

Heureusement, elle a épousé cet homme merveilleux si affectueux envers leur progéniture. Parfois, elle appréhende son jugement sévère. En réalité, elle reporte sa propre désapprobation dans le regard de son mari. Il ne l'a jamais condamné, bien conscient de là d'où elle vient. Il est impossible de trancher équitablement sur quiconque. Soit nous ne le connaissons pas assez, soit nous ne le connaissons que trop. La pire critique reste celle que l'on s'inflige. Un point commun avec sa fille. Elle aimerait tellement lire le mode d'emploi pour engager ne serait-ce qu'un geste tendre vers ses deux petits trésors. Elle se le reproche souvent, pas autant qu'aujourd'hui. Pourtant elle sait ce que la chair de sa chair, celle pour qui elle a enduré quinze heures de contractions à la maternité, subit. Elle ne peut tolérer cet éloignement les dégrader toutes les deux, encore. Sa main essuie la joue humide de sa fille. Elise agréablement surprise de cet élan embrasse pudiquement l'effort, le grain de voix dans le regard.

4

Léo soutient Elise par le bras, ou plutôt elle s'accroche à lui comme si son équilibre en dépendait, à nouveau. Les premiers pas vers la liberté lui paraissent soudainement moins abrupts qu'elle le supposait. Elle escalade le trottoir avec aplomb jusqu'à la portière de la voiture. Elle gravit sa montagne. Elle se force à surtout ne pas regarder en arrière, surmonte sa phobie pierre après pierre. Il l'emmène dans un restaurant, il connait bien le patron et ses habitués. Elise pousse le portique. Tous ces policiers en uniforme attablés avec leur famille, quelle délicate attention:

- Tu vois, ici il ne peut rien t'arriver.

- Merci.

Elle l'embrasse sur la joue. La première marque d'affection depuis leur rencontre. Il s'est décidé à progresser à son rythme à elle, à ne pas la brusquer. Et son dévouement la touche. En bon gentleman, il tire la chaise à lui. Le serveur un grand garçon fin, assez maniéré pour que l'on ne puisse se méprendre sur son orientation sexuelle, leur propose le menu du jour. Ils acceptent.

- Cela me parait étrange.

- Quoi donc ?

- Eh bien, je n'avais jamais vu de pédé noir jusqu'ici.

- Tu y vois quelque-chose de mal.

- Eh bien, ce n'est pas très naturel, non ? Ca ne va pas être facile pour lui.

- Pourquoi dis-tu cela ?

- Il cumule les tares.

- Qu'est ce que tu racontes ?!?

- Excuse-moi. Je me suis mal exprimé. Je dis juste qu'il affrontera plus de difficultés en ajoutant son homosexualité à sa couleur de peau. Peut-être serait-il plus judicieux de masquer ses mauvais penchants, non?

- Le monde a évolué.

- Tu as sans doute raison.

Le serveur apporte les ailes de poulet grillées et l'assiette de pommes frites. Le couple mange en silence. Plus rien n'existe autour d'eux, excepté l'autre. L'alchimie entre deux êtres, l'explosion des saveurs, le dialogue des corps, le coup de foudre... Elle se lisse une mèche, se mordille la lèvre inférieure, se caresse le bras, avide de ses paroles. Il gonfle ses narines, parle avec ses mains, la fait rire. Le dessert, une coupe glacée pour deux. Les amoureux plongent leurs cuillères en même temps dans la crème. Ils unissent leurs gestes avant d'unir leurs lèvres. Léo s'assoit à côté d'elle sur la banquette. Il l'encercle de son bras protecteur. Elle approche son visage de son torse, une invitation. L'instant est magique. Il relève de son index le menton de la jeune femme. Il l'embrasse. Elle entrouvre la bouche, accueille sa langue douce et sensuelle.

Ils terminent le repas. Aucun ne décroche mot, n'ose réprimer le silence, ne pas briser l'instant. L'addition, Léo paye et emmène sa douce pour une ballade lunaire. Elle a oublié ses peurs. Avec lui, elle vogue sur les nuages, débarrassée de ses poids. Il marche du même pas bras dessus, bras dessous. Aimer, n'est-ce pas se diriger dans la même direction ? Elle dévoile son métier, ses anciennes habitudes parisiennes. Il l'écoute attentivement, il ne s'était jamais montré aussi patient. Il surveille son langage, ne pas dépeindre de lui un vulgaire et grossier personnage. Ils s'assoient sur un banc. Il cale son dos contre l'accoudoir, elle se positionne entre ses jambes. Il lui caresse sa tignasse dorée, elle lui effleure ses cuisses. Un réverbère éclaire leur symbiose. Le halo de lumière entoure, protège, et élève les cœurs légers de ces deux anges vers le ciel.

Il est l'heure de rentrer, ne pas inquiéter ses parents. Léo se résout à la ramener. Ils s'embrassent dans la voiture avant la séparation. Elle pose inopinément sa main sur son membre gonflé. Elle sourit les joues empourprées. Sa gêne l'amuse : « tu peux la laisser tu sais… ». Frappés par la flèche de Cupidon, nous nous comportons comme des adolescents. Ils dégoulinent de mièvrerie. Elle ouvre la portière, ils s'embrassent. Elle met un pied dehors, ils s'embrassent. Elle est dehors, ils s'embrassent par la fenêtre de la voiture. Finalement Il l'accompagne jusqu'à la devanture de la propriété, ils s'embrassent… Des litres de salives échangées, des milliers de papillons dans le ventre. Il l'a nettoyé de l'intérieur, lavé de ses impuretés. L'eau bénite s'est infiltrée jusque dans ses entrailles, là où ses idées les plus sombres, son mal-être et parfois même, le temps d'un bref instant, le temps de l'embrasement d'une allumette, ses fulgurances de suicide. Elle les évapore, la glace fond. Le terme « bénite » pour qualifier la salive d'un flic peut choquer. Mais comment qualifier autrement la profusion d'un liquide dans l'accomplissement d'un amour inconditionnel entre deux êtres ? Comment nommer autrement ce miraculeux dissolvant des plus atroces des maux ?... Si ce n'est une « eau bénite », alors dites-moi ce que c'est...

Les parents d'Elise ont suivi la scène. Ils sont pris entre deux contradictions, vraiment soulagés que leur fille sorte de sa léthargie, mais également inquiets qu'elle ait jeté son dévolu sur celui qui l'a sauvé : un simple policier et non un fils de bonne famille. De surcroît, leur différence d'âge ne les enchante pas plus.

5

Entourée par le fleuve Mississipi et les marais, Amy se dirige vers la plus grande prison d'Etat américaine, la prison Angola. Elle pénètre les vestiges d'une ferme sudiste. Une époque florissante pour les agriculteurs américains. Ils se goinfraient allègrement sur le dos meurtri par les coups de fouets des hommes, femmes et enfants noirs. Mais cette époque n'est pas si révolue qu'on le souhaiterait. Cette nation si resplendissante, cet état de l'argent roi, organise ses prisons pour orchestrer les mêmes infamies qu'entant. Ils se remplissent les poches sur le dos des forçats. Les nouveaux tortionnaires, chérifs boulimiques, augmentent sous de fallacieux prétextes le nombre d'incarcération et donc leurs mains-d'œuvre. Tombez trois fois pour utilisation de cannabis et écopez de la perpétuité. Comble de malheur pour la population de couleur, ses membres constituent plus de trois quarts ces sous-hommes. L'orange s'associerait-il mieux avec le noir ? Le noir ça va avec tout, peut-être excepté avec le blanc…

Traverser la cour parmi ces ébènes, bêtes décharnées cravachant sous un soleil de plomb la sueur au front dans les champs de cotons et cannes à sucre, Amy ne s'acclimatera jamais. Une chute dans le passé. Plus rien ne relèvera ces pauvres ères d'une mort certaine chaînes aux pieds, comme leurs ancêtres. A se demander si les gênes transmettent également la misère sociale ou, de l'autre côté de l'objectif, la haine raciale. Le négatif derrière la photographie de la désolation d'un peuple pue le rance. Comment et surtout sous quels prétextes accepteraient-ils, ces hommes que l'on traite comme du bétail, de contribuer à nouveau dans une société qui les méprise autant? La violence du mépris transforme n'importe quel agneau en loup. Alors imaginez ce qu'elle peut engendrer d'un dur à cuir… Le résumé de ce qui découle en administrant du pouvoir à un humain sur ses semblables.

Amy évite soigneusement les regards désespérés de ces prisonniers et franchit, gardien à ses côtés, les barreaux d'acier d'un bâtiment froid, gelé de toute substance, grisé par le temps qui s'efface lentement, très lentement. Chris, fers aux chevilles et menottes aux poignets, traîne sa carcasse jusqu'aux portes d'un étroit bureau, à peine six mètres sur trois. La policière a déjà pris ses aises. D'un geste de main elle lui propose de s'asseoir. Pour l'homme dont le regard aiguisé a bien perdu de sa jeunesse, comparé à sa minuscule cellule de quatre mètres carré qu'il ne quitte que pour l'occasion d'une douche hebdomadaire la salle parait immense. Amy aurait pu le questionner depuis la porte de son nouveau domicile. Le changer d'environnement, bousculer son quotidien : des étapes cruciales pour le fragiliser. Lui suggérer une sortie, repousser les murs de ses entraves, lui gonfler les poumons d'un bon gros bol d'air : voilà de quoi soutirer ses confidences. Une table les sépare :

- Bonjour Chris.

- Bonjour Madame.

La tête basse de son interlocuteur, son intonation de voix, elle a en face d'elle la mine renfrognée d'un petit garçon penaud et tremblant. Il ne faut cependant pas s'y fier, il a piégé l'un des criminels les plus intelligents et retors qu'elle ait pu approchés. Il la dégoûte, il a torturé à mort son ami « le rouquin ». Elle ne lui pardonnera jamais, jamais !

- Tu te plais ici ?

- On s'y accommode.

- Tu as été contacté par l'extérieur dernièrement ?

- Je ne me souviens pas.

- Ne me mens pas, ta geôle est fouillée de fond en comble à l'heure où je te parle.

- Bien.

- Tu sais pourquoi je suis là ?

- Non.

Elle accentue l'effet matriarcal, se lève et se penche à deux centimètres de son visage. Elle pénètre ainsi son espace vital, le dérange. Il se retranche à l'arrière de la chaise. Gencives retroussées sur ses deux canines, elle lui dévoile sa haine :

- Des cadavres avec la même signature, celle de John, la tienne.

- Qu'y puis-je d'ici ?

- Alors qui ?

- Je… Non personne.

- Tu allais proposer un nom. Alors accouche !

- Je n'ai pas le droit.

- Parle et je te sors de ton enfer.

- Comment ?

- Ma proposition, ta seule et unique chance. Je ne la réitérerai pas. Parle et tu coucheras dès demain soir dans l'un des dortoirs de l'établissement avec les autres détenus. Fini l'isolement, terminé la cage. Tu as trois secondes.

Le jeune garçon reste dubitatif.

- Tant pis pour toi.

Amy se redresse et lui tourne les talons.

- Michel !

Elle tire aussitôt la chaise à elle.

- C'est qui ce « Michel » ?

- Je ne sais pas.

- Tu te moques de moi ?!

- Non ! Il échangeait des mails avec John. Donnez-moi un bout de papier et un stylo.

- Le règlement me l'interdit.

- Madame, pour vous écrire les renseignements.

Elle lui glisse discrètement les outils.

- Les accès à son compte.

Elle les fourre dans sa poche.

- Madame…

- Oui ?

- Ne m'oubliez pas… Pour le dortoir.

En une fraction de seconde, tous les traits du visage angélique de l'enfant timide s'évanouissent sur un sourire suffisant. Il venait d'atteindre son but. Il prie pour que le pacte passé avec le diable au képi ne sorte pas de cette pièce. Le risque est important mais le jeu en vaut bien la chandelle.

Al et Amy, USA

6

Al embarque Amy pour une virée. Des escaliers vermoulus, ils suivent des tréfonds d'un cloaque maudit les sons envoûtants des prochains Louis Armstrong, Stevie Wonder, Quincy Jones, James Brown ou Glenn Miller. Un enfer, les jeunes femmes en nage se trémoussent sur les jeans tendus de leurs partenaires. Les épidermes se hérissent, s'échauffent sous les rythmes des musiciens. Les poires, curieuses à travers les bandes de tissus imbibées, se dardent sur les torses nus. Le couple se fraye un chemin, dans la promiscuité des contacts charnels, vers une petite table ronde deux verres de rhum en mains. Al se grille une cigarette, elle s'approche de son oreille :

- Mes gars ont bien bossé. Ils ont retrouvé ce Michel, dans une petite ville de France, à Metz. Il est déjà recherché par deux enquêteurs là-bas.

- Prends-moi une place dans le prochain avion demain.

- Tu n'es plus un officiel.

- J'irai comme simple consultant pour ton service. Les policiers français seront moins méfiants. Je parle leur langue, vous économiserez les frais d'un traducteur. Toi, tu restes pour mener ta brigade de choc.

- Tu veux déjà t'éloigner de moi ?

- Cela ne nous interdit pas de nous débaucher un peu.

Il lui mordille l'oreille, écrase sa clope, l'invite à se lever et rejoindre la piste effarouchée. Les danseurs se lancinent sous la lueur de trois maigres ampoules. Amy se pend à son cou. Elle s'accroupi en se dandinant lentement, glisse sur son homme, s'arrête souffle chaud sur le nombril, remonte instantanément d'un sacré coup de reins vers l'arrière. Elle l'allume comme elle ne l'a jamais allumé. Elle a vraiment changé et ça lui plait. Elle renifle la présence d'un mâle musclé derrière elle, un beau spécimen visiblement bien monté. Ses mains se décollent d'Al, se balancent au dessus de sa tête, pour choper la nuque de l'étalon. Dos contre lui, elle se déhanche. Les paumes du ténébreux lui caressent le ventre. Elles s'animent, l'une remonte vers un sein l'autre descend sur la cuisse. Elle plaque ses fesses sur la sacrée proéminence sans lâcher Al des yeux. Elle le nargue, le persécute. La jalousie le transperce de part en part. Elle le pique à la pointe de la prostate, l'enivre d'avantage. La jalousie la rend plus désirable encore, il la veut rien que pour lui comme un gosse. Un gosse à qui son frère vient de voler le jouet qu'il ne voulait plus. Soudain l'intérêt resurgit en force. La convoitise nait de la virginité, de l'inaccessibilité et de la jalousie. La récompense sans combat, un ennui pour les conquistadors. La résistance et l'adversité félicitent leur noblesse, les jambes de part et d'autre d'une indomptable monture. Amy se penche en avant. Al lèche l'espace qui le sépare d'elle. Sa langue s'humidifie. Les projections des phéromones libérées par ses deux partenaires inondent ses papilles. Son palais capte les épices des spores en ébullition. La moutarde lui monte au nez, à la limite du supportable. Sous le piment se terre la puissance d'un festin royal. Il s'imagine déchirer la viande à même l'os, le jus brut dégouliner sur sa barbe, dans sa gorge. Il saisit la gazelle et la plaque contre lui. « On s'en va ! ». La phrase est sans appel. L'inconnu ne le tolère pas mais rétracte immédiatement ses velléités. Depuis le début il la soupçonnait n'être qu'un mirage. Elle ne lui a jamais appartenu. Al pose le bras sur l'épaule de sa conquête, la main à son balcon, tient les rênes dans son poing. Ils battent le bitume chaud, évoluent devant les solistes de rue. A la façon dont Al oppresse la masse mammaire, elle frémit. Elle s'attend à devoir payer son affront. L'idée inonde son intimité, l'enveloppe déjà accablée par l'abondante transpiration de ses mouvements transgressifs. Il la presse direction la voiture. Sa jupe serrée l'oblige à se mouvoir de petits pas rapides, la jonction de ses cuisses énervée par leurs incessants frottements. Ils longent l'avenue, s'enfoncent dans une ruelle au premier croisement et s'engouffrent dans une impasse. Il stoppe net, l'emprisonne dans ses bras. Elle s'inquiète. Elle finit par comprendre. Trop ancrée sur le plaisir qui monte, elle ne l'avait pas entendu. Un génie court ses doigts sur sa trompette. Al est hypnotisé. Il sort le paquet de cigarettes avec sa main disponible. Il l'apporte à sa bouche et extirpe entre ses lèvres expertes une clope. Il approche le briquet et tire une première bouffée. Il souffle son haleine chargée de l'opacité blanche sur le lobe de sa partenaire. Le parfum du blues parvient jusqu'à ses narines, dilatées. Elle se mordille la lèvre inférieure. Une goutte descend le long de sa joue. La cigarette circule sous sa jupe. La partie charnue de son anatomie crépite sous la cendre chaude, accompagne la douleur de la mélodie. L'incandescence se mélange à l'eau tiède de la sueur. Al s'évertue à approcher l'extrémité de son épiderme sans lui infliger la morsure définitive. Le liquide suave, fine pellicule à la surface de son cuir, la protège du contact brûlant. A nouveau cette note si caractéristique, ces crépitements sur les tambours des tympans. Ses jambes flageolent. Al joue avec elle, avec sa peur, il ne la marquera pas au fer rouge. L'adrénaline augmente les sensations d'Amy, la fournaise dans son bas-ventre. Un sourire aux coins des lèvres, il porte le bâton de supplices à sa bouche. Il savoure d'une profonde aspiration en percevant de plein fouet l'héritage du trompettiste, digne descendant d'esclaves noirs américains…

Un grand maigrichon en bermuda s'installe à côté du couple. Visiblement dérangé par l'intolérable inconvenance d'Al, il lui somme d'écraser immédiatement son bastion de liberté. Al, d'un ton sur lequel il n'est possible de négocier, rétorque " Monsieur votre haleine m'incommode. Veuillez expirer votre pestilence ailleurs!". Le bonhomme bouge mais il a gâché son instant de satisfaction.

Combien de frustrations supplémentaires devra t'il supporter dans cette société où l'autocensure fait légion? Toutes ces libertés bafouées au nom de la bonne conscience, d'une raison bien ordonnée. La pression sociale nous abreuve de nouvelles morales comme l'absolue nécessité d'une irréprochable hygiène sportive et nutritionnelle. Que nous reste-t-il après les heures de labeur, les contraintes quotidiennes et les devoirs familiaux? Pour notre monde capitaliste, oisiveté et épicurisme deviennent synonymes de corruptions et dépenses inutiles. Toutefois exiger une cadence infernale de ses salariés dans la frustration suppose d'injecter dans leur inconscience la possibilité d'un futur meilleur ou l'espoir d'une exceptionnelle libération éjaculatoire, les deux mamelles érigées par les politiques, les médias et les annonceurs. Al consent finalement à jeter l'objet incriminé.

Dans l'inconfortable siège d'un charter, en direction du fief de Michel, Al passe en revue les échanges entre les deux criminels. La langue de Molière n'est pas la seule discipline que John manipulait brillamment. Les cœurs lourds des êtres humains n'avaient aucun secret pour lui. Il devinait en chaque individu sa part la plus sombre, celle que l'on n'avouerait au grand jamais, pas même à sa propre conscience. Qui connaissons-nous vraiment ? Sommes-nous déjà sûre de savoir qui nous sommes ? Combien d'entre nous ont déjà été surpris de sa réaction face à une situation extraordinaire ? Entendons-nous bien, par « extraordinaire » je veux parler de son sens originel, en d'autres terme « ce qui sort du quotidien, de son confort, de sa routine».

Si certains de notre ordre moral, « Moi, si j'avais vécu pendant l'occupation nazi, je me serais battu pour la France ou pour l'égalité… Je me serais engagé sous la bannière de la résistance… », nous nous « post-destinons » en héros. Impossible d'endosser la peau d'un lâche, d'un salaud, ou d'un profiteur. Pourtant à cette période, des français dénonçaient bien les juifs, les homosexuels ou leurs voisins sans nulle autre raison apparente que son intérêt propre. Et la plupart des concitoyens, dans la nécessité de vivre ou survivre tant bien que mal, s'en détournaient. Alors tous ceux là, étaient-ils si différents de nous? Sous la coupe d'un dominant puissant et intransigeant n'hésitant pas à recourir à toutes les horreurs qu'un cerveau puisse élaborer, la plupart se fondent dans le paysage, aussi transparents que possible. Face au danger, les caméléons se font oublier du monde en attendant de meilleurs jours. Ce comportement se manifeste également chez les victimes de bourreaux, de gourous omniprésents, de conjoints violents… Des hommes et des femmes fantômes avant le trépas. Quelques-uns pour obtenir les félicités de leurs nouveaux maîtres iront parfois jusqu'à dépasser leurs attentes, conditionnés depuis la naissance à obéir : obéir aux ordres de nos chers parents, obéir aux professeurs, obéir aux policiers, obéir aux règles, obéir aux patrons, obéir à l'autorité peu importe le visage qu'il revête, obéir encore et toujours sans remise en question. Les expériences de Stanley Milgram l'ont bien démontré.

Et puis il y a les derniers, ceux qui restent. Ils ne sont pas nombreux... Ceux là se battront pour leurs idéaux jusqu'au bout quel qu'en soit le déroulement final, prêts à mourir... Et je peux vous dire que compte tenu du faible pourcentage, il est peu probable que vous en fassiez partie. Et ce pourcentage s'amenuise à chaque bruit sourd d'un corps inerte qui tombe. Un homme décidé à mourir pour sa cause mérite rarement un dernier battement allongé dans son lit. Alors oui, vous continuerez à vous bercer d'illusions mais sérieusement il est vraiment, vraiment, vraiment peu probable que vous en fassiez partie, désolé de vous l'apprendre. Un moyen pour vérifier facilement cet état de fait : vous êtes vous déjà tus dans un contexte qui vous déplaisait ? Vous êtes-vous entendu répéter « j'aurais dû dire ou faire cela... » ? Alors ce jour là, vous avez accepté de négocier avec vos principes soit par volonté d'apaisement, soit par sentiment d'impuissance face à un ultra-dominant, soit par peur pour votre intégrité physique ou l'intégrité physique de votre entourage. Cela fait-il de vous un être immonde ?

Al s'immerge dans les rouages de deux mécanismes de destruction, essaye d'en dessiner les contours, d'en effleurer les détails. Un aveugle qui souligne de ses doigts les rides, les défauts de la face du monde. Il feuillette les esquisses du démon :

1er échange :

Michel – Merci d'accepter de converser par mail. Je ne me sentais pas à mon aise de continuer notre discussion sur le forum. Comme vous l'avez compris, j'ai des envies contraires à toute éthique. Des envies irrépressibles de faire mal… J'ai besoin que l'on m'aide à m'en délivrer.

John – Rien d'inquiétant. J'ai connu cela aussi et grâce à une aide précieuse j'ai pu m'en défaire.

Michel – Comment ?

John – Premièrement, tu ne dois surtout pas les enfouir. Tu dois au contraire les explorer avec contrôle.

« Il le tutoie, histoire de créer rapidement une connivence entre eux, comme s'ils étaient du même milieu», pense Al.

Michel – Comment?

John – Décris-moi tes envies.

Michel – Je ne peux pas. C'est trop horrible.

John – Je ne suis pas là pour te jeter la pierre mais pour te donner la main vers ta guérison.

Michel – Tu parles comme un curé.

John – J'ai connu les mêmes pensées impures que toi et c'est pourquoi je me suis naturellement plongé dans les études de psychothérapie. Grâce à ma propre expérience, J'ai déjà secouru beaucoup de patients dans ton cas. Mais pour cela tu dois me faire confiance. Tout ce que tu pourras me dire, ou même m'écrire, restera dans le secret médical.

« Le secret médical, le mot a été lâché... Il tisse doucement sa toile autour de sa proie. »

Michel – Je rêve d'attacher une fille et de lui infliger toutes sortes de choses...

John – Bien Michel. Je veux que chaque soir vous vous imaginiez cette fille. Je veux que vous laissiez déborder votre imagination. Mais vous devez garder le contrôle, contraindre vos pulsions sous la coupe de votre mentale. Vous devez vous interdire toute forme d'exutoire sous quelque forme que ce soit : ni masturbation, ni attouchement, ni sport, ni drogue, ni alcool.

Michel – Vous êtes sûr ?

John – C'est la première étape. Si besoin je reste en contact.

Michel – Merci.

John – Vous me remercierez plus tard.

Al s'octroie une pause, écarte les papiers sur le fauteuil vide à ses côtés. L'échange lui rappelle une version originale d'une fable : un scorpion traverse la rivière sur le dos... d'un scorpion. Il vogue parmi les nuages à travers le hublot, se remémore cette phrase qu'il escomptait depuis si longtemps. Amy étendue essoufflée à ses côtés après avoir éprouvée nombre de tortures orgasmiques, l'alliage parfait d'outrageuses contritions, de cinglantes punitions et de jouissantes gâteries, lui confiait: «la prochaine fois que nous baiserons, nous le ferons avec la tendresse de notre amour. Je me blottirai dans tes bras et ne demanderai de toi que de folles caresses et mille baisers.» Elle va enfin assouvir son fantasme absolu. Les hommes courent toujours après ce qu'ils ne peuvent obtenir, comme la panthère rose après sa balle. Et chose faite, il se crée une nouvelle chimère après laquelle courir. Ainsi fonctionne leur libido, à la recherche perpétuelle de nouveaux challenges sexuels.

Léo, Metz

8

La porte du commissariat de la police nationale de Metz, installé dans de vieux appartements rue Saint Pierre réquisitionnés par le ministère de l'intérieur, est verrouillée. A l'instar des visiteurs tenus au bon vouloir du gardien de la paix doigt sur le bouton poussoir, Gabriel tape les chiffres sur le digicode. Il salue les deux képis à l'accueil, derrière la vitre anti-agression, et avance jusqu'à la machine à café. L'horloge du distributeur indique six heures et une minute. En lançant la confection d'un capuccino pour son pote, il rappelle son collègue à l'ordre. Léo devient un 'blème pour lui. Constamment dans la lune ce con. Lors de la dernière rafle d'une bande de zonards bourrés comme des coings, sortie de boite de nuit en quête d'embrouilles, Léo est intervenu sans son flingue coincé dans le casier des vestiaires. Situation qui aurait pu leur exploser à la gueule ! L'un des blousons noirs a sorti un schlass aussi imposant que le chibre à Rocco ! Présence d'esprit du bleubite de coller un bon coup de matraque sur la main qui tenait le bazar. Il lui a peut-être pété le poignet mais l'honneur est sauf. Ils ont maintenant une dette envers un couillu. En tout cas, Gaby ne compte pas en rester là :

- Léo, j'te cause là !

- Ouais quoi ?

- J'veux bien que tu sois en grand kiffe avec ta nouvelle gonzesse mais on taf là. Merci d'laisser ta vie perso dans les dortoirs.

- J'pense tout le temps à elle…

- J'n'vais pas pouvoir toujours assurer ton derrière de blanc-bec. Va falloir te bouger si tu n'veux pas finir clodo.

- J'sais bien que t'as raison. J'vais me ressaisir. Boulot, boulot, boulot. Qu'est ce que tu me disais ?

- Michel a été repéré dans les coins de Lyon.

- Où ?

- J'n'ai pas toutes les infos.

- On s'rentre ?

- T'es pressé ?

- Ben ouais, j'ai envie de faire une p'tite emplette dans le centre commercial St Jacques.

- Tu la gâtes trop.

- En tout cas j'ai hâte de me bâfrer des délices de ta cuisinière.

- J'espère qu'Elise ne s'attend pas à des couverts en argent.

- T'inquiète, elle est cool.

***

La voiture de Léo se braque sur le gravier devant la baraque de son frère d'arme. Dans le lotissement, toutes les cases de fonction sont collées les unes aux autres, identiques à la touffe d'herbe près : La place de parking devant le garage, l'entrée sur la cuisine puis le salon-salle à manger disposés sur la longueur, la salle d'eau et les deux grandes chambres à l'étage. Seule la décoration est laissée au choix des locataires. Gaby et Azalie ont opté pour une prédominance de bois, style colonial, agrémenté d'une abondance de plantes vertes. Un besoin de retour aux origines.

Le couscous préparé par Azalie ne reçoit pas les éloges attendus. La fraiche invitée touche à peine son assiette. La raison évoquée : « la gastronomie française comporte assez de plats traditionnels pour s'encombrer de recettes étrangères ». De plus, elle esquive systématiquement le moindre contact, même non-intentionnel, avec ses hôtes. Pendant l'intégralité du repas ou presque, elle s'entête au mutisme, absente. Léo leur épargne un enchainement de silences inconvenants, à chaque question de ses deux amis, intervenant systématiquement à la place de sa jeune amie avec le langage fleuri qui le caractérise. Il impute de prime abord son attitude négative à sa douloureuse expérience de réclusion, mais alors que les plats se succèdent sa patience s'estompe. Le dessert se résume en un courroux glacé dans la luette, les noix remontés jusqu'à la gorge.

Cependant il attendra, comme bon nombre de mariolles, de serrer le volant de sa tire pour relâcher la pression. La bagnole, cette machine conçue pour rouler, s'évader… Et la plupart profite de la promiscuité de ce lieu saint pour déterrer la hache de guerre. Aucune échappatoire. Un comble pour ce moyen de locomotion dont la destination préférée s'arrête à la seule idée de fuir! Fuir ses problèmes, fuir son passé, fuir son quotidien, fuir sa médiocrité toujours plus vite, toujours plus loin. Léo s'égosille, Elise se terre dans une attitude victimaire:

- Tu ne peux pas traiter mes amis ainsi ! Tu aurais pu faire un effort, t'intéresser un peu à eux !

- Je me sentais mal à l'aise. Ils me jugeaient.

- Qu'est ce que tu racontes ?

- Ils se sont attaqués à moi dans une véritable inquisition.

- Ne sois pas stupide… Ils voulaient simplement en savoir plus sur toi.

- Tu vois, toi aussi tu me juges maintenant.

- Quoi ?

- Tu penses que je suis bête, que je méritais mon sort, que si j'avais été plus intelligente, je ne me serais jamais faite kidnappée.

Elle commence à hoqueter, quelques tremblements bien sentis agrémentés de larmes de crocodile. La fragilité de cette petite crevette blonde fend l'armure du policier.

- Voyons personne ne pense cela. Calme toi ma puce. Viens dans mes bras.

- Je n'ai pas envie de les revoir tu sais. J'aurais trop honte.

- Ce sont mes amis.

Il lui caresse les cheveux. Elle enfonce le clou :

- Et puis, je ne vénère pas ta vulgarité quand tu es avec eux.

- De quoi me parles-tu ?

- Tu ne causes pas, tu vomis des mots… Il a une mauvaise influence sur toi, il te tire vers le bas. Tu comprends ? Moi je veux le meilleur pour toi…

La conversation continue ainsi jusqu'à ce qu'Elise convainc entièrement Léo de moins flâner avec Gabriel.

Chris, USA

9

Chris prend ses quartiers sur l'un des sommiers du dortoir. Des lits doubles scellés les uns aux autres en rang d'oignon, une allée entre chaque rangée pour faciliter les inspections. Le jeune homme camoufle son smartphone, soudoyé à l'un de ses colocataires, dans la doublure de son traversin. Son congénère à sa droite se masturbe dans le lit sur la photo d'une gonzesse en petite tenue. D'autres se cuisinent une gnôle à partir de cannes à sucres détournées dans la plantation. En règle générale les matons leur foutent une paix royale tant qu'ils ne dépassent pas certaines limites, gardent la muselière les mains dans les poches et la tête basse. Il ne faut évidemment pas attirer l'attention mais ce principe est valable dans toutes les prisons du monde. Les tôlards chauffent donc leur tambouille sur un réchaud de camping et récupèrent l'extrait de liqueur convoité. Un peu plus loin une petite putain, détenu servant d'exutoire sexuel, se débat sous les assauts de son propriétaire. Tous les moyens sont bons pour tromper l'ennui, éviter les divagations, le pire danger en ce lieu de pénitence. La corde se serre lentement sur le cou d'un malheureux qui réfléchit trop. Les autres prisonniers dehors se crèvent à la ferme. Chris semble plus à son aise dans la promiscuité de ses semblables que dans une cage de moins de deux mètres carrés, sans parler des avantages : télévision, douche quotidienne, toilettes, permission de déambuler dans les quartiers. Soudain un gardien le somme de l'accompagner. Sa première sortie à l'air libre depuis des mois.

Il a rejoint les bagnards sous le cagnard. Le soleil lui brûle les yeux. Ses cheveux dégoulinent, sa chemise cotonneuse s'imbibe sous les vapeurs arides. Les ampoules sur le manche de sa pioche éclatent en lambeaux. C'est fou ce qu'une blessure de la taille d'une pièce de monnaie se transforme vite en handicap. Les crevasses suintent sur le rythme des outils percutant avec force le sol dur. Chaque écho de la terre sur le bois épluche un peu plus les mains dévastées. Les chefs d'orchestre, chapeaux de cowboy sur le nez bien à l'abri sous l'ombre des arbres fruitiers, surveillent avec sévérité l'énergie docile de leurs musiciens qui piochent, bêchent, binent, creusent… Les instruments chantent avec âpreté leurs blues. Parfois l'un d'entre eux se lance dans un solo de rébellion, marmonnement d'onomatopées limite audibles, et laisse ainsi s'envoler dans un sifflement sa dernière note d'espérance.

La journée de labeur se meurt dans le déclin du soleil. En file indienne, ils quittent les champs, traînent les semelles vers les couches. La peau de Chris, rougie par le soleil, danse entre les cuirs noirs des panthères. Il se déshabille lentement, attrape au vol une serviette lancée par un vieux blanc, une légende pénitentiaire. D'après les racontars, Ce grabataire choyé par tous fêterait ses quatre-vingt dix années et se baladerait dans les murs depuis l'âge de seize ans. Ecroué pour refus d'obtempérer lors de l'arrestation jugé abusive de l'un de ses amis de couleur, il aurait écopé d'une année. Mais le shérif de l'époque aurait souhaité en faire un exemple. Il aurait « perdu » son dossier dans les oubliettes administratives. Respecté pour ce fait d'armes, il y a gagné une détention paisible. Une fable inventée de toutes pièces. La vérité lui aurait été fatale dans un milieu infesté d'autochtones, transféré depuis une maison de redressement pour le meurtre haineux d'un de ces nègres. Il s'était présenté devant la cour fière de son acte patriotique. Encore à notre époque, le sud des Etats-Unis reste infesté d'un relent nauséabond de racisme primaire relayé par des adeptes du vieil ordre national et du Ku-Klux-Klan. Alors imaginez, à l'époque où la loi interdisait encore aux noirs de se mélanger aux blancs dans tout le pays, les passe-droits tolérés aux blancs dans les contrées profondes de la Louisiane. Il s'était donc adressé à la cour, certain de la clémence générale. Mais pas de bol, le juge en forte contradiction avec l'ambiance générale se révélait plutôt très ouvert sur la cause noire. Et voilà comment le jeune garçon s'est retrouvé à côtoyer quotidiennement tous ces sauvages qu'il vomissait tant. Et bien qu'il apprît au fil des années à s'accommoder la compagnie de plusieurs d'entre eux, libre il ne faudrait pas plus de deux minutes de discours racistes dans le creux de son oreille pour retrouver ses automatismes même auprès de « ces chiens » qu'il a affectionné. Mais pour l'heure l'instinct de survie l'oblige à la bienveillance.

L'eau ruisselle sur le corps ébréché de Chris. Elle progresse, lancine dans les sillons de son écorce égratigné. Elle glisse sur les plaques écarlates, brûle chaque centimètre de sa peau sensibilisée par les attaques incessantes des ultraviolets. Ces ondes piquent du ciel, traversent les nuages, et frappent. Leurs serres, imprégnées d'une lotion irritante, éraflent le dos de leurs proies. Et l'hydratation ravive les effets néfastes du poison, comme des milliers de morsures. Chris ne laisse rien transparaitre, ses compagnons de douche non plus. Il tamponne son linge de coton sec pour absorber l'humidité. Le frottement serait un supplice supplémentaire et inutile.

La première vague se retire. Le banc de crustacés remonte la plage vers leurs coquillages sous la surveillance des marins-pêcheurs. Soudain, la lame d'un cuistot brille. Un attroupement. Chris agonise allongé, recroquevillé dans sa coquille. Une agression gratuite, rapide, organisée. Son assassin, le vieil homme aux serviettes, lui emboîtait le pas. L'arme, l'éclat d'un miroir, s'est enfoncé à multiples reprises dans la coquille. A chaque fois, cette sensation de déchirure, froide et aigue. Impossible d'échapper à sa détermination, il le perfore avec rage encore, encore, et encore. Plus rien ne l'arrête, il s'acharne sur Chris. L'un des gardiens se penche sur ses blessures. Son estomac n'est plus que charpies. Le sang gicle et se répand. Puis le calme absolu. Plus aucune souffrance. Plus aucun mal. Plus aucune rancœur. Plus de combat intérieur. Le gardien dépose une pivoine sur son cœur. Chris ferme les yeux dans la sérénité, enfin.

Al, dans l'avion

10

L'avion tangue sous les perturbations météorologiques d'été. Les dieux en colère fustigent le perce-nuage de funestes éclairs. Ils tentent vainement de descendre en flammes l'importun, l'oiseau de métal symbole de l'arrogance humaine. Un passager malade vomit dans le sac en papier à disposition sous son assise. Les deux stewards le soutiennent, un cachet dans un verre d'eau. D'autres voyageurs se cramponnent aux accoudoirs, inquiétés par les secousses. La grande majorité ronflent sous un masque, la nuque maintenue par un coussin, s'hypnotisent sur leur écran ou dévorent leur bouquin. Al, dans la lignée de ces derniers, continue imperturbable sa lecture.

Deuxième échange :

Michel – J'ai suivi vos conseils. J'angoisse, mes obsessions ne faiblissent pas.

John – Que vous arrive t'il ?

Michel – C'est pire qu'avant. Mes pensées lugubres s'intensifient et m'engourdissent les neurones.

John – C'est normal. Maintenant que vos envies atteignent leur paroxysme, nous pouvons enclencher l'étape suivante du processus de guérison.

Michel – L'étape suivante ?

John – Je vais vous envoyer la photo d'une jeune femme. Je veux que vous projetiez toutes vos pulsions sur elle. A chaque fois que surgissent vos noirs desseins, projetez les sur son doux visage. C'est ce que j'ai nommé la personnification du désir.

Michel – D'accord, merci.

John – Tout ira bien. Bonne journée.

Michel – Bonne journée.

Selon Al, John a imposé une relation basée sur l'intime. Une fois cette étape franchie, il est plus difficile d'ébaucher le moindre refus. John, les jours suivants, accélèrera probablement l'assiette de son pouvoir. Mais il manœuvre avec encore plus de malices. Il instaure chez son interlocuteur une appétence pour son soutien et son aval, point de départ du processus de "gourouisation". C'est pourquoi Michel est le premier à revenir à la charge.

    Troisième échange :

Michel – Cette fille sur la photo, elle hante mes nuits, elle me hante chaque jour que Dieu fait. Je ne tiens plus. J'ai de plus en plus de mal à me contenir. Qui est-elle ?

John – Elise habite dans le nord-est de la France, dans les environs de Metz. Elle a un petit frère qu'elle adore. Elle suit une formation de journalisme sur Paris et revient chaque vacance consoler la solitude de ses parents.

Michel – Pourquoi me confier tout cela ?

John – Cela contribue à votre guérison. Personnifier l'objet de vos macabres obsessions, la rendre réelle, lui donner substance annihilera les risques d'un quelconque passage à l'acte.

« Le salaud, il l'embobine. Il l'entraine doucement vers la fatalité ! » Le téléphone portable d'Al vibre dans sa poche. Il place en douce une oreillette et décroche l'appareil :

- Bonjour Amy. Je ne peux pas trop parler. Raconte-moi.

- Chris est décédé, assassiné dès sa première sortie. Il a payé le prix de sa trahison, j'en suis convaincue.

- L'altercation entre deux détenus me parait plus vraisemblable.

- Je n'en suis pas convaincue. Je retourne là-bas vérifier les circonstances de sa mort.

- Profites-en pour interroger ses colocataires. Au cas où il aura allégé sa conscience… Je raccroche, l'hôtesse me toise. Tiens-moi au jus.

- Bisous mon trésor.

C'est nouveau ce surnom, cette mièvrerie, le gout bien moelleux d'un bonbon acidulé que l'on suçote agréablement, tendresse réconfortante de souvenirs d'enfance. Il ferme les yeux, s'installe aussi confortablement que possible contre le hublot et se cajole dans les bras de Morphée.

Amy, USA

11

Aucun sourcil n'a tressailli au décès du «p'tit blanc» comme tous le nomment dans cette tôle. La mort fait parti de ces lieux, ou plutôt ces lieux se sont bâtis sur le dos des cadavres. Alors un de plus ou un de moins. Amy s'entretient avec le « moire » (mythologie grecque) qui a tranché le fil du destin de Chris. Un certain Mickey Wash. Depuis le massacre, il attend sagement qu'on le sorte de sa cellule d'isolement. Et même elle, malgré toute l'énergie dégagée auprès de la direction pénitentiaire, a capitulé. Elle s'est donc tapée les étages jusqu'à l'air humide de la cave. Ses pieds pataugent dans la boue. Elle pose son joli fessier sur un tabouret et s'adosse à la porte métallique de la cage. Un rat se faufile dans une fissure de la paroi. Mickey se repait, le sang dans la bouche. Malgré sa condition et son âge avancé, l'homme garde une contenance qui force le respect. Après tout il n'est pas aussi grabataire qu'on le prétend. L'enfermement, les années de dur labeur et les expositions intensives au soleil accélèrent l'effet de vieillissement. L'ancien reflète sous ses sourcils broussailleux un certain charme.

- Vous savez Mickey, Chris sous ses airs d'ange était la pire des pourritures ! Je ne vous remercierai jamais assez de nous en être débarrassés même si j'aurai préféré commanditer moi-même son avis de décès. Mais une question me turlupine : pourquoi vous ? Quelle a été votre motivation ? Une vengeance ? Un problème d'ego ? Une transaction qui aurait mal tournée ?

Mickey ne l'écoute qu'à demi-mots même s'il apprécie sa considération. Depuis longtemps on ne s'adresse plus à lui avec un tel égard. Sans cesse rabaissé, son amour propre sert de paillasson aux semelles des rangers de ses geôliers, de serpillère à pisse pour chiottes publiques. Puis l'écho de la voix féminine bouscule ses phéromones. Les décharges hormonales parcourent l'ensemble de ses canaux sanguins. Lui monte alors le poivre au nez, à la limite de l'explosion. La savoir là, à deux pas de lui et ne pas pouvoir la posséder. Il la hèle :

- Approchez-vous.

Elle se lève, cale le regard de la porte en position ouverte, pour le percevoir. Son visage est amoché, malmené avant sa mise en détention, le torse nu collé contre la fraicheur de la porte.

- Alors, pourquoi ?

- Vous m'excitez terriblement.

- Répondez à ma question.

- Son heure était venue. Point final ma jolie.

Sa bouche restera close. En récompense de son geste criminel, elle lui livre un dernier cadeau, un dernier souvenir. Elle déboutonne le haut de son chemisier, lentement. Elle affiche son décolleté à un peu plus d'un bras de distance du prisonnier. Elle défait l'élastique de sa queue de cheval et balance sa chevelure sur les côtés. Elle se lèche les extrémités de ses dernières phalanges. Elle sait comment rendre fou un homme, alors un frustré de la queue qui n'a pas eu loisir de se répandre dans un minou depuis des lustres… Elle glisse sa petite culotte en bas des chevilles et la jette dans la chatière. Il harponne le tissu. Elle se retourne, pince les coutures de sa jupe et la rehausse à la naissance des fesses. Sa croupe se balance effrontément de droite à gauche, de gauche à droite. Mickey la dévore, la langue sur les lèvres, les vieux doigts ridés s'acharnent sur son pénis. Il respire l'odeur de la féminité le nez dans la dentelle. Elle le rend fou. Elle quitte la pièce ravie d'avoir contribué à son dernier bonheur.

Elle se réajuste. Le gardien l'accompagne à l'extérieur. Il lui mendie une petite séance privée. Elle le mouche aussi sec :

- Laisse tomber ! Tu n'as pas ce qu'il faut !

- Salope !

- Je ne suis pas une bobonne qui écarte les cuisses quand son mari l'implore. Moi il faut me surprendre, il faut m'émoustiller, suer sang et eau pour gagner juste le droit d'effleurer mon genou. Alors pour le reste…

Elle lui écrase les couilles dans sa main :

- Tu vois, tu n'as pas ce qu'il faut !…

Il débande aussi sec. Ses yeux rougissent. Elle desserre l'étreinte. Elle avait négligé les caméras. Les gardiens se sont rincé les mirettes. Soit, elle s'est défroquée. Alors quoi ? Une pointe d'indécence et ces vieux cochons l'envisagent aussi sec facile à étendre sur un vieux matelas pourri ! Elle se les imagine tringler bobonne en se remémorant la scène en boucle, ou se masturber au côté de leur truie emmitouflée dans leur pyjama de grand-mère, le cache sur les paupières et le groin sonore. L'air chaud souffle sous sa jupe. Ses lubricités cheminent irrémédiablement vers Al…

Avant d'aller caler ses fesses nues sur le siège brûlant de sa voiture, Amy procède une dernière vérification sur le registre des visites. Un détail pique sa curiosité, ou plutôt un nom. Elle visionne la vidéo des visiteurs. Elle connecte un disque dur externe sur le lecteur, copie l'entrée et la sortie d'une figure familière. Sa découverte va estomaquer son chéri. Avant, s'assurer qu'Esther n'a rien de plus à déclarer sur l'autopsie de Chris.

Les jumeaux lui transmettent les derniers meurtres perpétrés dans le monde avec la même signature. Décidément, la courbe s'enflamme prodigieusement. Quinze en deux jours… dans des conditions horrifiantes.

Léo, Metz

12

Le retard d'Elise tape encore sur le système de Léo. Il préfère ne pas s'incruster dans la petite sauterie sans l'invitée d'honneur. Et certains amis d'Elise interpréteraient mal sa présence, Il les a régalé durant l'enquête. L'autre tronche de flan, qui avait brayé comme un cochon qu'on égorge dans la cellule du grizzli, n'est pas prêt de lui pardonner. Que ce trouffion ose broncher devant une tête de lard de sa trempe, un risque proche de zéro. Mais ça ferait tache dans le potage s'il était amené à devoir le « recalibrer ». Elise radine enfin ses miches, toute pimpante. Elle approche du perron de la cantine, la fraise peinturlurée comme une star de cinoche. Il se calme illico, pantois la gueule ouverte. Il bave devant les guenilles de sa gonzesse. Fringuée d'un rien, une liquette nouée sur le nombril le col béant, le ticket de métro dans un mouchoir de poche, bottes et porte-jarretelles, ses tifs voltigent nonchalamment à gauche de son visage. Elle s'entiche de la moue de son tendre poulet avant de l'embarquer dans le panier à salades.

Une salve d'applaudissements. Une haie d'honneur de tous ces types, ameutés pour elle, des connards amis de longues dates, des anciens camarades qu'elle n'avait pas revu, certains ex boy-friends, et même des culs-foireux à peine croisés durant sa scolarité. Le quart d'heure de gloire d'une bimbo de téléréalité, le célèbre « vingt heures » plus passionné par la courbe de l'audimat que l'intérêt journalistique de ses sujets. Le patron d'Elise s'est déplacé, lui aussi, entouré de deux poufs incapables d'aligner une ligne sur le torchon si ce n'est une ligne de coke. Et vous aurez bien compris que, dans ce cas précis, le « torchon » ne se dépose pas le dimanche matin devant la porte des voisins. En poivrote assoiffée Elise s'abreuve de toute cette attention jusqu'à plus soif. Non en fait, même une fois bien hydratée elle continue à titiller le bouchon. La grenouille se gonfle aussi grosse que son bœuf-carotte.

Les poignées serrées, les bises et embrassades d'usage passées, les "cons-vives" s'attroupent en comités restreints autour des buffets froids. La starlette promène Léo dans toute la salle, de groupe en groupe. Le couple vedette salue chaque membre. La petite dévergondée joue la provoc' à fond. Elle allume les mecs, surtout les maqués, sans aucun complexe et s'enorgueillie de la jalousie des nanas. Elle agit comme le genre de pétasses bien bandantes que les mecs embourbent un soir persuadés qu'elle leur prodiguera de ces spécialités dont les futures épouses oseraient à peine assumer, admettre, voire échafauder. En vérité la plupart n'accepterait pas de leurs gueuses pareilles saloperies. Et par amour, leurs femelles légitimes s'adaptent… Le paradoxe nuptial : ranger sa femme dans la case oie blanche maternelle et devenir incapable de l'imaginer autrement, ne surtout pas la salir dans des images d'actes pornographiques. L'homme se crée ainsi sa propre frustration et finira par épancher ses vices dans les bras d'une maitresse vouée à rester marquée de l'étiquette de la diablesse de la nuit, à moins qu'elle ne devienne à son tour une oie blanche.

Paradoxe s'appliquant également aux demoiselles coincées entre les contes rabâchant depuis leur tendre enfance le rôle de la princesse bien propre qu'elles doivent endosser et les injonctions publicitaires de la luxure, de la désinhibition, et de la jouissance qu'elles se doivent d'assouvir. En fonction de leur adolescence et la manière dont les garçons les regarderont, elles se glisseront dans une enveloppe ou dans une autre.

Les couples trouveront leur liberté lorsque les femmes pourront être pensées socialement à la fois comme mariée, mère et vicieuse mettant de fait fin aux tabous et aux obligations ; S'emparant à la fois de leur raison dans une approche de contrôle d'elles-mêmes et de leur bestialité pour la laisser s'exprimer dans les moments propices. Ils trouveront leur liberté lorsque seuls compteront le potentiel plaisir et le plaisir retirés ensemble, peu importe la manière. Ils trouveront leur liberté en annihilant leurs représentations et leurs jugements conséquents dans la réalité éprouvée au sein même de l'acte. Tout est là, s'absoudre des représentations barbelées.

Le pire moment pour Léo, les retrouvailles entre ce trou du cul de Julien et Elise. Ils roucoulent ensemble, et le condé s'efforce de ne pas lui retoucher le portrait. Cette petite trompette se sert des témoins comme boucliers. Emma, une copine, se joint à leur conversation :

- Tu n'as pas eu trop peur ?

- Tu sais, dans ce genre d'expériences, le courage survient de manière incroyable. Alors non je n'ai pas eu peur.

- Il aurait pu te violer !

- Il a compris que je ne le laisserais pas faire.

Impossible de confier son affreux secret, le regret de ne pas avoir été prise sauvagement par son agresseur. Cela aurait l'effet d'une bombe. Les gens ne verraient plus en elle qu'une salope. Son statut de victime, explosé en plein vol. Le doute, les rumeurs, et… vous savez ce fameux proverbe « il n'y pas de fumée sans feu », et puis « elle l'a sûrement cherché, tu as vu comme elle s'affiche ». Le bourreau et la victime inter-changeraient alors inexorablement leur rôle. Le pauvre homme aura succombé à ses bas instincts, provoqué par l'immonde créature de la nuit. Les femmes, bien moins indulgentes envers leurs consœurs, seraient les premières à répandre les flammes de la disgrâce. Les figures de la nouvelle vague du féminisme agitent fièrement les pancartes pour l'égalité devant le travail, leur liberté individuelle et sexuelle mais elles n'hésitent pas à dénigrer leurs paires dès qu'elles affichent clairement ces mêmes libertés dans leurs tenues ou comportements, surtout lorsque les maris se trouvent dans leurs périmètres d'action. Vite oubliée, la solidarité féminine. Que dire alors des blondasses qui "con-volent" leurs chères et tendres époux. Toutes ces femmes devraient porter l'étendard féministe et pointer ensemble celui qui s'est torché avec les draps conjugaux. La sale habitude d'accuser Eve de porter le péché originel au candide Adam a la dent dure. Les actes sororicides prouvent que les membres du sexe faible ne se sont pas affranchis des idées patriarcales ecclésiastes.

- Et Léonard, c'est lui qui t'a sauvé ?

- Oui, mais mon kidnappeur s'est enfui.

- C'était un bougnoul, un basané ?

Julien écrase son poing droit dans sa main gauche.

- Si j'avais été présent, je lui aurais fait sa fête. Je ne l'aurais pas laissé te toucher impunément.

Elise minaude, une œillade. Le pisseux a la langue bien pendue. Léo lève les yeux au ciel, une allusion sur le Grizzli et il ravalerait aussi sec son gros steak baveux. Il ne moufte mot. Emma pousse son interrogatoire:

- C'est sérieux vous deux ?

- Je ne sais pas, on verra. C'est nouveau pour moi.

- Quoi donc ?

- De sortir avec… Comment dire… Un homme d'un rang inférieur.

- Je le trouve pas mal, moi.

- Je n'ai pas dit le contraire, mais il ne voyage pas dans notre sphère. Je vais lui faire prendre de la hauteur, le rendre ambitieux. Avec quelques galons supplémentaires, il atteindra la perfection.

Léo claque la porte, tire sur la clope qu'il vient d'allumer.

- Tu fumes ?

- Fais pas chier Elise, on n'est pas du même monde. Je ne voudrais pas éclabousser ma merde sur ta belle robe.

- Ne sois pas si vulgaire.

- Vulgaire ? Tu ne captes même pas le sens véritable de ce mot.

- Ne fais pas la tête.

Elle se colle à lui, ses arguments bien en évidence. Il la « jarte » (rejette).

- Je m'casse.

- Reste-là. Tu n'as pas le droit de me quitter… Reste-là, je te dis, j'ai besoin de toi…

Léo dessert le frein à main de sa caisse et abandonne Elise sur place. Elle retourne se faire plaindre auprès de ses amis, de quelques uns de ses futurs amants. Léo s'était juré de ne plus jamais se rabaisser pour une gonzesse, aussi jolie soit-elle. On ne l'y reprendra plus. Il va récupérer sa vie de célibataire endurci, blottira sa barbe entre tous les seins de ce monde. Bien moins évident de se remettre d'une peine de cœur que de se détacher d'une bonne paire de 80A, 90C, 100D ou F. Cette fois, il a bien failli succomber dans les crochets d'une mente religieuse.

Al, dans l'avion

13

Le malade a stoppé ses réflexes nauséeux, les dormeurs se revivifient et engloutissent une collation les écouteurs sur les oreilles. Les écrans télévisés de l'avion jouent une comédie romantique, les tours du World Trade Center en fond de décor. Plusieurs passagers investissent les cabinets. La contraction de leur vessie se déchiffre sur les visages. Au tour d'un gamin haut de trois pommes de s'asseoir, peu confiant, sur la cuvette. Une fois son affaire terminée, il évacue le tout par simple pression sur la chasse d'eau. Surprise, disparition de son petit cadeau en une aspiration. Circonspect, il questionne sa mère sur la destination de son colombin. L'instruction échouée aux turpitudes de la famille Kardashian ou des habitants de la série « Housewives », elle relate à son fiston l'expulsion de ses déchets dans l'air, hors de l'embarcation ailée. Le garçon écarquille les yeux, visualise le film de l'éjection mais perplexe ne parvient pas à capter le dénouement : « ça gèle et tombe sur la terre ou dans la mer ? Ca se délite dans l'air ? Avec les réacteurs, c'est transformé en vapeurs ? ». En tout cas c'est dégoutant…

Amy dérange Al dans sa lecture sur le quatrième échange entre Michel et John. Michel ne parvient pas à assumer l'enlèvement de la jeune Elise. Le seuil de non retour n'est pas franchi. Elle ne s'est pas encore éveillée de son sommeil de plomb. Il avoue l'avoir cognée bien fort. Il la contemple dans sa belle robe blanche, incliné à la souiller, mais se persuade de la libérer dès qu'elle émergera. Ses petites poires qui s'échappent de la soie, sa longue chevelure blonde déchaîne son exaltation. Il veut la soumettre, l'entendre crier, hurler sous le poids de ses lubricités. Mais mon dieu que lui arrive-t-il ? Ce n'est pas possible, il n'a pas pu kidnapper une jeune femme ! Il se dit inapte à toute violence. Lui prodiguer le moindre mal serait indigne de lui. John en bon samaritain lui exprime son appui en intimant son devoir de se livrer à la police : « Le risque de la sentence capitale ne représente pas une excuse à se soustraire à la justice des hommes, aussi impitoyable soit-elle. A moins que... bien sûr si vous vous arrangez pour ne jamais être inquiété... ». Il ne détaille pas son propos. Al murmure dans son téléphone :

- Oui ?

- Je suis avec Esther. Les dernières infos : Mickey Wash reste muet. Par contre j'ai découvert sur les vidéos de la prison que la même femme rousse s'est rendue au parloir pour Chris la veille de ma visite et pour Mickey Wash le soir même.

Al ose à peine y croire.

- Elle a laissé un nom sur le registre ?

- Emily, Emily Brown.

Il reçoit la nouvelle comme un coup de poing au foie, scié en deux, le souffle coupé. Le doute n'est plus permis. Elle est vivante... Quel rôle joue t'elle ?

- Al ? Al ?

- Oui ?

- Il s'agit de ta femme, n'est-ce pas ?

- En effet...

- Tu peux m'expliquer.

- Pas maintenant. Mais fais quelque-chose pour moi.

- Tout ce que tu veux.

- Reprends l'enquête depuis le début, depuis les victimes de Chris. Plonges-toi dans les dossiers.

- Que dois-je chercher ?

- Tous les éléments qui ne concordent pas, tous les indices d'un cerveau qui agit dans l'ombre.

- D'accord.

- Fais bien attention, toutes les fibres de mon corps m'indiquent que nous sommes surveillés de près.

- Ne t'inquiète pas. Reviens-moi vite, m'embrasser de ton amour. Bisous mon trésor.

Il se concentre difficilement sur le cinquième échange entre les deux criminels. Le kidnappeur s'emporte contre son mentor. « Tu ne te rends pas compte ! Pourquoi j'ai fait cela ? Bordel, je suis un monstre ! Tu comprends un monstre ! Mon Dieu faites de moi ce que vous voulez mais libérez-moi ! Mais quel connasse, pourquoi s'est elle arrêtée sur le bord de cette route ?... » Le fantoche psychologue le raisonne et détourne avec brio sa colère contre la victime. Al abandonne ses feuilles, obnubilé par la rousse qu'il a aimé au point d'avoir failli à ses devoirs, écarté les indices, fermé les yeux. Lorsque l'évidence lui était enfin apparue: la douche froide, glacée même. Le souvenir des effluves alcooliques l'étourdissent déjà. Le meilleur moyen pour s'embrumer, pour se punir à petits feux. Il doit résister à l'appel du goulot, garder l'esprit clair. La carlingue constitue un bon abri contre ses mauvaises habitudes.

Amy, USA

14

Amy tient son équipe éloignée de l'enquête. Son fort intérieur, sûrement l'instinct maternel, l'alerte sur la probable implication de son amant : « Possible qu'il soit mouillé jusqu'au cou !». Pour comprendre elle doit se vautrer dans ses poubelles, remuer toute la boue de son passé. En sa possession, pour faire ressurgir les vieux démons d'Al, la photo de son ex-femme déclarée décédée. Mais dans quelle circonstance ? La tueuse aux pivoines ? Les premières réponses, elle sait où se les procurer. Elle traverse la petite bourgade de Stampton, et se gare devant un bar miteux. Le panneau en bois de la devanture se balance autour d'un seul clou. L'enseigne gravée est effacée au point qu'il n'est plus possible d'en déchiffrer le nom. On sait seulement qu'il se finit en « tor ». En fait « l'alligator » terrifie les mères de la ville priant le Seigneur qu'il n'engloutisse pas leurs grands enfants dans les jeux d'argent et les bouteilles. Parfois elles se vouent à d'obscurs cultes, égorgent des poulets pour la satiété du diable. L'entrée d'Amy dans le ventre maudit enfièvre les pauvres ères pataugeant dans la biture. Elle profite de quelques sifflements et flatteries de ces morfales, dont le romantisme s'est écrasé sur les selles de leurs motos ou sous l'effet des ressorts tape-culs de leurs trucks. Elle s'accoude au comptoir. Les vitrines teintées et poussiéreuses de l'enclave préservent l'anonymat des poivrots au monde extérieur. Seul un faisceau parvient à percer la masse opaque. Le barman, un malingre en marcel remue sa moustache ébouriffée :

- Alors ma p'tite dame, qu'est ce que je vous sers ? Je vous préviens, pas de boisson de tapette ici !

- Ce que vous avez de plus fort !

Il essuie un verre avec son tablier taché, le rempli d'un liquide jaunâtre, mousseux et puant à l'image du bistrot.

- J'aimerais vous poser quelques questions à propos d'Al.
- J'vous ai déjà dit où il créchait.
- Que connaissez-vous de lui?
- Pour qui vous prenez vous, nom de Dieu?
- Pas très poli de blasphémer. Je m'appelle Amy et…
- C'est toi Amy ! Tu parais moins sage que ce qu'il m'avait décrit avant de se planquer, et plus mignonne.

Il la tutoie comme s'il la connaissait depuis des années. Savoir Al la détailler à l'un de ses rares amis, à tel point que ce dernier se permette de la tutoyer, lui chauffe le cœur.

- Disons que mon nouveau look me correspond mieux.

Ce matin elle a enfilé un mini short en jean, en gaussée dans un body noir. Une mitaine et une paire de lunettes de soleil, accessoires indispensables pour parfaire sa dégaine.

- Qu'est c'que tu veux savoir ?
- Sa femme, que lui est-il arrivé ?
- Tu aurais pu le découvrir directement dans les journaux de l'époque… Il l'a butée.

Amy ne s'attendait pas à cette réponse. Son mentor, son amour, un assassin ?!?

- Il enquêtait sur la tueuse aux pivoines. Il avait rencontré Emily Harper un soir de pleine lune. Je m'en souviens bien, le lendemain il buvait un café à votre place excité comme une puce. Que voulez-vous ? Le coup de foudre. Donc, il souffrait d'insomnie et était sorti marcher dans le quartier. Songeur penché à la barrière d'un ponton ferroviaire, une jeune femme à la longue chevelure rousse certes un peu éméché lui supplie de ne pas commettre l'irréparable. Et c'est en riant ensemble de cette méprise qu'ils firent connaissance. Ils filaient le parfait amour, au point de se marier après plusieurs mois de vie commune. Mais son enquête sur la tueuse piétinait, et lui minait le moral. Heureusement la douce Emily trouvait toujours les bons mots pour le remonter.

- Et alors ? Qu'est-il arrivé ?

- Ne sois pas si impatiente, je vais y venir. Lors de l'expertise d'une scène de crime, Al tombe sur un indice, la seule petite erreur de la fameuse tueuse qu'il s'empressa de suivre.

- C'était quoi cette indice ?

- Une mèche de cheveux, une longue mèche rousse. Vous imaginez son désarroi. Il l'a faite analyser mais il connaissait déjà la propriétaire. Les éléments s'emboitaient : l'avance systématique de la tueuse sur les agissements de la police, les troublantes coïncidences, les voyages auprès de sa mère aux dates des meurtres. Il n'avait plus le choix, il devait l'arrêter. Mais elle a refusé de prêter ses poignets aux menottes, elle ne voulait pas finir dans le confinement d'une cellule. Elle l'a obligé à appuyer sur la détente. La balle l'a touchée en pleine poitrine. Après, il a sombré dans la dépression.

- Et vous lui avez fourni son poison.

- Pas tout à fait. Il n'acceptait aucune aide. Alors autant qu'il s'immerge dans mes verres, au moins je pouvais le surveiller. Dès qu'il a commencé à refaire surface, je l'ai accompagné dans son sevrage dans les meilleurs et les pires moments.

- Vous aurais-je jugé un peu trop rapidement ?

- Tu sais, il t'aime bien. Alors si tu pouvais lui redonner le sourire…

- Merci, merci pour lui.

Elle porte le verre à ses lèvres en se dirigeant vers la porte de sortie. Elle perçoit à ce moment le gloussement des brebis galeuses.

- Merde. Amy ne bois pas cela !

Trop tard, elle venait de jeter le contenu de son verre sur l'un des malpolis de l'assemblée. L'odeur âcre de la pisse, voilà ce qui lui avait mis la puce à l'oreille. Tous se mirent à s'esclaffer du malheur de leur pote de bière : l'arroseur arrosé.

- Désolé, une plaisanterie de mauvais goût destinée aux malheureuses qui se perdent ici. Une distraction comme une autre.

Amy les salue.

Al, dans l'avion

15

L'avion amorce la descente, encore deux bonnes heures de vol. Les hôtesses distribuent le déjeuner : un fade velouté en entrée. Heureusement, le sel existe. Quitte à rehausser un soupçon de goût, la soupe devient au moins buvable. Puis la blanquette et son accompagnement tout aussi insipide. Al ne s'encombre pas du dessert jetant son dévolu sur le paquet de gâteau au chocolat, acheté sur le quai d'embarquement, bien plus savoureux que leur semblant de mousse caramélisé. Repu, il se rebranche sur le bavardage des deux hommes. Michel n'a pas franchi le cap mais s'avance irrémédiablement vers le précipice. Et John, intarissable, le pousse dans cette voie. La suite l'atteste, Michel à un pas du gouffre, s'attriste sur son sort et se plaint d'avoir perdu son innocence en frappant de rage sa captive. L'extrême jouissance retirée en l'entendant s'époumoner sous les projections de terre sur le cercueil le pèse. Il ajoute que plus jamais rien ne sera désormais comme avant… Effrayé par son reflet, il la délivrera bientôt, avant le point de non-retour. Même s'il aimerait serrer son cou entre ses doigts, lui arracher de nouveaux cris. Il adore l'écouter hurler de peur, ça l'excite. C'est pourquoi il doit la relâcher au plus vite… Puis dans le mail suivant il avoue, attisé par John, mériter de succomber sans complexe à ses vices. La société dévalorise souvent ce qui peut nous procurer bonheur : le chocolat fait grossir, la cigarette vous tue assurément, l'alcool provoque des accidents et j'en passe… Il a libéré la belle de ses chaînes physiques. Elle lui voue une telle servitude qu'il va jouer quelque temps avec elle. Il a encore besoin d'un peu de temps pour que fasse son chemin l'idée de déployer sur Elise toute sa verve, de foudroyer celle qui le tente un peu plus chaque jour. Ce sont les femmes comme elle qui provoquent ses pulsions. A elles d'en assumer les conséquences !

Nous y voilà. La résignation et l'acceptation de Michel jalonnent son passage de l'autre côté de la ligne. Il ouvre la clé de son âme et de son esprit à l'abomination. Elise sera la toute première victime d'une longue série. Désormais, plus rien n'interrompra les massacres de cet individu assoiffé de sang. Il projette ses propres démons sur elles. Il les supprimera, les personnifications du mal qui le rongent. Et plus il les annihilera, plus il prendra son pied. Et plus il prendra son pied, plus sa fièvre de tuer s'accentuera. La noirceur au sein de feu Emily Harper n'avait pas germé dans le même terreau. Une mauvaise graine, vengeresse, s'était terrée dans le lobe émotionnel, arrosée quotidiennement depuis sa plus tendre enfance par un mauvais jardinier, très mauvais. La première fois qu'Al considérait l'une de ces plantes toxiques comme la victime d'un autre monstre. D'ordinaire il déterrait la racine de ces légumineuses pour les empoter, mais concernant la belle rousse qui partageait sa jardinière, il éprouvait de la compassion. Elle n'était pas comme eux, elle éprouvait encore de l'empathie, pas pour tout le monde, mais elle en éprouvait encore. Et toute la différence réside en cette toute petite chose qu'est l'empathie. Elle n'aurait jamais pu toucher à un enfant, ça non. En tout cas, il espère à le croire. La concernant, il s'est tant fourvoyé. Se pourrait-il qu'elle ait feint ses sentiments comme tout bon manipulateur qu'ils sont ? Non, il l'aurait deviné. Il était rompu à identifier la couche d'indifférence derrière le mensonge. Et elle était encore capable d'aimer, pas dans l'appropriation mais dans le don de soi. Et elle l'avait aimé. Sinon pourquoi ne l'avait-elle pas assassiné ? Elle l'avait aimé et cette pensée le réconforte un peu, le plonge dans la mélancolie : leur rencontre, leur premier dîner, le mariage, les pique-nique improvisés dans son bureau, les repas festifs avec les amis, les voisins…

L'image du passé disparait peu à peu sur le visage d'Amy. Elle aussi se donne à « cœurps » perdu dans leur histoire. Il l'a connue incapable d'engager ses sentiments dans une relation. En remplacement, elle s'abandonnait dans le plaisir de la douleur à l'autre. Mais lui, cela ne lui suffisait plus. En fait, cela ne lui a jamais suffi. Elle l'a lu dans son regard, son désir de la plaquer, définitivement. Et elle a réagi, comme toute femme est capable de réagir par amour, la résilience. En à peine quelques mois la chenille a éventré son cocon pour déployer ses ailes. Le papillon s'est envolé butiner les roses rouges. Juste pour lui, pour ses beaux yeux. Conscient de son effort pour aimer comme lui désire être aimé, « nous le ferons avec la tendresse de notre amour », de cette seule phrase elle l'a conquis pour toujours. De cette seule phrase, elle se jette dans le vide, tête la première, avec une confiance aveugle en son homme. Il la rattrapera au vol, avant qu'elle ne touche le sol. Il la fera planer dans les cieux au dessus des nuages, au plus proche du soleil. Elle ne sait pas tout ce que cela induit, elle ne sait pas où cela va la mener. Elle ne connait ni le voyage, ni la destination. Elle va emprunter cette nouvelle route avec toute l'appréhension de l'inconnu, avec cette crainte de ne rien gérer, d'être en perpétuel danger. C'est accepter d'avoir un pied dans le précipice, le bras retenu par celui à qui nous avons dévoilé nos brisures, nos faiblesses et nos fêlures. Elle suit son homme, son guide dans la quête d'un vrai foyer.

Lui, il sait. Il sait que le chemin sera long et pénible pour gagner l'absolution d'une vie à deux. Il sait qu'il leur faudra user de compromis et de concessions, qu'ils traverseront les icebergs du quotidien, les tempêtes, les naufrages et les engueulades. Il sait qu'ils devront s'asseoir sur leurs fiertés et que seule la communication maintiendra le navire à flots. Lui, il sait tout cela. Il sait également que la terre promise, le bonheur de vieillir à deux, les attend. Et au détour d'un rocher, s'ils s'échouent en pleine mer, le voyage en lui-même aura vraiment valu la peine d'embarquer sur le fameux trois mats…

Léo, Paris

16

Léo ronge son frein en bouquinant le canard régional. Trois plombes qu'il tamponne le sol de son pied. L'heure sur la quincaille de son poignet indique dix minutes de plus depuis sa dernière vérif. Il ne supporte pas le temps perdu. En planque ce n'est pas pareil, il est à l'affut la truffe dans le vent. Là il s'emmerde sur le siège de l'aéroport. Les voyageurs se promènent de long en large dans les couloirs. Ils s'attardent dans les boutiques, achètent des cadeaux pour leurs proches, se munissent de nourritures, de livres et de magasines qu'ils grignoteront à loisirs. Une femme de ménage, pardon une technicienne de surface, pousse la balayeuse en marche. Pour Léo, les dénominations à particule pour redorer le blason des postes ingrats, c'est enduire la merde en barres de confiote de caviar. Ca veut donner l'illusion que c'est bon mais l'ensemble n'donne pas plus envie d'en bouffer. C'est s'foutre des malchanceux trop pauvres pour avoir droit, sinon au nectar, à une bouffe potable. Qu'on leur retire la particule et qu'on leur file un salaire décent, ce serait leur faire meilleur honneur. Léo se lève à nouveau et comme un cave en manque il tournicote. Il n'tient pas en place. Son comparse se pointe enfin, le moment de régler ses comptes :

- Salut vieux. Tu m'fais la gueule ?

- Tu n'crois pas que c'est à moi de te poser la question. Depuis que tu sautes ta greluche, tu m'évites.

- Mouais, je sais j'ai fait l'idiot. J'n'ai pas l'habitude de ces conneries moi.

- De quelles conneries tu parles ?

- Les coups de foudre et tout le tremblement. Alors tu piges, j'me suis fait piéger comme un bleu par une p'tite souris. Mais j'te jure on ne m'y reprendra plus.

- N'aggraves pas ton cas, ducon. Ça ne m'dérange pas que tu t'emberlificotes d'une demoiselle, le truc c'est qu'elle doit s'enticher de toi comme tu es.

- Et qu'elle ne m'impose pas de choisir entre mon vieux compagnon et elle. C'est bon j'ai compris la leçon. Alors tu n'm'en veux pas trop ?

- Ce s'rait la bérézina de t'faire la tronche jusqu'à ce que l'un de nous clamse.

Les deux brisquards s'empoignent les avant-bras et s'attirent l'un l'autre dans une accolade réconciliatrice.

- Gaby, tu sais ce qui m'a le plus manqué ?

- Non.

- Les bons petits plats d'Azalie.

- T'es décidément irrécupérable !

*****

L'avion se pose sur la piste de l'aéroport de Paris. Al sort deux photos de sa poche et s'incruste dans la file pour descendre de ce maudit appareil. Les jambes ankylosées, les fourmilles dans les pieds, il traîne sa carcasse vers la sortie. Sa vieille plaque de flic en évidence, il traverse le service de douanes. Les regards envieux des autres passagers bloqués en masse derrière la ligne de discrétion l'amusent. S'ils veulent le laisser passer, ils n'ont qu'à prendre le job avec. Mais ça, ils ne sont pas prêts de l'encaisser ! Ils sont agglutinés, serrés comme des sardines, se bousculent les uns les autres, baragouinent dans toutes les langues, et pourquoi ? Pour s'entasser à nouveau vingt minutes plus tard autour des tapis roulants, en chasse de leurs valises… Al, lui, avait voyagé avec son sac kaki dans la cabine. Il le tient de son épisode dans l'armée. Il l'accroche dans son dos une anse à l'épaule. Il repère immédiatement ses alter-egos français, pas difficiles avec leurs têtes de flics de Province. Ou que nous nous trouvions sur cette bonne vieille Terre, même en changeant de costume, un paysan ressemble à un paysan, un curé ressemble à un curé et un poulet ressemble à un poulet! Question de posture et d'attitude! Par mimétisme inconscient et pour une intégration corporatiste, nous adoptons l'image sociale que nous nous faisons de notre métier, de notre classe.

Léo et Gaby guignent au loin un énergumène en jean, chemise et barbe de trois jours sous une coupe grisonnante. Le fonctionnaire assermenté pourrait aisément être confondu avec un clochard. Les deux compères sont immédiatement saisis par l'écrasante présence du brisquard. Pourtant Léo n'est pas de ceux que l'on impressionne facilement. Les trois hommes se saluent d'une forte poignée. Un moyen pour se jauger, évaluer leurs valeurs, leurs testostérones. La rencontre fortuite et improbable d'un lion, d'un tigre et d'une panthère noire sur le même territoire. Soit les trois fauves s'estiment et tolèrent la présence des autres, soit ils s'enragent dans un combat sanglant. Pour l'heure les deux français conduisent l'amerloque vers Lyon, gyrophares hurlants. Al, épuisé par la dizaine d'heures de vol s'assoupit à l'arrière de la voiture.

Le vieux Lyon, Al fronce les sourcils, s'étire. Il se sent à l'étroit dans ces vieilles ruelles gallo-romaines. Un entortillement de tentacules. Ils se nouent dans tous les sens, étranglent la bête jusqu'à lui faire régurgiter sa bile noire. Des milliers de particules s'éparpillent dans l'oxygène, irrespirable. L'américain s'étouffe. Il faut avouer que son pays offre de grands espaces, même dans les plus grosses mégalopoles. Des dizaines de tours s'élèvent dans le ciel, à pertes de vue. Des centaines d'étoiles éclairent les champs de pierres. Les avenues sont si larges que du haut de ces montagnes d'acier, les passants se fondent dans le sable mouvant des macadams. Impossible de traverser les vastes rivières, remontées par les bans de turbos, sans l'aide de ponts balisés et de samaritains tricolores. Le grand air ! La voiture s'immobilise devant la devanture d'un hôtel. Certes ce n'est pas un cinq étoiles mais acceptable pour éteindre ses réflexions le temps d'une chanson douce. Al salue ses chauffeurs et s'écrase sur le sommier pour quelques heures. Il en a profité pour revendiquer sa présence pendant l'arrestation de Michel prévue tôt dans la matinée, comme simple observateur. Ils ont acquiescé histoire de l'instruire sur l'efficacité des méthodes employées dans leur juridiction.

Amy, USA

17

    Lewis fonce dans le bureau d'Amy, une bombe sous le bras. Il la coupe en pleine réunion avec un attaché de presse au nez crochu, menton pointu, yeux de fouine et front plissé. Elle ne tolère pas ce comportement qui entache sérieusement son autorité. Déjà qu'elle ne supporte pas les vautours gratte-papiers dont la seule fonction se résume aujourd'hui à intensifier les effets d'annonce et augmenter superficiellement leur audimat... Elle regrette le temps du journalisme dont la fonction principale, que dis-je, la grande mission de "l'information pour tous" signifiait encore quelque chose. Lewis lâche un dossier sur le bureau. Il est survolté, comme s'il s'apprêtait à appuyer sur le détonateur mais que sa conscience l'en dissuadait. Amy raccompagne, désolée, le scribouillard vers la porte. L'homme à peine dehors, Lewis se lance d'un flux rapide et saccadé :

- Je ne veux pas cracher sur elle mais c'est trop louche pour que je me taise.

- Qu'est ce qu'il t'arrive, Lewis ?

- C'est Esther, elle si scrupuleuse dans son travail. Ce ne peut être une erreur.

- Quoi ? Parle maintenant.

Amy saisit le dossier et le parcourt rapidement.

- Et alors ?

- Il manque les résultats de plusieurs examens médicaux impératifs à l'enquête.

- Ils ont du être éparpillés parmi d'autres papiers.

- Tu penses bien que j'ai déjà vérifié auprès des différents services. Non, il semble que ces examens n'aient jamais été pratiqués.

- Elle est peut-être perturbée en ce moment. Tu sais, on a tous traversé des cataclysmes ces derniers temps. Elle a quand même autopsié Bill et Jimmy.

- Tu as sans doute raison.

- Je vais aller la voir et elle me dira ce qu'il en retourne. L'explication se révèlera si banale que tu seras tout penaud de l'avoir soupçonnée de... De quoi d'ailleurs ?

- Merci patronne.

- Dégage, maintenant.

Elle attrape son sac à main, y fourre son calibre et se dirige vers le cabinet de sa copine.

*****

Amy rejoint Esther assise à la terrasse d'un vendeur ambulant. Les sandwichs dégoulinent entre leurs doigts à mesure que leurs crocs s'enfoncent dans les saucisses. Elles s'essuient régulièrement les lèvres cochonnées par la sauce. Amy s'extasie la bouche pleine :

- Mmmmhhh... Je me régale ! Ils sont d'enfers ces hot-dogs !

- Je te l'avais bien dit, ce sont les meilleurs du pays !

- Je ne sais pas si ce sont les meilleurs de pays, mais la sauce est une tuerie !

- Bon alors, qu'avais tu de si urgent ?

Amy enfourne le trognon et se lèche les doigts. Elle ne laissera pas la moindre goutte de ce merveilleux mélange nourrir les fourmis. Elle lui balance le dossier sur la table. Le médecin légiste ne s'abaisse pas à l'ouvrir.

- Qu'est ce que cela veut dire ?

- Concernant notre affaire, Lewis a remarqué des irrégularités sur tes dernières opérations.

Esther fronce les sourcils. Son nez se retrousse, ses muscles se compressent. Elle vocifère :

- Quoi ? Tu me soupçonnes maintenant ?

- Non, mais il y a là de quoi se poser des questions.

- Vous vous ennuyez au point de fouiller mes corbeilles !

- Je t'ai convoqué pour me donner ta version des faits, une explication logique…

- Oh excuse-moi, je n'avais pas compris. C'est une convocation. Moi qui croyais bêtement déjeuner entre amies !

Alors pour ta gouverne, je ne suis pas sous tes ordres, je n'ai pas à me justifier devant toi. Si tu as un problème avec mon travail, réfères-toi à mes supérieurs. Sur ce, bon après-midi.

Elle quitte aussi sec la table. La colère inappropriée d'Esther ne rassure pas Amy, maintenant persuadée que son amie dissimule un secret. Un secret si inavouable qu'elle préfère se fâcher avec elle pour ne pas s'étendre sur le sujet.

- Esther, Ne le prends pas comme ça... Attends...

La réaction de son amie est franchement démesurée. Pourquoi s'est-elle braquée ainsi ? D'ailleurs elle n'a donné aucun argument convaincant. Ses soupçons s'intensifient aux rythmes de ses pas. Mais au fait, comment savait-elle ce que comportait le dossier sans même y jeter un œil ? Troublée, Amy appelle Al et lui fait part de ses dernières découvertes. Ils n'ont pas encore soutiré une seule information de ce Michel. Al lui fait promettre de faire attention. Elle le rassure et l'embrasse avant de raccrocher. Encore quelque pas avant le voile noir, un sac sur la tête. Réflexe, elle empoigne la crosse de son arme dans son sac. Pas le temps, une piqure l'envoie dans les profondeurs du néant.

18

Al observe le scénario par la vitre arrière de la fourgonnette banalisée. La cible traverse la rue, encapuchonnée dans un vieux polo grisâtre. Al n'aurait jamais croisé quiconque autant vêtu à cette époque de l'année dans la Louisiane, même à cinq heures du matin. Léo, grimé en vieux clodo mal dégrossi, pousse son caddie dans l'allée. Gabriel, dans un moule-au-corps fuchsia s'étire, le dessous du maillot noué à la taille dans une pathétique caricature ultra-efféminée de l'homosexuel en mal d'un esthète moustachu. Quelques avances auprès de Michel. Ce dernier refuse poliment en retirant sa clé de la serrure. Le policier noir profite de la promiscuité, le suspect porte un flingue dans l'élastique de son froc. La porte s'entrouvre. L'alerte sonne dans les oreillettes. Gaby tamponne le lascar contre le chambranle de porte, bloque le calibre de l'empaffé contre lui. D'un bond, Léo est sur le bonhomme. Il lui colle le canon sur la tempe. Gaby s'empare de l'arme du malfrat. D'un geste, Léo lui encastre la gueule dans le mur. En deux temps trois mouvements, il est projeté dans la camionnette direction le commissariat le plus proche. L'appartement leur ouvre les bras pour la perquise. Les schtroumpfs lyonnais vont s'y donner à cœur joie.

Quatre heures à cuisiner le commis, il refuse obstinément de se mettre à table. Le chef Léo lui colle la carte sous le nez : prisons fermes assaisonnées de passages à tabac. Il avale sans sourciller la note qui s'annonce salée. Ce n'était que le hors d'œuvre. Al reste en coulisse, interdiction d'intervenir en cuisine. Il trépigne, ses pieds battent le beurre, ses œufs gonflent et montent dans le gosier. La marmite chauffe à ébullition. La mayonnaise tourne. Il ne tient plus et fuit les fourneaux du fast-food. L'odeur des restes de la couche sociale élevés en batteries, enfermés sous cloches, ça finit par le débecqueter. Il est rare de voir débouler un produit de luxe dans ce capharnaüm d'abats dégraissés à la vinasse. Et quand la chance sourit au cuistot, le homard replonge rapidement dans ses eaux claires loin des tracas du gavage, du stress et de la pollution. On est loin du bio élevé en plein air, et pas par choix croyez-moi.

Al caresse les pavés de la vieille ville, lorsqu'au détour de la place de l'Opéra il tombe nez à nez avec Katia, la fille de John. Curieuse coïncidence, la belle rousse agréablement stupéfaite s'enquit aussitôt :

- Mais que fais-tu ici ? Tu t'es perdu ?

- Je suis là pour une affaire.

- Tu ne t'étais pas mis au vert ?

- J'y serais bien resté si personne n'était venu me soutirer de ma tranquillité.

- Voyons, tu n'es pas homme à te laisser mener par le bout du nez. Cette affaire est spéciale, n'est-ce pas ?

- On ne peut rien te cacher.

- Qu'a-t-elle de si particulier pour te faire changer d'avis ?

- Disons qu'elle recèle les relents d'un souvenir.

- Souvenirs que tu aurais préféré oublier ?

- Il est de ceux impossible d'effacer de sa mémoire et vous hante jusqu'à votre dernier souffle. Mais et toi, qu'es-tu venu faire dans ce trou perdu ?

Pour Al, comme pour beaucoup d'américains, la France se résume à la Tour-Eiffel et aux magasins de prestiges. Il se peut que certains désignent le bon Etat sur le globe mais il ne faut guère en demander plus. La chaussée si étriquée à son goût complète son ressentiment face à ce qu'il considère comme antiquité. Il ne perçoit ni la richesse culturelle, ni le pittoresque, ni la singularité de cette cité dans laquelle s'est croisée tant de peuples tout au long des siècles. Ici des vestiges gallo-romains, et là des restes de la dynastie de Médicis sous la bienveillance de la majestueuse Notre Dame de La Fourvière…

- Tu n'as pas remarqué les affiches ?

- Je n'y ai pas prêté attention, non.

- Je suis invitée ce soir à jouer à l'Opéra.

- Si je l'avais su plus tôt, j'aurais acheté un billet sur internet.

Katia lui tend une invitation, la mine détendue légèrement reposée sur le côté, coin des lèvres rehaussé. Sa moue prend le policier au dépourvu. Sa bouche s'assèche, petits gargouillis dans l'estomac et chair de poule.

- Je serais enchantée de te savoir dans le public, un visage familier parmi les fantômes.

- Dans ce cas, après ta représentation, je te rembourse par un bon resto.

- Je choisis l'auberge. Attends-toi à quelque-chose de… singulier.

- Je vais devoir te quitter. Le devoir m'appelle.

Al lui glisse un baiser sur la joue.

- A ce soir, alors.

- A ce soir.

Cette rencontre fortuite a calmé ses nerfs. La jeune rousse a décidément le don d'apaiser sa tension nerveuse, que ce soit derrière son piano ou sur un carrefour. Son téléphone vibre, Amy.

Elle lui raconte son déjeuner avec Esther. Pour la première fois, il lui semble qu'Amy lui cache quelque-chose. Il ne peut pas mettre un mot dessus, une forme d'intuition. Elle ne lui dit pas tout, peut-être en rapport avec leur amie, peut-être veut elle une confirmation de son information avant de lui en faire part.

19

Une journée entière à maintenir le détenu sous pression, sans résultat. Le soleil abandonne la ville aux turpitudes de la nuit. Finalement Michel regagne sa cellule sous la surveillance d'un codétenu assez costaud et peu jovial à l'encontre de supposés violeurs. Bien entendu, un geôlier interviendra avant que l'agression n'aille trop loin. Cette méthode peu orthodoxe a déjà fait ses preuves. Léo et Gaby proposent à l'américain de se remplir la panse au bistro. Al les éconduit gentiment au devant de son rendez-vous galant.

Dans un smoking, il faut bien un début à tout, les symphonies endiablées de la machine infernale l'ensorcellent. Al essuie les traces de ses derniers émois sur la peau de son visage avant d'accompagner la talentueuse pianiste dans la cour d'un vieux bâtiment. Elle s'est travestie d'une magnifique robe chauve-souris bleue, les larges manches virevoltent au gré de ses mouvements. Une cordelette lie l'ensemble à la taille, le nœud sur le côté, et dessine sa ligne. Elle lui tend la veste qu'elle avait conservée affectueusement. Ils passent sous le porche, un peintre expose ses toiles. Katia l'enjoint à lever la tête. Des spots lèchent les murs des bâtiments architecture Catherine De Médicis, et éclairent la traboule depuis le toit. La renaissance de La Renaissance dans un patio. Une armure surveille la lourde porte en bois du restaurant. Ils s'assoient sur des longs bancs, au côté d'étranges citadins vêtus de tenues moyenâgeuses. Un breuvage à base de malt leurs sont servis dans des cornes de bœufs. Ils trinquent à l'unisson, sifflent la concoction d'un trait. Les plats d'époque leurs sont déposés dans des bols de terre cuite. Pas de fourchette, pas de couteau, seule une cuillère en bois pour boire le bouillon, rogner la viande à l'os, engloutir les légumes, les fruits et les drôles de tubercules dont il ne soupçonnait même pas l'existence. La soirée atypique promise par Katia est réussie. Elle s'amuse de son gros pataud de convive. Il se démène pour décarcasser sa viande avec les dents, avec toute la délicatesse possible pour ne pas copier son buffle de voisin. La main douce de Katia tapote le bord de sa serviette sur les fines lèvres du policier, il la recouvre de ses deux paumes. Sa frimousse l'attendrit. Il effleure des lèvres ses doigts étirés par la musique. Ils échangent sans un mot. Soudain des artistes locaux s'élancent dans la pièce, cracheurs de feux, jongleurs, acrobates. L'odeur de festivité se répand comme la poudre. Le public attablé se lève, tambourine des pieds, récompense les saltimbanques en frappant de leurs poings la table. Violonistes, flutistes et autres troubadours accompagnent ces joyeux lurons dans le rythme effréné de chansons médiévales, bretonnes, et paillardes. Et ça danse, ça saute, ça rit. Katia entraîne Al dans la frénésie des bourrées. Les mains jointes, le couple tourbillonne en s'esclaffant, dans un sens puis dans l'autre. Soudain Katia perd l'équilibre et tombe dans les bras d'Al. Leurs lèvres s'unissent dans un tendre baiser. Il l'encercle de ses bras musqués. Il est bien avec elle. Il s'amuse comme un gamin en sa présence. Il oublie tout, elle lui ressemble tant. Elle est la seule à réussir ce tour de force. Ils s'embrassent à nouveau. La soirée se termine. Ils se séparent dans un dernier échange buccal. Ce n'était qu'un entracte, une pause d'innocence. Ils savent l'un et l'autre que ces caresses ne signifiaient rien sinon peut-être que plus rien n'importait à part l'instant présent, au moins le temps d'une soirée.

Puis la douche froide. Le monde extérieur se rappelle à lui, d'une gifle magistrale. Il apprend la disparition de sa belle et tendre Amy. Ses collègues n'ont plus aucune nouvelle d'elle. Il l'appelle sur le portable quinze, vingt fois. Il sonne dans le vide jusqu'à l'enclenchement du répondeur. Enième message. Il se recroqueville dans son lit à côté de la veste, le souffle de la pianiste à la longue chevelure rouge parfumé sur le col. D'une soirée endiablée, il bascule dans l'horreur, l'horreur du doute. Tout se profile dans sa tête, du scénario du mal jusqu'à celui du pire. Il s'endort tout habillé, meurtri sur un oreiller humide.

Le matin, guère mieux. Il se débarbouille au dessus du lavabo de la salle de bain, referme le sac sur ses fringues entassées comme un sagouin. Son ancien supérieur lui dégotte un billet d'avion pour l'après-midi même. Comme quoi, quelques bonnes relations gardées dans sa manche peuvent toujours servir. L'activité l'empêche de cogiter. Dans ces moments réfléchir devient son pire ennemi, un traitre à la solde de la bouteille. Son portable sonne. Il se jette dessus : les jumeaux. Il tremble d'effroi. La voiture d'Amy est intacte, garée sur une place de parking. Elle na pas bougé depuis la veille. Aucune effraction. Ils ont suivi le chemin à pied depuis la sandwicherie, le dernier endroit connu depuis sa volatilisation. Sur le bord de la route, reposait un énorme bouquet de pivoines rouges au côté d'une photographie de son ex-femme. Al n'écoute plus, n'entend plus les jumeaux dans le combiné. Son esprit s'est fait la malle. Il a le tournis, son fessier s'écrase sur le lit. La culpabilité lui noue l'estomac. Pendant qu'il dansait elle se faisait kidnapper, pendant qu'il embrassait Katia elle était peut-être en train d'agoniser. Qui sait ? Son dîner remonte par l'œsophage. Il titube jusqu'à la salle de bain et vomit son dégoût dans la cuvette. Il se passe la tête sous l'eau du robinet, le crâne encore endolori. Il s'essuie la serviette sur la tête. Elle glisse sur ses épaules. Il découvre son reflet dans le miroir, un homme qu'il méprise, une larve qui ne mérite pas l'amour d'une femme. Ne pas craquer…

Il descend le sac sous le bras. Le commerce en face de la porte de l'hôtel l'envoûte. Il n'y avait prêté attention, jusqu'à maintenant. Il se tient devant le comptoir un verre de whisky servi à bonne température.

Il tend le bras vers le miraculeux élixir. Une gorgée pour tout effacer, pour nettoyer sa sale gueule de pourri. Soudain l'image d'Amy… Elle est peut-être encore vivante… Il n'a pas le droit de l'abandonner à nouveau… Sa magnifique Katia a besoin de lui… Et même si elle devait mourir, Emily n'accepterait pas de le voir s'imbiber de cette cochonnerie… Il doit respecter sa mémoire… Tout se confond, passé, présent, avenir. Peu importe. Il éloigne le verre, paye l'addition de la boisson, et choppe le premier taxi venu direction commissariat. Aux passages des feux tricolores, ses neurones se coordonnent.

Amy, USA – Al, Lyon

20

Amy émerge, les membres ligotés sur une croix d'André, entièrement dévêtue. John lui lèche le visage : .

« Bien, on va pouvoir s'amuser.

Cette voix, impossible. Elle lui crache au visage.

- Salaud !
- Je t'avais promis de te faire crier comme jamais. Je tiens toujours mes promesses. Inutile de t'inquiéter pour lui, il ne souffrira pas, je te donne ma parole. Mais toi, je vais te faire languir.

Sur la table, au pied de la potence, sont répartis tous les outils nécessaires à son éviction : tenailles, écarteurs, verres pilés, rasoirs, cutters, fers à souder, hameçons, cuillères, écrase-noix, aiguilles, pince monseigneur, meuleuse, perforeuse… Il approche la pointe d'un scalpel, sa vessie se vide instantanément. Il presse la lame.

Son calvaire va effectivement durer longtemps, très longtemps.

*****

Michel est toujours dans la salle d'interrogatoire, les deux agents jouent au gentil et au méchant flic. Al lance un signe de tête au policier en retrait devant son écran. Il enregistre depuis la caméra câblée dans l'angle de la cage. Sa réponse est irrévocable, un mouvement de gauche à droite, dépité. Deux heures de plus dans l'antichambre à se farcir la tronche de cake figée devant les assauts répétés des deux abrutis. Ses limites sont atteintes. Al explose la porte, interpelle le prisonnier en basculant sa chaise en arrière.

- Je vais porter plainte !

- Ne te gènes pas, je suis sans insigne.

- Quoi ?

- John ! C'est moi qui l'ai coffré. Tu le connais, n'est-ce pas ? Lis ça, lis ! »

Il lui montre les échanges de mails et lui fourre les papiers dans la bouche. Il le traine par les cheveux jusqu'à la caméra. Il arrache le câble et l'enroule autour de son cou. Il serre fort. Les veines du visage de Michel ressortent. La peur le défigure. Non pas la peur, la terreur. Il devient rouge. Il étouffe. Sa gorge comprimée se détend. Il est sur le point de s'évanouir. Al dégage la trachée, lui décoche une torgnole à réveiller un mort ! Il lui crache, sa mâchoire à deux centimètres de la tronche :

- Alors tu vas parler ! Qui te demande de tuer ? Qui ?

- Je vais tout vous dire, mais arrêtez-le ! Je vous en supplie, arrêtez-le !

- Parle, non de Dieu, parle !

- John ! C'est John !

- Menteur ! Tu n'as jamais pu le rencontrer, il est mort ! J'ai récupéré son cadavre.

- Non. Il était parti incognito de votre pays. Il m'a entrainé, enseigné ses préceptes. Je suis devenu le premier évangéliste de sa nouvelle église.

- Tu divagues !

- Il m'a dit : "Tu seras la pierre de mon édifice. Tu devras tuer selon ma méthode et l'enseigner à ton tour à d'autres élèves qui l'enseigneront également à leurs tours."

- Assez! Il est mort!

- Il est vivant je vous dis ! VIVANT !

- Où est-il ?

- Il est reparti vivre dans sa région natale.

- Fuck !

Al se tourne vers les deux compères abasourdis :

- Il est à vous.

- Où allez-vous ? demande Léo.

- Je suis pressé. Je dois prendre mon avion. Appelez-moi dès qu'il aura fini de vider son sac.

- Tu ne peux pas malmener un de nos suspects et te barrer comme ça.

Al montre les crocs, noir de haine :

- Je viens d'apprendre que ma compagne et collègue est certainement dans les pattes d'un redoutable psychopathe. Les monstruosités dont ces énergumènes sont capables dépassent sans nul doute votre entendement. Alors le bien être de cet empaffé assis derrière vous, je m'en tamponne la rondelle. Et si vous décidez de m'empêcher de prendre mon vol, je vous écrase ! Me suis-je bien fait comprendre ? »

Pour seule réponse le policier s'écarte, la mine déconfite.

Petit retour dans le passé…

21

Qui pouvait bien le demander ? Chris attendait dans le parloir. Il n'avait pas encore été affecté à la prison qui lui était assignée. D'ailleurs personne ne l'avait informé à ce sujet. Il ne savait donc pas où il échouerait. Il s'en souciait peu, il n'avait aucune visite. Même sa mère, sa propre mère, celle qui lui avait donné le sein, était abonnée absente. Tout de même, s'il avait su il ne se serait pas donné la peine de lui donner le change, il aurait été bien plus avare sur ses câlins. Elle le considérait à présent comme un monstre, un paria. Elle faillit à ses devoirs de mère, cette cruche sensible est indigne de lui. Même si elle s'était présentée aux portes du pénitencier, il aurait refusée de la voir. Mais qui donc pouvait bien le demander ? Le susnommé par les gardiens était inconnu au bataillon.

Un homme casquette vissée, tête baissée, s'installa. Il releva son front et glaça le jeune garçon. Comment se pouvait-il ? Il l'avait tué ! Il l'avait vu s'éteindre !

- Eh bien ! C'est ainsi que tu accueilles ton mentor ! Un bonjour ne t'écorcherait pas la bouche.

- Mais… Balbutia Chris

- En chair et en os ! Tu souhaites des explications, je conçois. Je n'ai pas succombé à une crise cardiaque. L'ordonnance était un faux. J'ai avalé une drogue de ma composition avant que tu n'abuses de tes bistouris. Elle donne l'aspect cadavérique à celui qui l'avale. Il subsistait un risque : si un antidote n'est pas inoculé dans l'heure de la prise, le décès se vérifie. La puce sous ma nuque me fournissait l'assurance d'un débarquement rapide des policiers, et donc de mon docteur. Et me voilà libre comme l'air !

- Comment savais-tu que j'allais m'en prendre à toi ?

- Je ne t'ai pas choisi pour rien. J'avais besoin de quelqu'un à la fois dangereux et manipulable. Et je t'ai trouvé, novice et prometteur.

- Tu ne m'as pas trouvé. C'est moi qui suis venu à toi.

- Pourquoi crois-tu que j'ai écrit mes mémoires ? Pour les séances de dédicaces. Et pourquoi les séances de dédicaces ? Parce-que je savais que parmi mes fans se glisseraient des psychopathes de notre trempe. Et je n'avais plus qu'à piocher parmi eux celui qui servirait mes desseins.

- Manipulable ?!?

- Qui t'a enseigné les rudiments de notre art ? Qui t'a proposé de prendre une place historique ? Qui t'a suggéré un personnage reconnu dans le monde comme cible, quelqu'un facile d'accès? J'ai aussi compté sur ton instinct primitif, tuer le mâle dominant, tuer son père. Enfin je t'ai sodomisé, un petit coup de pouce pour m'assurer que tu ne flancherais pas, tu devais avoir une envie profonde de t'acharner sur moi. Tu m'as proposé de garder mes chaînes et vivre par procuration, j'ai préféré les briser.

- Tu m'as pris pour un pigeon !

- Saches que depuis le début, tu as été un élément déterminant dans un projet qui te dépasse.

- Je suis enfermé entre quatre murs !

- Ton sacrifice n'aura pas été inutile. Et si je suis ici, c'est qu'il te reste encore un rôle important à jouer.

- Et pourquoi je le ferais ?

- Pour le projet.

- Quel projet ?

- Un nouvel ordre mondial ! Imagine une armée de prédateurs organisés en un seul objectif, frapper sous le même bastion. Imagine-nous engendrer le chaos, créer la terreur dans chaque recoin de la planète. Le retour à la loi de la jungle. Nous en serons les lions, les tigres, les prédateurs, les chasseurs, en somme les rois.

- C'est complètement fou !

- Fou…peut-être mais le mouvement est déjà en marche. J'ai besoin de toi.

- Que devrai-je faire ?

- D'ici quelques mois tu recevras deux visites. La première, une rousse viendra de ma part pour te rappeler les engagements que tu vas prendre aujourd'hui. La seconde te questionnera sur mes activités. Tu l'informeras sur mes échanges de mail avec un français dénommé Michel Félix. Rien de plus, rien de moins. Tu t'en souviendras ?

- Michel Félix, oui. Comment saurai-je si j'ai bien affaire à notre bonhomme?

- Aucune difficulté, tu le reconnaitras sous les traits d'Al Brown ou l'un de ses sbires.

- Es-tu sûr qu'il se déplacera jusqu'à moi ?

- Ne t'inquiète pas pour cela. Je laisserai assez d'indices pour le contraindre à quitter sa tanière et le mener là où je le souhaite.

- Qu'est ce que j'y gagne ?

- Ton évasion.

- Impossible. D'ici là je purgerai ma peine dans une prison fédérale.

- Fies-toi à moi. Je te ferai sortir en beauté, par la grande porte !

Retour au présent
Al, USA

22

Al pose les pieds sur le sol de la Louisiane. Des musiciens dans l'aéroport bondé expriment leurs jazz aux touristes venus se débourser dans le berceau du rythm&blues. Les jumeaux le choppent :

- Un courrier anonyme nous est parvenu il y a moins de dix minutes, elle nous indique où récupérer Amy. Nous t'embarquons. Les collègues sont déjà en route.

- Des détails ? Elle est en un seul morceau ?

- Rien ne l'indique dans la lettre.

Ils courent jusqu'à la caisse du blondinet à lunettes. Al lui ordonne, sans la moindre objection possible, de lui balancer les clés. Il agrippe le volant et fonce dans le tas, pied au plancher. Arnold le guide « A droite… A gauche… Deuxième sortie sur le rond point… ». Les pneus frottent sous les à-coups du pilote confirmé. Les deux passagers se cramponnent aux poignets des portières. Al tire sur le frein à main, les bustes s'écrasent dans les ceintures de sécurité, les roues se bloquent sur la boue encore humide. Ils ne sont pas très loin des marécages. Des bestioles fouettent leurs joues tandis qu'ils traversent les rubans de la scène de crime, à l'intérieur d'un parking abandonné. Al ne s'en est même pas aperçu. Il pousse son métabolisme dans le rouge, dans l'élan d'un dernier espoir. Puis le choc, l'innommable. Son amour crucifié, éventré, deux trous béants à la place de se yeux, les intestins enroulés autour de son cou, lacéré, le clitoris sectionné, les orifices violés par des jouets tranchants, les tétons brûlés, des moignons à la place de ses doigts, les os brisés, les tendons et les ligaments distendus, combien de stigmates d'incommensurables souffrances Al a pu encore dénombrer en la détachant. Son corps décharné s'affaisse dans ses bras. Il en a le souffle coupé. Il s'écroule les genoux à terre. Il la pose sur le parterre de pivoines rouges, devant le crucifix. Une bise, rarissime dans cette région, rafraîchit l'air. Un miracle pourrait en cacher un autre. Un dernier imbécile espoir la ressusciter. La foi lui aurait été d'un grand secours. On a tendance à se raccrocher à toutes les branches lorsque la mort abat sa faucille, à toutes ces facéties d'un Dieu tout puissant auréolé d'une immense lumière blanche, emplit de bonté. Al a témoigné d'assez de saloperies pour savoir que s'il y avait un dieu, il aurait supprimé depuis des lustres le libre-arbitre aux hommes. Et puis, un bon dieu ne pardonnerait jamais les péchés par simple prière du commanditaire ou de son avocat, qu'il soit son fils ou non. Al préfère la justice des hommes, sa justice, implacable. Les pétales accompagnent l'âme da sa bien-aimée dans le ciel. Les éclats pourpres de son cœur brisé, arrachés de son vivant, s'envolent. Un dernier souffle sur les lèvres encore chaudes d'Amy. La détresse le submerge, se déverse en un flot continu et creuse un sillon sur ses joues arides. « Que t'a-t-il donc fait mon amour ? Regarde ce qu'il t'a fait… ». Les policiers n'osent esquisser le moindre geste vers l'homme secoué par les spasmes de ses sanglots. Son cerveau s'étouffe, le disque s'enraye, la même chanson se répète à l'infini : « tu m'avais promis des nuits de tendresses ». Plus aucun son ne sort de la bouche de l'amoureux transit, grande ouverte sur le ciel, la gorge serrée. Ses poumons poussent à l'agonie. Un silence de plomb, glacial. Une longue inspiration, Al revient à la vie dans un long déchirement. Il s'époumone les poings sur la cage thoracique de sa défunte, un long cri poussé de ses entrailles. Le ciel craque, la terre s'ouvre en deux, la mer se déchaîne… Les jumeaux accablés marchent lentement vers Al, passent leurs bras sous ses aisselles, le soulèvent du sol, l'éloignent du cauchemar et titubent jusqu'à la voiture. Plusieurs fois Al manque de s'écrouler. Seule la vengeance le maintient debout. Il n'est animé que par cette idée. La maladie contamine toutes ses cellules, se diffuse jusqu'à l'envahir complètement. Il n'est plus que haine. Le trio en deuil croise Esther les traits tirés, le visage blanc comme le linceul de ses cadavres. La vision du médecin légiste en peines le dérange. Il n'en comprend pas le sens. Il boit dans le thermos, assis à l'arrière de la première voiture de police. Les jumeaux lui tiennent compagnie, autant pour le surveiller que pour le réconforter. Son cerveau, jusqu'alors en veille, s'active. En une fraction de secondes, ses neurones cogitent dans tous les sens, récoltent les informations dans sa base mémoire, intègrent les nouvelles données, lient les éléments entre eux. Tout devient limpide. Il connait à présent le nom de la taupe. Jamais l'un d'entre eux n'aurait pu l'imaginer dans ce rôle abject. Ils avaient partagé des affaires, des repas, des souvenirs ensemble… Comment pouvait-elle avoir commis cet acte abominable à leur encontre ? Comment avait-elle pu se jouer d'eux aussi longtemps ? D'ailleurs depuis combien de temps son travail de comédien, de judas dure t-il ?

Sèchement, Al se lève. Il écarte ses compagnons pour passer. Sa détermination les laisse sur le carreau. Il traverse le champ et se dirige vers la dépouille de son amante. Lewis et Arnold le suivent de près. D'un geste de la main, il leur intime de stopper immédiatement. Il s'approche et lance à voix basse, d'un ton pincé, au médecin légiste qui recueille les premiers prélèvements sur son amie :

- Dis-moi, ça te fait quoi ?

- Quoi ? Que veux-tu veux dire ?

- Ca te fait quoi de ramasser Amy à la petite cuillère ?

- Arrête Al !

- Elle venait de te quitter. Tu as contacté John juste après son départ ou c'était un traquenard ?

- Je te jure, je ne savais pas qu'il allait l'éliminer.

- Regarde ce qu'il lui a fait. Il s'est déchaîné sur elle. Tu savais comment cela devait se terminer, d'une manière ou d'une autre. Alors ça te fait quoi maintenant ?

- Je… je suis désolé… je ne voulais pas ça… je te jure... je n'avais pas le choix….

- On a toujours le choix.

- Il a tué mon mari. Il a kidnappé mes petits garçons. Il va les torturer si je n'exécute pas ses ordres.

- Viens avec moi, on va discuter tous les deux.

- Je dois finir son autopsie.

- Un de tes confrères s'en chargera. Toi, tu viens avec moi.

Le bras tiré brutalement, Esther obtempère sous les regards médusés des jumeaux. Il leur fait signe de les suivre. Il la traîne sans ménagement jusqu'au café qui fait l'angle de la rue.

23

Installés à la terrasse, seuls à cette heure matinale, ils épient le serveur. Torse poil, short sur le cul, il enclenche la machine à expresso. Il transporte les quatre cafés à leur table. Dès qu'il eu tourné le dos. Esther reprend son récit. Elle leur explique la pression sur son mari après que John eu découvert par le biais de son apprenti qu'il se passionnait dans l'incendie des maisons.

- C'est pourquoi mon routier chéri était rentré plus tôt, et me déclamait une attention particulière histoire de me soutirer quelques informations sur le lit conjugal. Mais c'était insuffisant, John avait besoin de news plus croustillantes. C'est pourquoi il intima mon cher et tendre de me mettre dans la confidence. Ce qu'il fit. Pour préserver ma fonction, je n'ai pu balancer mon époux. J'ai donc servi John. Je lui envoyais des copies de vos dossiers, le rencardais sur l'avancée de vos enquêtes. Rien de bien méchant puisqu'il ne semblait pas impliqué. Tout doucement je m'enlisais. Il m'a demandé des éléments plus personnels, de découvrir vos petits secrets. Je savais déjà qu'Amy et toi aviez des relations intimes, comme la plupart du bureau. Partant de ce fait, deviner ensuite vos penchants, disons inhabituels, n'a pas été très compliqué. L'attitude étrange et renfermée d'Amy, camouflant ses marques même si parfois un geste malencontreux dévoilait quelques bleus ou brulures sur sa peau. En ce qui concerne Bill, me rapprocher de Jimmy me permis d'en apprendre un peu plus. Mais John connivait déjà avec Jimmy, bien avant que moi-même je fasse sa rencontre. Il me semble d'ailleurs me souvenir qu'ils s'étaient "croisés" pour la première fois à une séance de dédicaces. Enfin bref, après avoir autopsié "le rouquin", j'ai voulu me rétracter. C'est à ce moment précis qu'il a fait assassiner mon mari et enlever mes deux enfants. Il m'a confié vouloir disparaître. Il s'est arrangé pour avaler une drogue. Je l'ai ensuite fait passer pour mort après lui avoir inoculé un antidote. S'il avait trépassé, un de ses complices aurait immédiatement exécuté mes fils.

- Et après ?

- Il m'a cantonné à vous surveiller. Ah oui, de temps en temps je devais porter une perruque rousse et devenir son messager au pénitencier en m'inscrivant sous le nom d'Emily Harper. Je n'ai pas vraiment compris.

- Et Amy ?

- Je te promets Al, je n'étais pas au courant.

- Comment a-t-il su alors ?

- Je ne sais pas.

- Tu vas nous aider à le coincer. Ensuite tu démissionneras, sans explication. Plus jamais de contact que ce soit de près ou de loin avec une enquête policière.

Al tait le jeu qu'il lui fera endosser. Un jeu sur mesure pour une implacable justice, sa justice. Son ancien directeur a aussi une dette à rembourser. S'il avait apporté une oreille attentive à ses alertes, si leur attention était restée concentrée sur John, Amy serait peut-être encore en vie. Et puis si tous ces avides de buzz télévisuels s'étaient abstenus, John serait déjà six pieds sous terre, le trou de l'injection létale dans le bras. Mais c'est Amy qu'il va devoir enterrer. Ils assumeront eux aussi la responsabilité de leurs paresses intellectuelles. Ce n'est pas fini, tous les êtres humains sont fautifs. Tous, sans exception, fautifs de leur nature haineuse, fautifs de leur nature exterminatrice, fautifs de leur apparente inconscience, fautifs de leur insatiable cruauté, fautifs de leur soif de pouvoir, fautifs de leur cupidité, fautifs de tous les maux sur notre bonne vieille planète. Il s'égare, se fixer sur son principal objectif !

Après l'encaissement de leur note, la fine équipe s'élance vers le laboratoire d'Esther. Les jumeaux déballent leur matériel d'écoute et de géolocalisation sur la table d'opération. Elle envoie un signe au tueur par SMS. A peine trente minutes plus tard, son Smartphone vibre. Esther pousse un long soupir. Son index tremble sur l'écran tactile et décroche. Elle répond d'une voix volontairement dure et fière, mais une oreille avertie discerne sous cette couche d'assurance les frémissements de la luette, minuscule et chevrotante. A espérer que les parasites du réseau dissimulent ce grain, s'ils veulent piéger John. Esther raccroche, la sueur au front. Le téléphone s'échappe et s'aplatit sur le carrelage. Ses jambes se font la malle, elle s'affaisse. Al lui empoigne la main et la relève « C'est loin d'être suffisant ! »
Les jumeaux ont localisé son terrier. Elle n'a que deux jours pour préparer son entretien, apprendre par cœur son texte, donner le change, éviter d'éveiller les soupçons du prédateur. Ce dernier ne s'est apparemment pas méfié certain de son influence sur la légiste, sa première erreur.

Ses années d'étude de médecine lui ont conféré une mémoire d'éléphant. Esther emmagasine les mots à vitesse grand V. Mais ce n'est que la partie facile de son entrainement. Al ne la lâche pas d'une semelle, corrige sans cesse son langage corporel, son débit de parole, l'inclinaison de ses yeux… Penser à fourcher inopinément sa langue, bafouiller. Phraser trop clairement sous-tend le par-cœur. Une mécanique trop huilée, il sentira l'arnaque à dix mille. Se tenir droite, presque rigide. Prêter attention aux expressions du visage qui peuvent démentir inconsciemment nos propos sans pour autant se dénaturer dans une constipation faciale. Et pour bien la confiner dans l'ambiance, chaque erreur se voit rétribuer d'une claque accompagnée d'une bonne trempe verbale. Al ne lui laisse rien passer…

24

Il essuie ses derniers regrets sur la tombe de son amante. La promesse d'Amy lui revint en mémoire. Non content de lui enlever l'amour pour la seconde fois, John a également annihilé sa première étreinte douce et romantique avec Amy. Le cercueil s'enfonce dans le sol. Al s'agenouille devant le trou béant de la solitude. Elle est morte sans la chaleur d'un réconfort. Il jette une fleur sur le couvercle, une pivoine rouge. C'est le dernier parfum parvenu à ses narines. Un parfum qu'il connait tant. Une façon de l'inclure définitivement dans sa vie passée, présente et à venir. Al lui confie à voix basse, les larmes désespérées sur les poches ternies par deux nuits blanches à pleurer son nom : « je te vengerai, mon amour. Je te vengerai. » La salve d'honneur pour services rendus à la nation. L'assemblée sursaute à chaque tir des fusils. Il ne s'habituera jamais. Lorsqu'il était un bleu, son mentor de la vieille école le rassurait : « Le jour où tu t'y feras, le métier t'aura volé ton humanité ». La médaille du mérite et les couleurs du pays sont remises à la mère d'Amy. Il s'agit de sa mère d'adoption. Petite, sous une paille grisâtre coupée au carré, elle porte des lunettes rondes et un tailleur noir. Un uniforme d'occasion financé avec la maigre retraite de son métier de serveuse. Elle accepte la décoration et s'approche d'Al. Elle pose une main sur son épaule et lui sourit. Sa fille lui parlait souvent de lui par téléphone. Elle est enchantée de faire la connaissance de l'homme qui la rend enfin heureuse. Il esquisse une politesse. Elle le devance, elle sait qu'Amy ne lui a jamais parlé de ses parents. Le désir de garder son passé derrière elle. En bonne catholique, la mère d'Amy se persuade que sa fille a rejoint son mari dans le ciel. Elle l'avait perdu dans un accident. Préadolescente, Amy était à l'arrière du véhicule. Sa fille persuadée de sa culpabilité dans la tragédie se blâmait d'avoir causé tant de chagrins à celle qui l'avait éduquée et choyée. Elle n'en sait pas plus.

Amy a emporté avec elle le secret des circonstances du décès de son père. La maman d'Amy et Al ne se quittent pas de la journée évoquant leurs relations avec celle qu'ils étaient venus enterrer, de son enfance jusqu'à son enlèvement.

*****

Le lendemain, Al et ses deux acolytes sirotent leur café dans une thermos, les yeux rivés sur le bâtiment d'une usine désinfectée, la niche du gibier. Après avoir quitté la grande route pour filer dans un chemin perdu au milieu de nulle part, la mustang se repose à l'angle d'un silo à l'abandon depuis des années. Isolée à l'intérieur de ce désert métallique, elle se planque timidement des regards. La porte du bâtiment s'ouvre. Les espions dans la mustang se redressent. John au volant de sa voiture se dirige vers le lieu de rendez-vous donné par Esther. Les trois hommes s'extirpent de leur véhicule et s'approchent du bâtiment. Al, arme au poing, somme Arnold de pousser la porte. Elle craque, John ne l'a pas verrouillée. Il ne se doute donc de rien. Al s'avance dans la pièce. La vingtaine d'écrans disposés au fond, collés les uns aux autres, éclairent l'intérieur de leur lumière bleutée. A sa droite un lit d'appoint encore défait. A sa gauche une chaise devant une table. Une installation très sommaire. L'équipe se focalise sur les vitraux high-tech, fenêtres ouvertes sur le monde. Leur découverte les glace d'effroi.

L'anxiété s'est saisie des jambes d'Esther, elle fait les cent pas à l'endroit même de l'enlèvement de son amie. Un individu s'approche. Sous la moustache bien fournie, les épais sourcils et la perruque, elle identifie difficilement l'individu qui approche. John a encore modifié les traits de son visage par un maquillage savamment appliqué. Seule son ossature le trahit. Tout au long de sa carrière, elle s'est aiguisée à pointer du doigt les défaillances osseuses, les séquelles d'une ancienne fracture, une mauvaise position du bassin, un dos légèrement vouté, tous les traumatismes qui façonnent l'unicité de notre squelette. Il la contraint par le bras. Il se colle à elle, l'embrasse goulument. Mouvement de recul. Il en profite pour lui palper les seins, descend lentement jusque l'intérieur de son pantalon. Après ce pelotage en règle, ses lèvres se collent à son oreille. Il la répugne. Ses hormones s'affolent entre cortisol et adrénaline. Elle surfe dans le flux et reflux de la vague, manque plusieurs fois de boire le bouillon. Elle quitte la planche, nage jusqu'à pied. En tant que médecin, la logique cartésienne domine en toutes circonstances ! Elle le manipule brillamment, régurgite sa leçon à la virgule près. Aucune faille, pas même un battement de cils intempestif. En totale introspection, elle n'accorde aucune considération à son interlocuteur, recroquevillée sur sa petite personne, en petite égoïste. Le contrôle… Pas évident pour quelqu'un qui s'y essaye pour la première fois. John excelle dans cet art. Il pratique depuis si longtemps avec son entourage, sa famille, ses connaissances, et tous ceux susceptibles de le servir pour leurs talents, leurs savoirs ou leurs carnets d'adresses… Nous, nous exprimons avec authenticité nos débordements primitifs que nous nommons communément sentiments ou traits de caractère comme la colère, la tristesse, l'enthousiasme, la joie, l'envie, la jalousie, la générosité, la pugnacité, la paresse, l'étourderie, le consciencieux, l'autoritaire, le blasé, le curieux… Les pervers narcissiques et les sociopathes comme John agissent systématiquement avec froideur, avec calcul, à feindre l'émotion adéquate. Ils n'en sont pas dépourvus mais doivent donner le change, ne jamais montrer leur nature, un effort considérable et énergivore. Une antinomie pour celui sensé être rejeté pour sa part animale. Vous l'avez cru ? Vous avez-vous-même été dupé par ses belles paroles !

Et quand vient le soir, qu'il se retrouve seul avec ses proches, la bête se réveille. Et plus le sociopathe doit se contenir la journée, plus il explose... Vous pensiez ne pas vous laisser abuser, et pourtant John vous a berné. Ne cherchez jamais à confondre directement un sociopathe, leur existence vouée aux mensonges et à la dissimulation. Fixez votre attention sur les nouvelles personnes qui partagent leur quotidien. Après une première période lumineuse, leur flamme intérieure faiblit de jour en jour. Sortez immédiatement de sa vie !

Le trio ne décoche pas un mot, littéralement hypnotisé par les écrans. Les vidéos de viols, de tortures, de meurtres passent en continu sur la toile. Tous se concluent avec le même rituel, une pivoine rouge et un message déposé sous la langue de leurs victimes. Un symbole dédié en l'honneur de leur maître, ou plutôt de leur messie. Son nom brûle leurs lèvres mais sa renommée a déjà fait le tour de ces prophètes de l'apocalypse. Sans parler des messages échangés avec de nouveaux fidèles, préparés pour commettre leurs premiers crimes selon les préceptes de John, préparés pour convertir de nouveaux fidèles. Ils les aident, ces hommes et ces femmes, à embrasser leurs pulsions, à lécher les fesses du diable, à repousser leur limite jusqu'à se libérer du joug social. John est sans conteste l'élément créateur de cette vague de sang, de ce tsunami, à travers le monde. Al reprend pied :

- Les gars, débrouillez-vous pour sauvegarder toutes les données.

- Lewis, que penses-tu de les enregistrer et de les envoyer directement sur les services de recherche des pays.

- Et on leur demande un coup de main pour localiser ces enfoirés.

- Exact.

- La première fois qu'autant de pays travailleront en commun.

- En effet, reprend Al. A problème exceptionnel, mesures exceptionnelles.

Les jumeaux se connectent, pianotent de leurs doigts agiles les claviers. Les tricoteurs du web s'énervent soudainement :

- Putain ! L'enculé s'est protégé avec des pares-feux

- Rien d'anormal.

- Non mais là ils sont balèzes. Il va nous falloir quelques minutes.

- Et merde ! s'exclame soudainement Lewis.

- Quoi encore ?

- Un virus est en train de tout nettoyer !

- Sauvegardez-en un maximum !

- Tu crois qu'on se tourne les pouces !

Al sait que dans ces moments, le stress les transforme en monstres de susceptibilité. Il sort s'en griller une. Si quelqu'un est capable de sauver les informations, c'est bien eux. Séparément ils sont doués, ensemble ils commettent des miracles.

*****

John se réjouit, sa fouille n'a rien donné. Esther ne cache pas d'arme. Son détecteur n'a révélé aucune émission d'ondes étranges, donc pas de micro. Il l'a écoutée se lancer dans son monologue. On n'apprend pas à un vieux singe à faire la grimace. Il s'est bien moqué de son inexpérience dans son domaine de prédilection, les choses sérieuses commencent. Tandis qu'il l'intime de le suivre sans résistance, il lui appuie fortement un cylindre métallique sur le flanc. Elle comprend immédiatement, la comédie est terminée, dernier acte. Lorsque l'on se vautre en tentant d'arroser l'arroseur, on ne s'en tire pas sans casser des œufs. Elle va payer le prix fort. Elles pensent immédiatement à ses chérubins. Pourvu qu'il ne touche pas à leurs cheveux d'anges, ils sont innocents comme peuvent l'être des enfants de leurs âges. Peu importe son propre sort. L'abandon de sa propre vie pour celle de ses gosses ruisselle un fond d'égoïsme. Elle ne supporte pas l'idée de flotter sans eux, et ne songe pas une seconde à leurs noyades psychologiques dans la seconde perte d'une mère. C'est moins lourd à porter sur la conscience d'une femme en sursis. Elle a déjà tant de fautes à expier, elle ne pourrait en supporter d'avantages.

John la menotte à la poignée de la voiture. Il lui enfile une cagoule. Plus possible d'utiliser la vue pour se repérer. Il aurait pu lui crever les yeux, déjà un bon point. Elle tend l'oreille, le moteur tourne. Elle ne parvient pas à photographier la provenance des sons qui l'entourent. Compris, elle n'est pas dans un film. Elle calcule plus ou moins la distance, et dessine mentalement un périmètre à partir du point de départ. Elle perd vite le fil. Et puis, même si elle devine la destination, la belle affaire ! La voiture s'arrête. Sa portière s'ouvre. Ses poignets serrés dans le dos, il la pousse. Son pied gauche cogne sur quelquechose de dure. Déséquilibrée vers l'avant, son pied droit à la rescousse espère soutenir sa masse en chute libre. Choc brutal sous son talon, genou plié à quatre-vingt degrés. Elle vient de buter sur des marches et tombe tête la première. Mais avant de toucher le sol, elle grimace sous la douleur de ses épaules. John l'a retient par les bras : « monte ! ». Elle grimpe l'escalier avec prudence. Un grincement de gonds rouillés. Nouvelle poussée de son agresseur, cette fois elle se ramasse. Excédé, il la traine par la chemisette et lui retire le cache.

Elle évalue la durée de la balade à moins d'un quart d'heure. Elle serait donc encore en ville. John semble réfléchir sur la meilleure alternative, à moins qu'il ne cogite sur la sauce qui va accompagner une Esther en hachis Parmentier. L'angoisse comprime sa vessie. Un phénomène physiologique. Respirer en profondeur, lentement. La journée se termine. Le soleil décline et les couche dans la pénombre. Elle se détend, il ne compte pas la déliter tout de suite. Il va certainement se servir d'elle, peut-être comme monnaie d'échange. Non, il n'est pas homme à capituler. Son intention est autre, mais laquelle ?

26

Al tire sur la tige de sa cigarette. Il entend des onomatopées estampillées avec vigueur depuis l'intérieur du bunker « ouais ! »… « Non, non, non, non ! »… « Super ! »… «Yaaahouuu ! »… « AAAhhhhhrgggg »… En fait les jumeaux tentent tant bien que mal de faire cracher les bécanes. Arnold a vite inclus la propagation trop rapide du virus dans l'équation pour chercher bêtement à le supprimer. Non, le meilleur scénario consiste à l'enfermer dans un programme assez lourd pour le ralentir le temps de récolter les données. Le temps est compté. L'un protège, l'autre engrange. Les héros des temps modernes brandissent leurs claviers dans un branlebas de combat. L'enjeu est de taille, l'énigme compliquée, le webmaster d'une intelligence rare. Ils bouillonnent, inquiets et souriants, satisfaits d'être mesuré à une fine lame. Le but de la mission s'éloigne de leurs esprits. La tête dans le guidon, ils s'amusent comme des petits fous. Au même titre qu'Al piqué à l'adrénaline, adore partir chasser les bêtes sauvages. Surtout quand les méninges de ces derniers sont à la mesure de ses talents de traqueur.

Arnold est né avec une cuillère en or, d'un père entrepreneur et d'une ex miss Floride mère au foyer. Tout lui a été prémâché : les meilleures écoles privées, l'université de Princeton dans le but de reprendre les affaires de son père. Il emmagasine toutes les datas scolaires dans son hardware. Le soir même, il régurgite tous les enseignements de la journée dans la création de nouveaux programmes et de nouveaux logiciels avec l'appui de ses pairs. Jamais il ne transgresse la loi. Il reste discret, ne souhaite surtout pas faire d'esclandre. Son talent repéré par les professeurs, puis par la direction parvient aux oreilles du gouvernement. Une place lui est proposée dans la création de boucliers contre les tentatives d'invasion de hackers. Il refuse tout d'abord et passe une semaine de vacances au foyer de son enfance. La photo de son père dans les marines lui donne à réfléchir. Il discute avec ses parents et conviennent ensemble qu'il s'agit pour lui d'une expérience à ne pas manquer. Il rejoindrait la boite de son père plus tard.

Lewis, lui, est orphelin. Petit, il se réfugia dans le monde virtuel pour échapper à sa vie qu'il considérait misérable. En autodidacte, ses capacités intellectuelles turbinaient dans cette seule activité. Sa première girl-friend l'embarqua dans sa paranoïa de complot fédéral. Il créa alors ses premiers programmes de hacker pour pénétrer les serveurs gouvernementaux en recherche d'inédites informations à diffuser massivement sur internet. Sa petite amie n'aura pas été la seule à percevoir son don comme une opportunité à saisir. Lewis vida également des comptes offshores enrichissant au passage de nombreuses associations humanitaires et orphelinats. En parallèle, il continuait ses infiltrations dans les serveurs du FBI et de la CIA.

Les grandes capacités d'Arnold lui permit de grimper les échelons jusqu'aux bureaux du FBI. Son job consistait à bloquer et identifier tout intrus dans les canaux virtuels du bureau fédéral. Et ce jour du 28 mars, une attaque eut lieu. Il faillit ne pas le repérer, un doué du bulbe cherchait à rendre public toutes les opérations. Après une lutte acharnée, le hacker sur le point de lui échapper, il finit par tracer le phénomène : Lewis. Le garçon arrêté, Arnold voulut confronter celui qui lui donna tant de sueurs froides. Il demanda l'accord de sa direction. Comment aurait-elle pu lui interdire, il venait de sauver l'honneur du bureau. Et voilà comment s'opéra leur première rencontre à la prison fédérale, de chaque côté de la barrière. Ils discutèrent des heures. Dès lors Arnold visita son alter-ego tous les jours et demanda audience auprès de son grand patron, ni plus ni moins que James Comey. Plus de cinq heures pour le persuader d'embaucher son nouvel ami.

Al écrase sa troisième cigarette. Soudain, Lewis annonce la fin du suspense :

- Al ! Viens vite !

- Alors les gars, vous avez pu en tirer quelque chose.

- On a réussi à pratiquement tout envoyer

- Bravo ! Je savais que vous en viendriez à bout !

- Le virus, en bouffant les programmes, a remplacé tous les fichiers par un texte qui s'étire à l'infini.

- Et ?

- Regarde par toi-même !

La même phrase sur tous les écrans au mur, en jet continu. Al déchiffre. « Si tu veux revoir Esther vivante, sois seul là où tout a débuté entre nous, mon frère ». Le salop, il avait encore un temps d'avance sur lui. Comment pouvait-il, non de Dieu ?!

- Tu sais ce qu'il entend par « là où tout a débuté entre nous » ?

- Non Arnold je ne sais pas. Je vous dépose au bureau, cherchez dans les dossiers. De mon côté, je vais relever des indices sur les lieux du rendez-vous entre Esther et John.

En vérité, Al avait cette fois tout prévu, même le kidnapping d'Esther. Il a compris le manège de son "anto-ego". Al est prêt à tout pour en finir, même au pire. Il connait l'endroit où il est attendu. Des souvenirs lui reviennent…

27

Il entraîne Emily dans le nouveau lotissement de la ville. Ses porte-jarretelles se distinguent à partir du genou, sous le voile de sa robe bleue. Les escarpins talons aiguilles claquent le sol. Elle se demande bien pourquoi il l'embarque au milieu de ces maisons neuves. Elles se ressemblent toutes derrière les gazons tondus à raz. Les rosiers poussent le long des murs. Les jardins se situent de l'autre-côté, vues depuis les portes vitrées des salons, mais des parterres de fleurs de toutes les couleurs embellissent l'entrée de leurs fleuraisons. Des bosquets divinement taillés séparent les voisins. Soudain, il s'arrête au beau milieu de l'allée devant une demeure de deux cents mètre carrés. Il s'exclame :

- N'est-elle pas magnifique ?

- Oui elle est jolie, et alors ?

Al lui tend un jeu de clés.

- Elle est à nous, si tu souhaites emménager avec moi.

Le visage de la rousse s'illumine. Elle saute dans les bras de son flic adoré et l'embrasse goulument. Il passe sa main dans le dos et l'invite d'un geste de la main. Le cœur serré, elle glisse la clé dans la serrure et ouvre la porte de leur paradis. Elle visite toutes les pièces vides. Elle imagine la disposition des meubles, la couleur des murs. Le séjour dans des tons très clairs pour réverbérer la lumière. Une cuisine équipée, ouverte sur la salle à manger. Les placards et tiroirs modernes, nacrés dansent une ronde autour de l'îlot central noire métallisée. Au premier étage dans une énorme salle d'eau, elle entourera le jacuzzi central de plantes vertes. Elle s'y voit déjà se prélasser dans les bulles parfumées le regard sur les vastes plaines. Elle ne sortira de l'eau que pour bronzer sur la terrasse, affalée dans un transat. Elle remplira le majestueux dressing de ses toilettes, nuisettes, lingeries fines, soies, chapeaux, paréos, foulards et de sa collection de chaussures. La féminité comme tous les talents se cultive dans un effort quotidien. Le bleu pastel accompagnera leurs rêves dans une chambre tamisée. Elle disposera au milieu du mur le tableau d'une scène romantique et sensuelle. Sous un coucher de soleil une beauté nue les jambes repliées sur le sable chaud recroquevillée contre le torse poilu de son bel apollon la pudeur sauve, le bout des seins caché par les avant-bras musclés, les doigts sous le nombril. Le soir ne tarde pas à poindre le bout de son nez. Ils n'ont pas remarqué les heures défiler. Heureusement Al avait déjà installé un sommier dans ce qui deviendra, selon les plans de la jeune femme, le cocon de leur amour.

Elle déchausse ses escarpins, ôte sa robe bleue et s'allonge à plat ventre sur le lit d'appoint. Al s'assied à ses côtés et caresse longuement le dos scarifié de milliers de cicatrices. Ses mains l'effleurent avec douceur, chaque geste appliqué avec rondeur. Le moindre mouvement brusque provoquerait une contraction défensive, avec le risque de déclenchement de suffocations. Il le savait, et c'est aussi pour cela qu'il ne l'avait jamais questionné sur ces meurtrissures. Mais aujourd'hui il quémanda quelques éléments de réponse, comme s'il attendait une preuve de confiance pour un avenir commun. A l'évocation de ces marques, Emily s'est brusquement campé sur son postérieur :

- Ne me demande pas ça ! Demande-moi tout ce que tu veux mais pas ça !

Al l'apaise de longues caresses sur sa chevelure rousse.

- J'ai compris. Il est trop tôt pour t'ouvrir à moi. Et si tu le couchais sur papier, comme une lettre ou un journal ? Le jour où tu te sentiras prêtes, tu me le feras lire.

- Mais…

- Non, ne me réponds pas… Réfléchis-y, d'accord.

- D'accord.

Un second souvenir efface le premier. Emily dans ses bras, la balle dans la poitrine. Elle lui murmure ces quelques mots : « dans le premier tiroir de la commode. »

28

    Al devine John l'attendre. La seule manière de l'atteindre, la fourberie associée à la cruauté. Devenir, penser comme l'animal qu'il est. D'abord le message, le provoquer suffisamment pour le rendre fou de rage. La poche d'Esther sonne. L'arme braquée sur sa tempe, elle n'ose bouger le petit doigt.

- Qu'est ce que c'est ? Je croyais t'avoir débarrassé de ton seul mobile.

- Je ne sais pas, je vous jure.

John attrape un petit objet plastique dans la poche. Trop petit pour le remarquer en la palpant. Accroché à un petit mot plié en quatre. Il l'ouvre et lit avec attention :
« J'ai glissé ce minuscule appareil dans le pantalon d'Esther, à son insu, pour attirer ton attention. Ta sœur avant de disparaitre avait enfin pu soulager sa conscience sur papier. Les documents sont encore dans le premier tiroir du bureau de notre ancienne maison, la pièce du fond rez-de-chaussée.»

Elle ne pouvait lui avoir fait cet affront. Il avait toujours pu faire ce qu'il voulait d'elle. Jamais elle n'aurait osé lui manquer de respect. Il presse Esther devant lui. Les volets sont fermés. L'espace entre le mur et le meuble ne permet le passage que pour une seule personne. Il demande au médecin légiste de tirer sur la poignée et de lui donner les feuilles. Au fur et à mesure de sa lecture, son visage se tend, la folie le métamorphose. Il explose :

- La salope ! Putain la salope ! Elle a osé écrire ses horreurs ! Elle n'a pas le droit de me faire ça ! Pas à moi ! Elle n'a pas le droit de m'abandonner !

Sa rage terrifie Esther. Le monstre sort de sa cachette. Il continue à lire quelques feuillets avant de tout jeter au visage d'Esther. L'effet escompté. Il vocifère toute sa hargne envers celle qui avait décidé de lui tourner le dos avant de mourir. Il a perdu tout contrôle. Le démon se montre enfin sous son vrai jour.

*****

Al parvient dans les rues d'un petit quartier qu'il connait si bien. Il y a abandonné ses plus belles années. Chaque carrefour lui rappelle sa femme. Il parvient à la maison délabrée. Impossible jusqu'alors de se rendre devant les marches qui ont essuyé le sang de celle qu'il a tant aimé. Mais aujourd'hui c'est différent. Aujourd'hui il va lui rendre justice. Les autres propriétés de l'impasse se sont aussi vidées, le bruyant quartier devenu un havre de guerre entre gangs. Les trottoirs se sont débarrassés des cigarettes écrasées ivres de liberté, des papiers débarbouillés, des sacs en plastiques percés, des déjections de poils sur pattes tirés par quelques promeneurs pour l'éclosion florale de balles perdues et les tiges d'éphémères injections. Il s'agrippe à la gouttière, se hisse sur le toit de sa vieille demeure. Il retire plusieurs tuiles, arrache la laine de verre, s'engouffre dans la toiture. Il soulève lentement une trappe, très lentement arme chaussée. Il balaye du canon le premier étage avant de s'y laisser choir avec grâce et douceur, en silence, comme une chatte. Un bruit, rez-de-chaussée. Il s'aplatit sur le sol. A pas feutré, sur le qui-vive, il descend l'escalier en bois. Ce dernier grince légèrement sous son poids mais pas assez fort pour être perçu d'en bas. Il longe le couloir jusqu'à la porte du fond, entrouverte. Il avance les deux mains sur la crosse, braqué droit devant.

Des hurlements, il est mûr. Un coup de pied, la porte claque. Un coup de feu. Stupeur de John. Pas le temps de rétorquer. Une deuxième balle frôle son oreille droite. Al avance sur lui, assène son tibia dans les parties. Sous la douleur, John se penche en avant. Un coup de genou lui fracture le nez. Il se renverse sur le côté. Dans ce déferlement de frappes chirurgicales, ses doigts autour de la crosse se relâchent. Al lui écrase la main sous sa chaussure et le tient en joue. Il est chez lui !

- Je me rends.

- Comment as-tu compris pour le piège ? Comment gardais-tu toujours cette longueur d'avance sur nous ?

- Ta veste.

- Quoi ?

- J'ai envoyé ma fille vers toi, à son insu évidemment. Le directeur de l'opéra de Lyon fut assez lucide pour la convier à remplacer un musicien hors pair, disparu en silence pendu à une note. Tous deux en ville, j'ai parié sur un coup de pouce du destin, sur votre attirance mutuelle. Deux aimants se collent l'un à l'autre dès qu'on les approche. Toujours intégrer le facteur chance dans l'équation. Elle ne se serait jamais déplacée sans ta veste. Un micro intégré dans un bouton et me voilà au courant de tout.

- Pourquoi, pourquoi ?

- Pourquoi quoi ? Pourquoi la création de mon réseau ?

- Pour commencer.

John rassemble ses idées.

- La liberté mon ami. Vous nous empêchez d'explorer pleinement nos instincts. Des lois morales régissent les sociétés humaines, elles ne tiennent pas compte de qui nous sommes. Nous sommes avant tout des animaux dont les actions sont mues par une volonté qui dépasse de loin celle des hommes. L'ordre naturel doit reprendre ses droits. Nous, ceux que vous appelez « serial killer », n'avons pas été influencés par les tentatives de « socialisation » menées par les différentes formes de ce que l'on appelle vulgairement « éducation ». Et il m'était donc apparu depuis bien longtemps qu'il était anormal que nous soyons ainsi accusés pour des actes naturels.

- Tu introduis de l'intellect pour justifier ta barbarie !

- Ce qui te fait défaut ne peut me nuire.

- Que veux-tu dire ?

- Tu es pathétique ! Tu n'as même pas déchiffré les messages de Chris. La première majuscule de chacun de ses mots t'auraient conduit à moi. Et je m'en suis inspiré, moi aussi. Les initiales de « Just Our Hope a New Hell » t'auraient aussi conduit à moi. Mais tu es bien trop bête ! Tu ne comprendras donc jamais mes intentions. Mes ouailles professent en mon nom. Et mon arrestation n'arrêtera pas la messe que j'ai lancée comme Jésus le fit pour le christianisme.

- Livrés à eux-mêmes, ils reprendront vite leurs petites manies assouvissant leur destruction personnelle. Ta lubie s'éteindra avec toi.

- Mensonge.

- Et moi, qu'est ce que je viens faire là-dedans ? Pourquoi ces appels pour que je reprenne du service ? Pourquoi moi ?

- Nous sommes liés. Tu es le parfait petit boyscout. Tu es le symbole même d'une socialisation parfaitement réussie. Tu as été jusqu'à assassiner ta propre femme pour l'empêcher de fuir.

- Voilà donc ton objectif, venger la mort de ta sœur. Mais tu en es le premier responsable. Toutes tes exactions sur elle l'ont conduite vers la mort.

- Non, non, non ! Tu m'as enlevé ma sœur ! Tu l'as retourné contre moi ! Elle était à moi ! Jusqu'à ce qu'elle fasse ta connaissance, elle m'appartenait !

John change soudainement de visage. Sa folie l'emporte durant quelques secondes. Il se calme et sourit :

- Bien, en bon petit soldat tu vas me passer tes menottes. Tu vas héler tes petits copains. Mais tu sais, je m'en sortirai.

Coup de feu ! Le genou de John éclate sous l'impacte de la balle.

- Première leçon !

John se tortille dans tous les sens pour faire disparaitre l'intense brûlure du trou qui remplace son ménisque. Al se penche vers lui.

- Souviens-toi. La première leçon que tu m'as soufflé dans l'oreille le jour de ta libération. En poussant les bons leviers, un homme est capable de renier ses propres principes. Tu m'as obligé à tuer ma femme ! - Pointe de pied dans le buffet - Tu as tué Bill ! - John roule de l'autre côté, coup de talon dans le dos - Tu as tué Amy ! - écrasement des parties - Je vais te buter là et maintenant ! - Al braque le canon sur sa tête.

- Tu ne peux pas m'abattre de sang froid ! Tu iras en tôle pour ça. Tu ne peux pas tirer !

Al s'approche de John et lui dit à voix basse, d'un calme olympien:

- Un homme ne peut mourir qu'une seule fois.

- Quoi ?

- Tu es déjà mort des mains de ton apprenti ! Fais tes prières !

- Non je t'en supplie ne fais pas ça ! Je t'en supplie ! Tu n'es pas comme moi ! Ne fais pas ça !

Al hésite. Esther ne peut pas laisser la possibilité à cette enflure de s'en sortir. Ses enfants sont morts, elle l'a bien intégré maintenant. Restée jusqu'alors en retrait, sans un mot à se faire oublier des deux hommes, elle hurle pour bien se faire entendre:

- Amy était enceinte !

Al se retourne vers elle.

- Tu... tu peux répéter ?

Elle reprend son souffle :

- Amy était enceinte. Il a ouvert son ventre et a tranché le cordon. Il était au courant. Il l'avait deviné je ne sais comment. Amy était encore en vie au moment où…

- Stop ! Nooooooon ! Enfoiré ! Crois-moi tu vas chier des dents !

Les larmes de haine, Al choppe la loque par les cheveux et la traîne dans la cave. Il la sangle sur l'établi.

- Esther, il a du ramener sa panoplie avec lui. Le connaissant, il m'aurait fait endurer le pire avant de m'éliminer. Tu vas trouver tout ce qu'il te faut pour le soigner.

- Mais qu'est ce que tu veux faire ?

- Moi je m'occupe de son cas, ton boulot c'est de le maintenir conscient le plus longtemps possible !

Al se dirige vers le burin, la scie et le maillet.

29

Le bâillon étrangle à peine les hurlements incessants de leur prisonnier. Ils vont finir par la rendre marteau. La compassion affaiblit Esther de jour en jour. Mais elle subit sa punition, les dents serrées, à droguer et panser les blessures du mourant qui n'en finit pas de vivre. Elle regarde Al se métamorphoser en bourreau, l'œil pétillant à chaque exclamation qu'il arrache de sa victime. Alors qu'il s'apprête à renouveler un acte de torture, elle arrête son geste :

- Laisse-le partir Al. Ne le fais pas pour lui, fais le pour moi. Je suis las.

- Non, je n'en ai pas eu assez ! J'en veux plus ! Je veux l'entendre s'égosiller !

- Tu n'en auras jamais assez. Regarde-moi ! Regarde-moi !

Pour une fois, il laisse un instant l'envahir, une respiration l'aspirer. Esther les yeux morbides, épuisés. Qu'est-il en train de lui infliger ?

- Reprends tes esprits Al. C'est le moment de tout stopper.

- Tu as raison. Tu peux t'en aller.

Al se tourne vers son patient. Il s'approche de lui. L'homme murmure :

- Souviens-toi… Ta promesse…

- Katia ne saura jamais pour sa mère. J'emporterai ton secret dans la tombe.

Ce sont les derniers mots entendus par Esther. Alors qu'elle s'éloigne de la maison, un coup de feu retentit, elle sursaute... suivi d'un second. Elle accourt à l'intérieur, c'est terminé. Elle alerte le bureau depuis le cellulaire d'Al. Elle fourre les confessions d'Emily dans son sac.

Peut-être est-ce dans les périodes les plus troubles de notre histoire qu'il faut nous forcer à nous remémorer nos principes premiers, ceux qui nous animent, avant toute prise de décision ? Un effort nécessaire pour nous éviter de tomber dans la facilité, de baisser notre garde et d'embrasser le démon d'un peu trop près...

EPILOGUE

Esther lit l'affreuse histoire d'Emily. Elle décide de garder pour elle l'honteux secret de famille. Katia est la progéniture de l'incestueux viol de John sur sa jeune sœur. Son emprise à l'époque était si importante qu'il la convainc de prendre l'enfant avec lui. Un obstétricien soudoyé par John procéda à une césarienne superflue. Sa sœur sous anesthésie, John emporte avec lui l'enfant. Il l'élèvera seul.

Des années seront nécessaires à sa mère pour refaire surface, cinq années pour se croire assez stable pour renouer avec sa fille. John l'en dissuada, définitivement. En moins de deux minutes, son emprise redoubla. Sa survie l'intimait de s'éloigner de ce fou dangereux. Il ne la laissa pas en paix pour autant. Il lui fit comprendre, à chacun de ses déménagements, qu'il l'éliminerait si elle intentait quoi que ce soit contre lui. A sa dernière fuite, elle rencontra celui qui lui donna la sensation de se dégager de son emprise: Al Brown.

Esther, consciente de l'inutilité à faire souffrir Katia plus que de raisons, tait les pressions constantes de John sur sa mère comme elle tait tous les supplices qu'il lui a infligés depuis leur plus tendre enfance. Elle lui révèle seulement l'identité de sa mère, Emily Brown, la tueuse à la pivoine, devenue la femme d'Al.

Deux parents frappés de pulsions meurtrières, auront donné naissance à une fleur, beauté magnifique. Née de ce terreau de l'horreur, elle joue sa complainte le jour de l'enterrement des deux seuls hommes qu'elle aura aimés, l'un de l'amour d'une jeune fille pour celui qui l'a élevé et l'autre de l'amour désir charnel d'une fleur pour son colibri : son père et son beau-père.

Enracinée, ses feuilles voltigent sur les pétales du piano, avec rage et passion, la douleur dans ses iris. La tige droite, belle et digne. L'éclosion d'une pivoine rouge, immaculée et rayonnante, au milieu d'une motte de purins. Une pivoine rouge d'une pureté si rare en ce monde…